KB262479

조돈형 新무협 판타지 소설
FANTASTIC ORIENTAL HEROES

장강삼협 1

조돈형 新무협 판타지 소설

초판 1쇄 찍은 날 § 2011년 7월 21일
초판 1쇄 펴낸 날 § 2011년 7월 27일

지은이 § 조돈형
펴낸이 § 서경석

편집부장 § 권태완
편집책임 § 유경화
편집 § 이수민 · 박우진

펴낸곳 § 도서출판 청어람
등록번호 § 제1081-1-89호
등록일자 § 1999. 5. 31
어람번호 § 제2-2124호

주소 § 경기도 부천시 원미구 심곡2동 163-2 서경B/D 3F (우) 420-822
전화 § 032-656-4452 팩스 § 032-656-4453
http://www.chungeoram.com
E-mail § chungeoram@chungeoram.com

ⓒ 조돈형, 2011

ISBN 978-89-251-2575-6 04810
ISBN 978-89-251-2574-9 (세트)

峽三山巫
조돈형 新무협 판타지 소설
1
FANTASTIC ORIENTAL HEROES
자강삼협
長江三峽
청어람

巫山三峽
第一章
빙살음혈기(氷煞陰血氣)

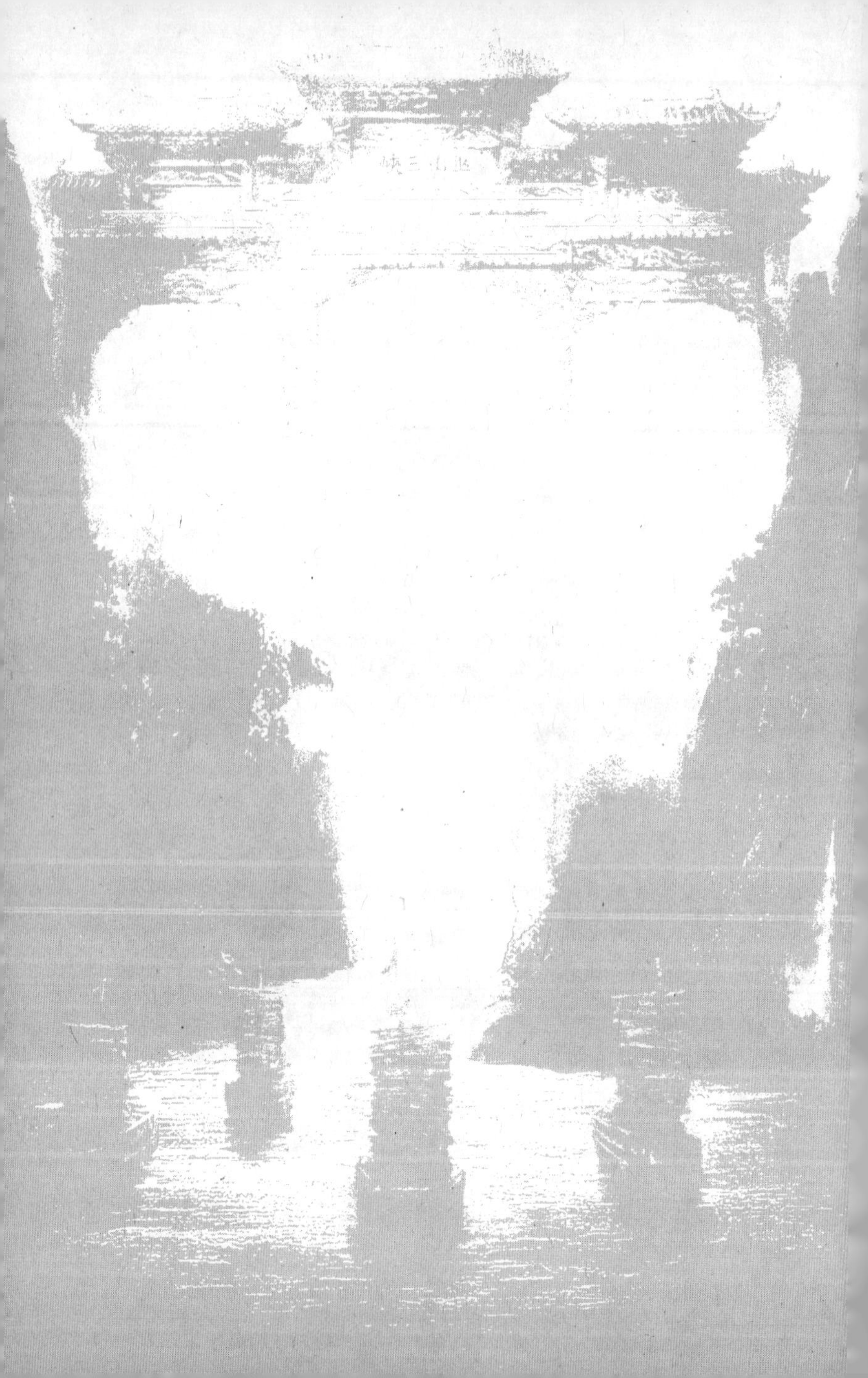

　근 이십 년 만에 찾아왔다는 엄청난 폭설을 동반한 한파를 홀로 비껴간 듯 가벼운 옷차림의 유대웅(柳大熊)은 급조한 것이 분명해 보이는 썰매를 힘겹게 끌고 있었다.

　썰매 위에는 눈 덮인 관이 하나 놓여 있었는데, 비록 석관이 아닌 목관이라지만 그 재질이나 시신의 무게까지 감안을 하면 제아무리 썰매의 도움을 받는다고 해도, 유대웅이 또래 아이들보다 최소한 머리 하나는 더 있는 덩치라고 해도 분명 무리가 있어 보였다.

　"후~"

　서산마루에 걸린 해를 보며 유대웅이 걸음을 멈췄다. 야산이라 해도 해가 떨어지기가 무섭게 어둠이 찾아올 터. 굳이 무리를 할 필요는 없다는 생각에서였다.

비교적 평탄한 지형에 썰매를 끌어놓은 유대웅이 관 위에 쌓인 눈을 치우며 말했다.

"다행히 눈도 멈췄고, 오늘은 여기서 쉬자."

유대웅은 관뿐 아니라 자신의 머리 위에 소담히 쌓인 눈까지 툭툭 턴 후 썰매 위에 있던 봇짐을 풀며 능숙한 솜씨로 노숙 준비를 했다.

우선적으로 주변을 돌며 마른 나뭇가지를 주워 모은 뒤 부싯돌과 몇 차례 씨름을 하며 작은 불씨를 피워냈다.

양 볼을 불룩하게 하여 연신 바람을 불어넣자 매캐한 연기와 함께 어느 정도 불길이 올랐다.

불길 좌우에 기둥이 되는 돌멩이를 세우고 그 위에 쇠꼬챙이를 얹은 뒤 눈이 가득 담긴 냄비 하나를 걸었다.

냄비 안의 눈이 녹아 맑은 물이 찰랑이자 누룽지 몇 개를 집어넣었다.

점심에 먹다 남은 육포 조각도 쇠꼬챙이에 매달렸다.

불길에 닿은 육포 조각이 그럴듯한 향기를 발산할 때쯤 냄비 안의 누룽지도 끓기 시작했다.

"대충 된 것 같네."

유대웅은 곳곳에 이가 나간 접시 하나를 꺼내어 펄펄 끓는 누룽지탕을 조금 퍼 담더니 관 앞에 놓으며 말했다.

“아버지 먼저.”

관을 향해 기분 좋은 미소를 지어 보인 유대웅이 조금은 짜게 만들어진 육포를 반찬 삼아 누룽지탕을 단숨에 비웠다.

한 방울의 국물도 남기지 않고 모두 마셨으나 양에 차지 않는 듯 봇짐을 만지작거리며 잠시 망설이다 이내 몸을 일으켰다. 봇짐에 여분의 식량이 남아 있기는 했지만 앞으로 최소한 닷새는 더 이동을 해야 했고 기후도 좋지 않은데다가 상황이 어찌 변할지 몰랐기 때문에 최대한 음식을 아껴야만 했다.

유대웅은 주변을 돌며 마른 나뭇가지를 최대한 모았다. 밤새워 불을 지필 요량도 있었지만 모아온 나뭇가지 위에 모포를 펴고 자면 땅에서 올라오는 한기를 제법 막을 수 있기 때문이었다.

나뭇가지를 충분히 모은 뒤, 그 위에 모포를 펼쳤다. 두툼하기는 해도 산속의 매서운 추위를 막을 수 있으리란 생각은 전혀 들지 않았다. 하지만 유대웅의 입가엔 만족한 미소가 지어져 있었다.

“이제 준비는 끝났고…….”

나른한 표정으로 슬그머니 자리에 몸을 누이려던 유대웅의 시선이 관을 향해 움직였다.

“후~ 알았어. 누가 뭐래? 한다구.”

마치 누군가에게 핀잔이라도 들은 듯 툴툴거린 유대웅이 가부좌를 틀고 앉았다. 그리곤 가만히 눈을 감았다.

언제부터인가 유대웅의 행동을 지켜보는 눈이 있었다.

한 명의 노인과 두 명의 장년인.

나이를 가늠키 힘든 노인은 십만대산(十萬大山)을 본거지로 광서와 광동, 운남, 남만까지 한 손에 쥐고 흔드는 마황성(魔皇城) 장로 고독검마(孤獨劍魔) 서극이었다.

왼쪽 눈가에서 반대편 턱밑까지 흉측한 상처를 지니고 있는 장년인은 근래 들어 마황성 못지않은 성세를 구가하고 있는 혈사림(血死林)의 고수 철혈독심(鐵血毒心) 이자웅이었고 그의 맞은편, 소맷자락에 매화 무늬가 그려져 있는 감청색 도복의 장년인은 화산파(華山派) 장로 청진(靑眞)이었다.

참으로 이상한 일이었다.

물과 기름과 같은 정사마 세력의 고수들이 한자리에 모인 것도 괴이한 일이었지만 당장 칼부림이 나도 이상할 것이 없는 그들이 칼부림은커녕 오히려 어깨를 나란히 하고 있었다.

"빌어먹을 새끼. 객점이나 주루 좀 찾아 들어가면 어디가 덧나나? 벌써 며칠째……."

식사를 마친 유대웅이 가부좌를 틀고 앉자 이자웅의 입에서 욕설이 튀어나왔다.

유대웅의 뒤를 밟은 지 벌써 열흘이 지났다. 출발 후 단 하루를 제외하고 모두 노숙을 청한 덕에 다들 고생이 이만저만이 아니었다. 잠자리가 불편한 것도 그랬지만 살을 에는 듯한 추위와 먹거리는 무엇보다 큰 고통이었다.

"투덜거리지 말고 불이나 피워라. 오늘은 네놈 차례다."

이자웅처럼 얼굴에 큰 상처는 없었지만 전신에서 피어오르는 살벌한 분위기만큼은 오히려 그를 능가하는 서극이 발밑의 나뭇가지를 이자웅 쪽으로 툭 걷어차며 말했다.

팍 구겨진 얼굴로 서극을 노려보던 이자웅이 입술 사이로 괴소를 토해내며 고개를 주억거렸다.

"크크. 뭐, 그럽시다. 어려운 일도 아니니까."

이자웅이 섬뜩한 표정으로 불을 지피는 사이 서극과 청진자는 운기조식을 하는 아이에게서 시선을 떼지 못하고 있었다.

'본산의 아이들에게 꼭 보여주고 싶은 광경이군.'

청진자는 언제부터인지 기본을 무시하고 보다 강하고 화려한 것만을 좇는 제자들을 상기하며 한숨을 내쉬었다.

"네가 보기엔 어느 정도 수준으로 보이냐?"

서극이 물었다.

"자세히 살펴보지 않아 확실한 것은 알 수 없으나 어림잡아 보건대 오성 정도로 보이오."

"역시 내 생각이 틀리지 않았군. 어린 녀석이 꽤나 맹랑해. 이 추운 날, 제 부모 관을 끌고 이곳까지 온 것만 봐도 그렇고, 자질도 쓸 만해 보이고."

서극이 냉막한 웃음을 지으며 호기심 어린 눈빛을 빛내자

막 불을 지피고 몸을 일으킨 이자웅이 콧방귀를 꼈다.

"쓸 만하긴 개뿔. 이름만 그럴듯하지 건청기공(乾淸氣功)이라면 개나 소나 다 익히고 있는 것이오."

"말이 지나치군."

청진자의 눈매가 매서워졌지만 이자웅은 신경도 쓰지 않았다.

"왜? 내가 틀린 말 했나? 건청기공하면 솔직히 뒷골목 파락호도 익히지 않는 삼류무공 아닌가?"

참지 못한 청진자가 노호성을 터뜨리려는 찰나, 서극의 비웃음이 들려왔다.

"하면 그런 건청기공에 고꾸라진 혈사림은 대체 뭐지?"

"뭐요?"

"기억을 못하는 거냐? 아니면 애써 기억을 하지 않는 것이냐?"

그제야 뭔가를 떠올린 이자웅이 일그러진 얼굴로 대꾸했다.

"옛날 얘기를 하는 거요? 하지만 그때 검선(劍仙)이 익히고 있던 심법은 건청기공이 아니라 자하신공(紫霞神功)이었소."

"한심한… 알려면 제대로 알아두거라. 네놈은 태어나지도 않았을 때라 알지 못하겠지만 노부는 당시의 대결을 똑똑히 지켜보았다. 검선은 자하신공이 아니라 건청기공만으로 혈사림이 내세운 고수를 꺾었다. 물론 자하신공처럼 더욱 위력적인 무공도 있었겠지. 그랬다면 애당초 승부도 되지 않았을 것이고. 하나 지금 생각해 보면 검선이 굳이 건청기공만을 사용한 이유를 알 것도 같다. 바로 네놈과 같이 쓸데없는 말을 지껄이는 놈들의 콧대를 꺾어주기 위함이라고나 할까.”

“잘났소.”

괜히 말을 섞어봤자 자신과 혈사림의 입장만 구차해진다고 생각했는지 이자웅은 신경질적으로 몸을 돌렸다.

청진자는 생각지도 못한 서극의 도움에 목례로 인사를 했다.

서극은 청진자의 인사를 외면했다.

자신과 전혀 상관없는, 엄밀히 말해 잠재적 적이라 할 수 있는 화산파를 두둔한 것은 청진자의 인사 따위나 받자고 한 일이 아니었다. 추구하는 길과 이상은 달라도 그저 한 사람의 무인으로서 검선에 대한 존경심의 발로였을 뿐이다. 그것을 알기에 청진자도 서극의 냉막한 태도에도 불쾌한 감정을 가지지 않았다.

이자웅의 콧대를 눌러 버린 서극이 모닥불 옆에 피풍의(皮風衣)를 깔고 묵빛 장삼을 이불 삼아 덮고 누웠다. 이자웅이 불길을 이용해 간단히 음식을 준비하는 것을 보았음에도 전혀 관심없다는 태도였다.

청진자는 서극의 맞은편에 가부좌를 틀고 앉더니 허리춤에 패용(佩用)하고 있던 검을 무릎 위에 가만히 올려놓고 눈을 감았다.

힐끗 시선을 던진 이자웅이 같잖다는 웃음을 흘리며 손바닥만 한 냄비에서 걸죽하게 변해가는 음식물에 정신을 집중했다.

바로 그때였다.

어둠을 가르고 날아든 무엇인가가 청진자의 무릎에 내려앉았다.

하룻밤에 만 리를 날아간다고 해서 만리조(萬里鳥)라 불리는 정무맹(正武盟)의 전서구(傳書鳩)였다.

누워 있던 서극이 상체를 일으키고, 이자웅의 고개도 이미 전서구를 향해 있었다.

만리조의 발에 달린 서찰을 읽는 청진자의 안색이 몇 번이나 변했다. 분노, 어이없음, 당황스러움이 겹쳐 지나가고 마지막으로 그의 얼굴에 남은 것은 진한 허탈감이었다.

"결국… 그리된 것인가?"

"뭐가 그리되었다는 거지? 새로운 소식이라도 있나?"

이자웅이 급히 물었다. 청진자가 아무런 대꾸도 하지 않자 이자웅의 얼굴이 벌겋게 달아올랐다.

"귓구멍이라도 막힌 거냐? 사람이 묻잖아. 빨리 말해보라니까."

"이 전서구는 정무맹에서 온 것. 혈사림에게 알려줄 필요는 없을 것 같은데."

"이……."

청진자가 정색을 하고 말하자 이자웅도 할 말이 없었다. 그래도 궁금함을 참지 못하고 서극에게 무슨 말이라도 해보라는 듯 고개를 돌렸지만 서극은 서극 나름대로 심각한 표정을 짓고 있었다.

서극의 행동에서 그가 누군가와 전음을 주고받고 있으며 그 내용이 모르긴 몰라도 방금 전 청진자가 전서구를 통해 받은 내용과 관계가 있을 것이라 직감한 이자웅의 얼굴이 확 일그러졌다.

"제길. 뭐야, 이거. 나만 병신 되는 거야?"

답답함을 참지 못하는 이자웅이 스스로 자학을 할 때, 전음을 끝낸 서극이 청진자에게 물었다.

"정무맹에서 온 소식… 아마도 그 얘기겠지?"

"그렇소이다. 마황성에서도 소식을 접한 모양입니다."

"그랬으니 연락이 온 것이겠지. 이것 참."

서극이 여전히 가부좌를 틀고 있는 유대웅에게 시선을 두며 혀를 찼다. 청진자 역시 곤혹스런 표정이었다.

유대웅의 아비 유섬강(柳閃剛)은 사천 일대 수로를 장악하고 있는 일심맹(一心盟)의 수장이었다. 비록 수적에 불과했지만 독문무공인 천뢰육도(天雷六刀)는 무림의 일절로 인정받는 절기였고, 이를 바탕으로 인근에선 상당한 명망을 얻고 있었다.

하지만 무림을 휩쓴 한 가지 소문 때문에 그는 평생을 바쳐 일궈낸 세력과 명예(?), 그리고 무엇과도 바꿀 수 없는 아들을 잃을 위기에 봉착했다.

선택의 기로에 선 유섬강은 일심맹과 그를 따르는 수하들, 사랑하는 아들을 지키기 위해 스스로 목숨을 버렸다.

한낱 소문에 휘둘려 미쳐 날뛴 무림인들의 광기가 그로 하여금 극단적인 선택을 하도록 강요한 것이었고, 덕분에 유대웅은 아비를 잃었다.

결국 그 모든 것이 거짓된 소문이라는 것이 밝혀진 지금은 최악의 선택이 되고 말았지만.

"정말 이럴 거야!"

이자웅이 도끼눈을 하며 노려보자 청진자는 귀찮다는 듯 서찰을 건넸고, 콧방귀를 뀌며 서찰을 낚아챈 이자웅은 앞의 두 사람보다 더욱 황당한 표정을 지으며 서찰을 떨구고 말았다.

"뭐야, 이게. 그럼 여태까지 헛짓거리한 거야?"

유대웅이 때마침 일주천을 끝내고 눈을 뜬 것은 그야말로 천행이었다.

무림의 절정고수들이야 운기조식 중에도 외부의 상황을 눈치채고 적절히 반응을 할 수 있다지만 제대로 무공을 배우지 못한 유대웅에게 그런 경지를 기대한다는 것 자체가 우스운 일이었다.

눈을 뜬 유대웅은 허연 입김을 뿜어내며 다가오는 멧돼지를 보고 기겁할 듯 놀랐다. 그렇다고 소리를 지르거나 당장 어떤 행동을 하지는 않았다. 섣부른 행동으로 멧돼지를 자극하면 오히려 좋지 않은 결과를 불러올 수 있다는 생각에서였다.

유대웅은 마치 노련한 사냥꾼처럼 칠 장여까지 접근한 멧돼지를 살피기 시작했다. 생각보다 작은 덩치도 그렇고 윗입술 위로 살짝 솟은 어금니의 크기를 살펴봤을 때 이제 갓 어른이 된 멧돼지가 분명했다. 그래도 어금니를 앞세우고 돌진을 하면 그 어떤 맹수보다 무서운 것이 바로 야생의 멧돼지였다.

유대웅은 과거 아비의 수하 하나가 멧돼지에 들이받혀 보름을 앓다가 목숨을 잃었음을 상기하며 침착함을 유지하려고 노력했다.

굶주림에 지쳐 있는 멧돼지의 거친 숨소리에 그의 전신은 딱딱하게 굳어버렸다.

천천히 걸음을 멈춘 멧돼지의 입에서 거친 숨결이 뿜어져 나왔다. 목 부분에서부터 등에 걸쳐 난 긴 강모(剛毛)가 빳빳이 일어난 것을 보면 단단히 성이 난 듯싶었다.

등 위로 삐죽이 솟은 강모를 본 유대웅이 그 즉시 자리에서 일어났다. 상대가 자신의 존재를 알고 공격을 준비하는데 앉아서 맞이한다는 것은 죽여달라는 것이나 다름없었다.

두두두두.

멧돼지의 거친 돌진이 시작됐다.

단숨에 거리를 좁힌 멧돼지가 달려오던 힘 그대로 유대웅을 들이받았다.

열넷의 나이. 결코 많은 나이는 아니었지만 명색이 장강을 주름잡던 호걸의 후예였다. 두렵다고 무작정 몸을 돌려 도망치는 어리석음을 범하지는 않았다. 오히려 침착하게 멧돼지의 동선을 살피며 몸을 틀어 피했다.

유대웅을 그대로 지나친 멧돼지는 그가 피워놓은 모닥불을 그대로 뭉갠 뒤, 삼 장이나 더 달려간 다음에야 몸을 틀었다.

공격에 실패한 것이 화가 나는지 연신 땅을 박차고 고개를 흔들며 잔뜩 성을 냈다.

거칠게 입김을 내뿜으며 재차 돌진하는 멧돼지.

유대웅이 오직 직선으로밖에 공격하지 못하는 멧돼지의 특징을 기억하며 침착하게 대처를 하자 공격은 번번이 실패로 돌아갔다.

쾅!

거친 충돌음과 함께 멧돼지의 주둥이에 부딪친 관이 심하게 흔들렸다. 다행히 살짝 비껴 나가 큰 손상은 없어 보였지만 어금니와 부딪친 곳에 금이 가면서 조각이 조금 떨어져 내렸다. 그것을 본 유대웅의 눈에서 불꽃이 튀었다.

"저놈이 미쳤나!"

부친의 시신을 담은 관이 훼손된 것에 유대웅은 분노를 감추지 못했다.

관을 타고 넘어가며 나뒹군 멧돼지는 멧돼지대로 성이 하늘 끝까지 뻗친 모습이었다. 흥분을 감추지 못하고 괴성까지 질러대며 고개를 흔들어댔다.

"덤벼! 덤벼, 새꺄!"

그렇잖아도 언제까지 피할 수 없다고 여긴 유대웅이 부친을 모신 관까지 손상을 입자 욕설을 해가며 멧돼지를 도발했다. 한쪽 손에는 이미 벗어 든 장삼이 들려 있었다. 사람의 말을 알아들을 리는 만무하지만 그런 유대웅을 향해 돌진하는 멧돼지의 동작이 한층 험해 보였다.

유대웅은 멧돼지의 돌진을 피하면서 들고 있던 장삼을 머리 위에 씌웠다.

한순간에 시야를 잃은 멧돼지가 장삼을 벗어 던지기 위해 몸을 흔들었지만 이불 대용으로 쓸 정도로 큰 장삼인지라 쉽게 벗겨지지 않았다.

멧돼지가 어물거리는 틈을 타 달려든 유대웅이 멧돼지의 머리를 팔뚝에 끼우며 숨통을 졸랐다.

깜짝 놀란 멧돼지가 괴성을 질러대며 벗어나려 하였으나 유대웅의 힘도 만만치 않았다.

아무리 머리를 흔들고 몸을 틀어대며 발광을 해도 유대웅은 손을 풀지 않았다. 오히려 더욱 강한 힘으로 멧돼지의 숨통을 조였다. 통나무처럼 두꺼운 멧돼지의 목을 감안했을 때 숨을 끊을 수 없다는 것은 유대웅도 잘 알고 있었지만, 멧돼지의 숨통을 끊을 방법은 이미 찾아낸 상태였다.

'조금만 더.'

격한 흔들림 속에서 그 큰 덩치가 이리 날리고 저리 날리면서도 죽을힘을 다해 멧돼지의 목을 움켜쥐고 있던 유대웅은 조금씩 자신이 원하는 방향으로 멧돼지를 끌고 갈 수 있었다.

눈에 띄는 몇 개의 바위.

그중에서 가장 날카롭다고 여긴 바위를 찾아낸 유대웅이 크게 심호흡을 했다.

본능적으로 위기감을 느낀 멧돼지가 발버둥을 치며 유대웅의 손에서 빠져나가려 했지만 열네 살 소년의 힘이라곤 믿기지 않는 괴력에 속수무책이었다.

"넌 뒈졌어."

이를 꽉 깨문 유대웅의 관자놀이에 핏줄기가 툭툭 튀어나오고 동시에 멧돼지의 목을 감싼 팔뚝의 근육이 꿈틀거리는가 싶더니 멧돼지의 몸이 허공으로 떠오르기 시작했다.

"으라라라랏!"

유대웅은 온몸의 힘을 짜내는 듯한 힘찬 기합성과 함께 몸을 누이며 멧돼지를 뒤집어 넘겨 버렸다.

크게 원을 그린 멧돼지가 내리꽂히는 곳은 미리 봐두었던 날카로운 바위였다.

머리가 단단히 잡힌 채 다리가 아닌 등으로 떨어지는 것이라 생존 본능이 살아 넘치는 멧돼지라도 어쩔 수가 없었다.

바위에 부딪쳐 척추가 부러지고, 심지어 날카로운 바위의 모서리에 등줄기가 꿰뚫리기까지 한 멧돼지는 산을 뒤흔드는 울부짖음을 내뱉으며 이내 숨이 끊어지고 말았다.

멋들어진 솜씨로 멧돼지의 숨통을 끊었지만 그 과정에서 전신의 힘을 모조리 쏟아부은 유대웅 또한 거친 숨을 몰아쉬며 일어날 줄을 몰랐다.

멧돼지의 몸에서 모든 온기가 빠져나갈 즈음 해서야 몸을 일으킨 유대웅이 멧돼지의 시신을 발로 한 번 걷어차며 씩씩대더니 언제 화를 냈냐는 듯 환한 표정과 함께 꺼져 가는 모닥불을 다시 살리며 콧노래를 불렀다. 과정이야 어찌 되었든 오랜만에 포식을 할 수 있다는 기쁨 때문이었다.

"나원. 뭐, 저런 놈이 있대."

이자웅은 멧돼지의 가죽을 벗기며 연신 싱글거리고 있는 유대웅을 보며 어이없다는 표정을 지었다. 비단 그만이 아니라 고독검마와 청진자 역시 놀라움을 감추지 못하고 있었다.

"어린놈이 제법이야. 어때? 내 말이 틀리지 않았지?"

고독검마는 유대웅을 구하기 위해 직접 나서려고 했던 청진자를 보며 물었다.

"그렇군요. 여느 아이와 조금은 다르다고 생각하고 있었지만 저런 힘은 도대체가……."

청진자는 배고픔에 미쳐 날뛰는 멧돼지를 다른 것도 아니고 순수한 힘으로 꺾어버린 유대웅의 무시무시한 괴력에 혀를 내둘렀다.

"건청기공도 어느 정도 도움이 되기는 했겠지만 타고났다고 봐야겠지. 덩치만 봐도 열넷이라 보기엔 어렵고."

유대웅을 보며 가만히 읊조리던 고독검마가 갑자기 발걸음을 옮겼다.

"어디 갑니까?"

이자웅이 물었다. 그를 향해 '네가 알 것 없다'라는 눈길을 던진 고독검마의 걸음이 빨라졌다.

청진자도 움직일 기미를 보이자 이자웅 역시 툴툴거리며 뒤따르기 시작했다.

"다 끝난 마당에 뭐하는 짓들이야. 젠장."

멧돼지의 뒷다리를 막 불길에 올리던 유대웅은 갑작스레 나타난 고독검마 등을 보며 흠칫 놀랐다. 엉거주춤한 자세로 잔뜩 경계의 눈초리를 하는 유대웅을 향해 고독검마가 말했다.

"해칠 생각 없으니 겁먹을 것 없다."

하나 고독검마의 냉막한 말투며 인상, 무엇보다 이자웅의 살벌한 면상을 보고 있노라면 겁을 먹지 않을 사람이 없었다.

유대웅이 두려운 기색을 감추지 못하자 쓴웃음을 지은 청진자가 앞으로 나섰다.

"솜씨가 대단하구나. 멧돼지라면 장정 서넛이 덤벼도 감당하기 힘든 놈인데."

"운이 좋았을 뿐인데요."

"운도 실력이다."

모닥불 옆에 털썩 주저앉은 고독검마가 유대웅이 들고 있는 멧돼지 다리를 빼앗듯 낚아채더니 말했다.

"이렇게 구우면 밤을 꼬박 새워도 제대로 구워지지 않는다. 겉만 탈 뿐이지."

고독검마는 가볍게 타박을 한 후 짧은 소도를 몇 번 움직였다.

유대웅의 눈에야 그저 가볍게 휘두른 것으로 보였겠지만 단 몇 번의 휘두름으로 멧돼지 다리엔 빼곡히 칼집이 들어갔다.

"올려라."

유대웅은 고독검마가 건넨 멧돼지 다리를 조심스레 불길에 올렸다.

"우리가 누군지 아느냐?"

고독검마가 물었다.

“……..”

유대웅이 아무런 대꾸도 하지 않자 이자웅이 어이가 없다는 듯 소리쳤다.

“물을 걸 물으쇼! 저놈이 우리를 어떻게 압니까? 처음 보는데.”

“모를… 리가 없지요.”

이자웅의 고개가 홱 돌아갔다.

“뭐라? 알아?”

“……..”

“네놈이 우리를 안다고?”

유대웅이 침묵을 지키자 고독검마가 다시 물었다.

“어찌 알았느냐?”

“등천각(登天閣)에서 봤어요.”

“으음.”

고독검마와 청진자의 입에서 동시에 신음이 흘러나왔다. 등천각은 유대웅의 부친이 스스로 목숨을 끊은 장소였다.

“뭐, 굳이 보지 않아도 알 수 있지요. 탐욕에 미친 인간들이 저를 그냥 보내지는 않을 테니까요.”

유대웅의 한마디에 졸지에 탐욕에 미친 인간들로 전락해 버린 이들은 일순 할 말을 찾지 못했다.

“지금껏 제 뒤를 밟은 것 아닌가요? 혹시나 제가 그 천하제일검(天下第一劍)인가 뭔가 하는 것에 대한 행방을 알까

봐서."

유대웅은 덩치에 어울리지 않는 순박한 얼굴에 살짝 비웃음을 띠우며 물었다.

고독검마는 굳이 변명을 하지 않았다.

"맞다. 우리는 지금껏 네 뒤를 따라왔다."

"한데 왜… 훗, 이젠 제 목숨까지도 끝장을 낼 생각인 모양이죠?"

유대웅은 조용히 뒤따르다 갑자기 모습을 드러낸 고독검마 등에게 강한 적의를 드러냈다.

그런 유대웅을 보면서 청진자는 한숨을 내쉬었다. 자신들이 한 짓이 있으니 유대웅의 말에 달리 변명할 여지가 없었다.

"네 부친이 결백했다는 것이 밝혀졌다."

청진자가 다소 민망한 표정을 지으며 말했다. 순간, 유대웅의 눈이 번뜩였다.

"결백이오? 누가 들으면 큰 죄라도 지은 줄 알겠네요. 뭐, 아무튼 결백이 밝혀졌다는 건 아버지가 천하제일검을 지니지 않았다는 것이 사실로 드러났다는 말이군요."

"그, 그래."

"다시 말해 아버지는 아무런 죄도 없이 개죽음을 당한 것이고요."

"개죽음이라고 할 수는 없지."

청진자를 대신해서 고독검마가 대답을 했다.

"만약 네 아비가 결백을 주장하며 스스로 목숨을 끊지 않았다면 그는 물론이고 일심맹 또한 흔적도 없이 사라졌을 것이다."

이자웅이 괴소와 함께 말을 덧붙였다.

"크크크, 한마디로 사천의 수적들은 씨가 말랐을 거란 말이지. 사실 따지고 보면 장강의 물을 흐리는 몇몇 버러지들을 없애는 일이라 나쁘지는 않았는데 말이야."

말 중간에 끼어든 이자웅을 못마땅한 눈빛으로 노려본 고독검마가 다시 말을 이었다.

"네 아비는 스스로 목숨을 끊음으로써 수하들을 구한 것이다. 제 한목숨 챙기기도 바쁜 요즘 세태에 비추어보면 제법 기개있는 행동이었지."

"……."

"네 아비가 천하제일검을 얻지 못했음이 드러났으니 이제 우리는 네 뒤를 따를 필요가 없어졌다."

"한데 어째서……."

유대웅이 의혹 어린 시선을 보내자 가볍게 헛기침을 한 고독검마가 유대웅의 눈을 지그시 바라보며 말했다.

"노부는 이제 마황성으로 돌아갈 것이다. 돌아가기 전에 네게 잠시 볼일이 있어 왔다. 저치들은 그저 내 뒤를 따라왔을 뿐이고."

이자웅과 청진자에게 힐끗 시선을 던진 유대웅이 고독검마의 말을 기다렸다.

"돌려 말하지 않겠다. 그럴 재주도 없으니."

목관을 향해 시선을 돌렸던 고독검마가 착 가라앉은 음성으로 말했다.

"네 아비의 장례가 끝나면 마황성으로 오너라."

"예?"

생각지도 못한 말에 유대웅이 깜짝 놀라고 이자웅과 청진자는 그보다 더욱 놀라는 모습이었다.

"노부의 제자가 되라는 소리는 아니다. 꼭 마황성의 무인이 될 필요도 없다. 그저 한 번 들러보라는 것뿐이다."

다른 사람도 아니고 마황성의 장로가 하는 말이었다. 그저 한 번 들러보라는 말에도 그 의미가 달랐다.

"미친 거요, 영감? 어디 사람이 없어서 수적의 새끼 따위를."

이자웅이 헛웃음을 흘리며 고개를 흔들었다.

가만히 유대웅을 바라보던 청진자는 유대웅이 뛰어난 아이라는 데에는 이견이 없었지만 과연 고독검마가 욕심낼 정도의 인재일까 하는 점에서 고개를 갸웃거릴 수밖에 없었다.

'혹 내가 보지 못한 뭔가를 본 것일까?'

아무리 살피고 떠올려 봐도 그런 점은 기억나지 않았다. 청진자가 홀로 생각에 잠겼을 때 고독검마가 다시금 물었다.

"노부의 말을 알아들었느냐?"

"……."

유대웅이 쉽게 입을 열지 못했지만 고독검마는 대답을 채근하지 않았다.

"굳이 지금 대답할 필요는 없다. 천천히 생각하거라."

고독검마는 어느새 노릇하게 익어가는 멧돼지 다리의 살점을 가볍게 잘라냈다.

"맛있군."

고독검마는 몇 차례 살점을 맛보더니 품에서 낡은 책자 하나를 꺼내 들었다.

"방금 먹은 고기 값이니 부담은 갖지 말고 넣어둬라."

얼떨결에 책자를 받아 든 유대웅의 눈에 실로 조악한 글씨체의 제목이 들어왔다.

파천신권(破天神拳).

유대웅의 얼굴이 살짝 찡그려졌다.

책의 제목대로라면 하늘을 깨부수는 주먹이라는 말인데 지렁이가 굴러다니는 글씨체를 보면 어린아이가 썼다고 해도 믿을 지경이었다. 최소한 자신도 그보다는 훨씬 더 잘 쓸 자신이 있었다.

하지만 시큰둥한 유대웅의 반응과는 달리 청진자와 이자웅은 깜짝 놀라고 있었다. 비록 무림을 위진시킬 수 있는 절세의 무공은 아닐지라도 제대로만 익힌다면 최소한 한 지역

은 능히 호령할 수 있는 무공이 바로 파천신권이기 때문이었
다.

"흥, 얼마 전 거력패웅(巨力覇熊)이 마황성에 반기를 들다
가 뒈졌다는 소식이 있더니만 영감이 해치운 모양이구려."

"반기? 미련한 곰 따위가 감히 반기를? 그냥 죄를 지었고,
그에 합당한 벌을 받았을 뿐이다."

오연한 자세로 비웃음을 흘린 고독검마가 유대웅의 머리
를 살짝 어루만지며 말했다.

"잘 생각하고 판단해서 결정해라. 노부는 이만 가보마."

그 말을 끝으로 몸을 돌린 고독검마는 뒤도 안 돌아보고 걸
음을 옮기기 시작했다. 며칠 동안이나 함께 움직였던 이자웅
이나 청진자는 안중에도 없다는 태도였다.

"끝까지 고고한 척을 하는군. 그래 봤자 마황성의 늙은 퇴
물일 뿐이거늘."

살기 어린 눈으로 고독검마의 뒷모습을 노려보던 이자웅
이 슬그머니 고개를 돌려 유대웅의 전신을 훑었다.

유대웅은 자신의 몸을 살피는 이자웅의 눈빛에 소름이 돋
았다.

마치 뱀의 혓바닥이 목덜미를 핥는 듯한 불쾌한 감정.

그런 유대웅의 감정을 느낀 것인지 이자웅은 괴소를 터뜨
리며 유대웅의 어깨를 가볍게 잡았다.

유대웅이 깜짝 놀라 몸을 빼려 하자 이자웅의 입가에 차가

운 미소가 흘렀다.

"어린놈, 그렇게 겁먹을 것 없다. 아무렴 이 몸이 네놈 따위를 어찌할까 보냐? 그대도 그렇게 도끼눈을 뜨고 쳐다볼 것 없고. 크크크. 솔직히 이제 와서 염려하는 척하는 것도 우습지 않아?"

이자웅의 힐난에 청진자의 안색이 가볍게 붉어졌다.

"아, 떠나기 전에 고기 맛이나 보고 가야겠군."

이자웅은 고독검마가 한 것처럼 멧돼지 고기 몇 점을 떼어 먹은 뒤, 입맛에 맞았는지 흡족한 미소를 지으며 고개를 끄덕였다.

"고기를 얻어먹었으니 나도 검마 영감처럼 선물을 줘야겠군."

품속에 손을 넣던 이자웅의 눈이 번뜩이는가 싶더니 난데없이 유대웅의 가슴을 후려쳤다.

"무슨 짓이냐!"

기겁을 한 청진자가 달려들었을 땐 이자웅은 이미 한참이나 물러난 뒤였다.

"이만하면 평생 잊지 못할 선물이 되겠지? 그 평생이라는 것도 고작 며칠뿐이겠지만. 크하하하하!"

"금수만도 못한 놈이 아니더냐! 어린아이에게 이따위 살수를 쓰다니."

청진자의 전신에서 무시무시한 살기가 뿜어져 나오는 것

을 보면 그가 이자웅의 파렴치한 행동에 얼마나 분노하고 있는지 알 수 있었다.

이자웅은 청진자와 싸울 생각이 별로 없었다. 실력이 부족해서가 아니었다. 청진자가 화산파에서 손꼽히는 고수라고 해도 이자웅 역시 그에 못지않은 고수였고 둘의 실력은 딱히 누가 위라고 할 수 없을 정도로 대등했다. 단지 발가락의 때만도 못한 수적 따위로 인해 목숨을 걸 이유가 없다고 생각한 것이었다.

"호~ 그렇게 방방 뜰 시간에 저놈이나 살피는 게 어때? 죽을힘을 다해 손을 쓰면 비루한 목숨이나마 며칠은 연장시킬 수 있을 텐데 말이야."

이자웅의 비웃음 섞인 한마디에 청진자의 움직임이 그대로 멈췄다. 그의 말대로 지금 급한 것은 이자웅이 아니라 유대웅의 목숨을 구하는 것이었다.

"애써보라고, 잘될지 모르겠지만. 하하하하하."

빙글 몸을 돌리는 이자웅은 꽤나 기분이 좋은 듯했다.

덩치는 어른만 해도 이제 겨우 어린애 티를 벗어난 유대웅에게 끔찍한 살수를 썼다는 죄책감 따위는 존재하지 않았다.

오만하기가 천하에 손꼽히는 고독검마가 주목한 아이.

어쩌면 혈사림의 잠재적인 적이 될 수도 있는 존재를 제거할 수 있다는 것이 뿌듯할 뿐이었다.

하지만 그는 모르고 있었다.

몸속으로 침입한 음한지기(陰寒之氣)에 정신이 혼미해져 가는 순간에도 유대웅이 이글거리는 눈빛으로 그를 노려보고 있다는 것을.

"내 말 들리느냐?"

청진자가 명문혈(命門穴)에 진기를 불어넣으며 소리쳤다.

거의 정신을 잃고 있던 유대웅은 명문혈을 통해 밀려드는 따뜻하고 웅휘로운 기운에 겨우 정신을 차리고 고개를 끄덕였다.

"어서 가부좌를 틀고 앉아 운기조식을 하거라. 네가 익히고 있는 내공심법이 건청기공 맞더냐?"

유대웅이 다시금 고개를 끄덕였다.

"네 몸은 지금 음한지기에 완벽하게 노출된 상태다. 기경팔맥(奇經八脈)은 물론이고 내부 장기까지 얼어붙고 있어. 정신 똑바로 차리지 못하면 큰일 난다."

유대웅의 몸이 두려움에 부르르 떨리자 청진자가 애써 밝은 음성으로 말했다.

"그래도 너무 걱정하지 말거라. 너와 내가 힘을 합치면 능히 물리칠 수가 있으니. 자, 어서 운기를 시작해라. 내가 도와주마."

청진자는 유대웅의 명문혈을 통해 한층 강한 진기를 불어넣었다. 어리긴 해도 멧돼지를 홀로 사냥할 정도로 대범했던 유대웅은 주저하지 않고 운기조식을 시작했다. 하지만 생각보다 쉬운 일이 아니었다.

유대웅은 음한지기가 기경팔맥에 영향을 미쳤다는 말이 무슨 뜻인지 금방 알 수 있었다.

평소와 다르게 기의 흐름이 극단적으로 느렸고 원활하지도 않았다. 특히 진기가 음한지기에 직접적으로 타격을 받은 견정과 중부혈을 지날 때엔 온몸이 난도질당하는 고통에 시달려야 했다. 절대로 비명을 질러서는 안 된다는 청진자의 경고와 더불어 그가 불어넣어 주는 진기가 아니었다면 이미 비명을 지르다 목숨을 잃었을 정도로 끔찍한 고통이었다.

유대웅은 그렇게 몇 번의 위기를 뚫고 힘겹게 일주천을 끝냈다.

고통은 전혀 줄어들지 않았지만 온몸을 오그라들게 만들었던 추위는 조금 가신 듯했다.

그때까지 유대웅의 명문혈에 장심을 대고 운기를 돕고 있던 청진자가 천천히 손을 떼며 물었다.

"괜찮으냐?"

"견딜 만은 해요."

청진자의 눈가에 이채가 흘렀다.

이자웅이 유대웅의 몸속에 침투시킨 음한지기는 혈사림, 아니, 전 무림에서도 세 손가락 안에 들 정도로 악독하다는 빙살음혈기(氷煞陰血氣)였다. 비록 급한 불은 껐다지만 유대웅이 겪고 있을 고통은 상상을 초월할 터. 그럼에도 저토록 담담히 대꾸할 수 있다는 것이 놀랍기만 했다.

'고독검마가 이 아이에게 본 것이 어쩌면 이런 것일지도 모르겠군.'

잠시 생각에 잠겼던 청진자가 어느새 밝아오는 동녘 하늘을 보며 입을 열었다.

"그자가 네 몸에 침투시킨 빙살음혈기는 악독하기 짝이 없는 것이다. 음한지기의 준동을 억제시켜 놓기는 했지만 임시방편에 불과하구나."

"치료… 할 수는 없는 건가요?"

유대웅의 목소리가 살짝 떨렸다. 청진자가 한숨을 내쉬었다.

"방법이 없는 것은 아니다."

"그, 그것이 무엇인가요?"

"우선 빙살음혈기의 음한지기를 밀어낼 수 있을 정도의 강력한 양강지공을 익히는 것이 있다. 대신 어느 정도 수준에 이를 때까지 고통은 말로 표현할 수 없을 것이다. 다른 하나는 내력으로 음한지기를 밀어내거나 소멸시켜 버리는 방법이다."

"그, 그럼……."

유대웅이 간절한 표정으로 자신을 바라보자 청진자의 입가에 쓴웃음이 걸렸다.

"유감스럽게도 내 실력으론 빙살음혈기의 음한지기를 소

멸시킬 수 없구나. 나보다 최소한 윗길의 고수가 애를 써야 되는 일이야."

그런 인물이 무림에 과연 얼마나 있을 것이며 또한 선뜻 도움을 줄 것인가? 청진자는 안타까운 눈으로 유대웅을 바라보았다.

"그럼 이렇게 죽는 건가요?"

유대웅이 힘없이 중얼거리자 청진자가 그의 어깨를 꽉 움켜잡았다.

"그렇지는 않다. 네가 익힌 건청기공은 최소한 네 목숨은 지켜줄 수 있을 것이고 인연이 닿는다면 너를 괴롭히는 음한지기를 몰아낼 수 있을 것이다."

청진자의 말이 뜬구름 잡는 것보다 더 가능성이 없다는 것을 알기라도 하는 듯 유대웅은 어두운 표정으로 고개를 숙이고 말았다.

그 모습이 안쓰러웠는지 청진자의 안색 또한 절로 어두워졌다.

"세상에 불가능한 일은 없는 법이다. 힘들겠지만 포기하지 말거라."

유대웅이 붉게 충혈된 눈으로 고개를 끄덕이자 청진자는 마음 한 켠이 아려오는 것을 느꼈다.

'이대로 두고 보아야 하는 것인가? 아니면……'

청진자는 유대웅의 몸에 박힌 빙살음혈기의 음한지기를

당장 없앨 능력은 없었다. 하지만 없앨 수 있는 내공심법은 알고 있었다. 문제는 그것이 화산파에서도 선택받은 극소수만이 익힐 수 있는 자하신공이라는 것이 문제였다.

'사람 목숨보다 귀한 것은 없다지만 자하신공은……'

마음 같아선 열 번이고 더 알려주고 싶었지만 자하심공은 자신만의 것이 아니었다. 지나온 화산의 역사였고 앞으로 이어질 자부심이었다. 그 어떤 이유라 해도 독단적으로 외부에 유출할 수는 없었다.

'미안… 하구나.'

몇 번을 생각해 봐도 자하신공을 가르칠 수 없다고 여긴 청진자는 자하신공을 대신해서 조금이나마 도움이 될 수 있는 방법을 찾았다.

"이것을 복용해라."

질문을 허용하지 않겠다는 엄숙한 태도에 유대웅은 긴장된 표정으로 그가 건넨 단환을 받아 들었다.

"치료가 되지는 않겠지만 고통을 덜 수는 있을 것이다."

방금 전 끔찍했던 고통을 떠올린 유대웅은 고통을 덜 수 있다는 말에 두말 않고 단환을 삼켰다.

입에 넣은 단환은 침에 닿기가 무섭게 액체로 변해 목으로 넘어갔다. 청아한 향기가 입안 가득 퍼지고 뜨거운 기운 아랫배를 가득 채웠다.

"즉시 운기를 하거라."

유대웅은 의문을 갖지 않고 청진자가 시키는 대로 운기조식을 시작했다. 여전히 기경팔맥 곳곳에서 음한지기의 저항을 받았지만 단환의 영향 때문인지 아니면 다시금 그의 명문혈에 장심을 대고 진기를 불어넣는 청진자의 힘 때문인지 이전에 비해 고통도 확 줄었고 일주천을 하는 시간 또한 엄청나게 단축되었다.

유대웅은 알지 못했지만 그가 복용한 단환은 자소단(紫霄丹)이라는 것으로 화산에서도 몹시 귀하게 여기는 것이었다.

일반인이 복용을 하면 능히 무병장수할 수 있었고 무림인이 복용을 하면 그 노력 여하에 따라 일시에 반 갑자의 내력을 얻을 수 있는 보물 중의 보물이었다.

유대웅이 당장 자소단의 모든 힘을 자신의 것으로 만든다는 것은 무리겠지만 기연을 얻은 것은 분명한 사실이었다.

기연은 그것으로 끝나지 않았다.

긴 숨과 함께 운기조식을 마친 그에게 청진자가 착 가라앉은 음성으로 말을 했다.

"지금부터 건청기공의 구결을 알려주도록 하겠다."

"예? 그건 저도 알고 있는데요."

속된 말로 지나가는 개도 알고 있다는 건청기공이었다. 한데 다시 구결을 알려준다니 유대웅은 이해할 수가 없었다.

"현재 세간에 알려진 건청기공은 진정한 의미에서의 건청기공이라 할 수는 없다. 건청기공은 사람들이 생각하는 것처럼 그렇게 쉬운 무공이 아니다."

청진자가 괜한 말을 꺼낼 리가 없다고 여긴 유대웅은 근질
거리는 입을 억지로 참았다.

"건청기공은 화산파라는 이름이 세워지기도 전, 화산에 산
재해 있던 수많은 도관 중 어느 하나에서 만들어진 것이다.
정확히 누가, 언제 만든 것인지는 모른다. 다만 확실한 것은
세간에 알려진 건청기공은 본래의 것보다 상당히 축약되었다
는 것이다. 아마도 일반인이라도 쉽게 익혀 몸과 마음이 건강
해지도록 하기 위한 선각자들의 배려였을 것이야."

"하면……."

"그래. 내가 네게 알려주려는 건청기공은 축약되지 않은,
오직 화산에만 올바르게 내려오는 원래의 건청기공이다. 그
렇다고 너무 걱정할 것은 없다. 네가 익힌 것에서 조금 심화
되는 것뿐이니까."

청진자는 그 차이가 얼마나 큰지 굳이 얘기하지 않고 서둘
러 구결을 전수했다. 이미 알고 있던 구결에 몇 가지 더 첨가
되는 정도인지라 서너 번의 암송이 끝나자 유대웅도 정확하
게 외울 수가 있었다.

정무맹으로부터 새로운 임무를 받은 청진자는 더 이상 지
체할 시간이 없다며, 유대웅이 제대로 외우고 있는지 간단히
확인을 하곤 마지막 당부를 했다.

"네 몸속에 숨죽이고 있는 음한지기가 언제, 어느 순간에

움직일지는 아무도 모른다. 한시도 긴장을 늦추지 말거라.”

“예.”

“이미 겪어보았겠지만 음한지기가 움직이면 상상도 할 수 없는 고통이 따를 것이다. 건청기공이 네 목숨을 지켜줄 수 있겠지만 그 과정에서 발생하는 고통까지 사라지게 하지는 못할 게야. 정신을 제대로 차리지 못한다면 그대로 목숨을 잃을 수도 있다. 하니 어떠한 고통이 따르더라도 심지를 굳건히 하고 이겨내야 할 것이다.”

유대웅이 힘차게 고개를 끄덕였다.

“말처럼 쉽지 않은 일일 게다. 그래도 버텨야 한다. 버티고 또 버틴다면 언제고…….”

청진자는 차마 말을 잇지 못했다. 그가 해결해 주지 못하는 상황에서 언제고 치료할 수 있다는 말은 유대웅의 입장에선 어쩌면 가장 끔찍한 희망고문이 될 수도 있기 때문이었다.

“자, 이제 가야 할 시간이구나.”

막 산 위로 떠오른 태양에 눈이 부신 듯 미간을 찌푸린 청진자가 바닥에 내려놓았던 검을 집어 들었다. 그때 유대웅이 조심스레 입을 열었다.

“뭐 하나 물어봐도 되나요?”

“무엇이냐?”

“제게 왜 이렇게 친절한 거죠?”

순간, 청진자는 대꾸할 말을 찾지 못했다.

협을 행하는 무인으로서, 어른으로서, 우화등선(羽化登仙)을 꿈꾸는 도인으로서 등등 온갖 생각들이 스쳐 지나갔지만 그 바탕엔 유대웅 부친의 죽음에 대한 미안한 감정이 최우선이었다.

"아무튼 고맙습니다."

유대웅은 청진자의 대답을 기다리지 않고 고개를 숙였다.

청진자의 얼굴에 뭐라 표현하기 힘든 오만 가지 감정들이 나타났다 사라졌다.

峽三山巫
第二章
백룡벽(百龍壁)

"누구냐, 넌?"

미친 듯이 건청기공을 운용한 끝에 겨우 고통에서 벗어난 유대웅이 눈을 뜨고 가장 먼저 보고 들은 것은 퍼렇게 날이 선 칼과 애꾸눈, 짐승의 으르렁거림과 비슷한 위협적인 목소리였다.

아직 정신을 차리지 못한 유대웅이 머뭇거리자 칼날이 목젖을 눌러왔다.

"이 새끼가 정신 못 차리고. 누구냐니까!"

"유대웅요."

유대웅이 인상을 찌푸리며 대구했다.

그동안 부친을 잃은 슬픔, 그리고 빙살음혈기로 인해 끔찍한 고통에 시달리며 매일같이 죽음을 떠올리다 보니 그에게 두려움이란 말은 일상에서 조금은 멀리 떨어진 단어가 되고 말았다.

"유대웅? 근처에서 못 보던 놈인데… 어디에서 왔느냐?"

"중경요."

유대웅의 음성이 다소 신경질적으로 변했다. 하나 애꾸눈은 별로 의식하지 못하고 있었다.

"중… 경?"

고개를 갸웃거린 애꾸눈이 동료에게 물었다.

"이 근처에 중경이라는 데도 있나?"

"글쎄, 잘 모르겠는데."

구레나룻이 얼굴 전체를 가릴 정도로 울창한 사내가 고개를 흔들자 유대웅의 목에 칼을 들이대고 있던 애꾸눈의 얼굴이 찡그려졌다.

"네놈이 말하는 중경이 혹 사천에 있는 중경을 말하는 거냐?"

"그런데요."

"개수작하지 마라. 거기서 여기까지가 몇천 리인데."

구레나룻사내가 유대웅 뒤편에 놓인 썰매와 목관을 힐끗거리며 목청을 높였다.

"게다가 관짝을 질질 끌고 말이다. 똑바로 말해. 무슨 목적으로 이곳까지 온 것이냐?"

"이 자식 관아의 끄나풀 아냐?"

유대웅의 목에 여전히 칼을 들이밀고 있는 애꾸눈이 눈썹을 치켜 올리며 말했다.

"그럴 수도 있지. 아니면 노호채(怒虎寨)에서 온 염탐꾼일 수도 있고."

"염탐꾼치고는 너무 멍청해 보이지 않아? 둔해 보이기도 하고. 노호채의 채주 놈이 생긴 건 그렇게 생겨도 제법 잔머리는 굴릴 줄 안다고 했잖아. 아무렴 이런 어리숙한 놈을 염탐꾼으로 보낼까?"

"음, 그도 그렇네. 하면 혹시 지난달에 턴 일월표국(日月鏢局)에서 보낸 놈인가?"

그렇게 자신의 정체를 가지고 두 사내가 설왕설래를 하는 동안 유대웅은 한심하다는 표정으로 둘을 바라보고 있었다.

명색이 오룡채(烏龍寨)라 하면 녹림의 대표격이라 할 수 있는 녹림십팔채(綠林十八寨) 정도는 아니더라도 장가계 인근은 물론이고 호남 북부에서도 꽤나 알아주는 산채였다.

한데 눈앞에 있는 이들의 행태를 보아하니 산중호걸의 기세는 고사하고 동네 야산의 산적과 다를 것이 없지 않은가.

'관군들한테 토벌이라도 당한 건가?'

유대웅은 사 년 전, 부친의 손을 잡고 숙부가 우두머리로 있는 오룡채를 방문했을 때의 기억을 떠올리며 씁쓸한 웃음과 함께 짙은 한숨을 내쉬었다.

"어라? 이 새끼 봐라? 지금 웃은 거냐?"

구레나룻사내의 얼굴이 확 구겨지면서 두 눈에 살기가 깃들었다.

"웃겨? 이 상황이 웃겨? 미친 거 아냐? 확 뼈를 발라 개 먹이로 던져 줄까 보다."

유대웅을 위협하던 애꾸눈이 목에 댄 칼에 힘을 주자 목덜미에서 피가 주르르 흘러내렸다.

바로 그때였다.

"뭔 일이야?"

걸걸한 음성과 함께 마치 곰을 연상케 할 정도로 거구의 사내가 절룩거리며 나타났다. 움직일 때마다 퀴퀴한 냄새가 사방에 진동했다. 그것이 술에 찐 냄새라는 것을 유대웅은 한참 후에야 이해했다.

"형님, 오셨습니까?"

구레나룻사내가 황급히 허리를 꺾었다.

새로 나타난 거구의 사내는 인사를 받는 둥 마는 둥 하면서 유대웅에게 시선을 두었다.

"왜? 무슨 일인데 이리 소란이야?"

"수상한 놈입니다. 이런 허허벌판에서 운기조식을 하는 것도 이상하고……."

"운기조식?"

“예. 게다가 중경에서 왔다고 하는데 그것도 말이 되지 않습니다. 괴나리봇짐도 아니고 저런 관을 끌고 말입니다.”

거구사내의 시선이 유대웅과 관이 놓여 있는 썰매를 향했다.

“뭐, 그럴 수도 있지. 못하라는 법은 없으니까. 그런데 여기는 뭣 때문에 왔대?”

“그, 그건 아직.”

구레나룻사내가 말을 더듬자 그의 얼굴로 술병이 날아들었다.

“이 등신 같은 놈들아. 어디에서 왔느냐 못지않게 뭣 때문에 왔느냐가 중요한 거 몰라? 그렇게 설명을 해도 아직 이해가 안 되지? 닭대가리 같은 놈들.”

욕설을 내뱉은 사내가 유대웅을 향해 소리쳤다.

“중경에서 왔다고?”

“예.”

“왜 왔어? 관까지 끌고?”

“아버지 장례 치르러 왔는데요.”

“장례? 효자네. 그 먼 곳에서 여기까지 왔다니. 네 아비 고향이 여기냐?”

“예.”

순간, 구레나룻사내가 득달같이 소리쳤다.

“더 이상 들어볼 것도 없습니다, 형님! 이 새끼가 어디서 거짓말을 쳐. 거짓말을 하려면 제대로 하던가. 이곳의 대부분은 토가족 사람이야. 한족 이름을 쓰는 사람은 거의 없지. 특히 인근 백여 리에 유씨 성을 가진 인간은 듣도 보도 못했다."

구레나룻사내가 애기 주먹만 한 눈을 부릅뜨고 소리치는 순간, 그는 눈알이 튀어나올 것 같은 충격을 받으며 고꾸라졌다.

"니 두목 이름이 유서중(柳瑞衆)이다, 이 등신아. 어디서 이런 병신이 들어왔는지."

술기운 때문인지 아니면 정말로 한심한 수하들로 인해 머리가 어지러운 것인지 잠시 비틀거린 사내가 유대웅을 보며 말했다.

"그러고 보니 어디서 본 것도 같은데……."

유대웅이 인상을 찌푸리며 말했다.

"같은 게 아니라 봤어요, 석웅(石熊) 아저씨."

"봐? 니가 나를? 언제… 아!"

뭔가를 떠올렸는지 석웅의 눈이 화등잔만 해졌다.

"설마 섬… 강 큰형님의 아들이냐?"

"예, 대웅이에요. 이제 기억나요?"

설마하는 표정으로 유대웅의 얼굴을 요리조리 뜯어보던 석웅이 이내 광소를 터뜨렸다.

"크하하하하! 아무렴, 기억나고말고. 내 어찌 네 녀석을 잊을까?"

석웅은 뭐가 그리 기쁜지 유대웅의 볼을 좌우로 쫙쫙 잡아당기다가 힘차게 껴안았다.

"그나저나 정말 몰라보겠다. 그때도 크기는 컸다만 세상에, 벌써 이런 덩치라니. 네 나이가……."

"열넷이요."

"그렇지, 열넷. 하지만 누가 이 덩치를 보고 열네 살의 아이라 믿을까. 안 그러냐?"

구레나룻사내와 유대웅의 목에 칼을 들이댔던 애꾸는 갑작스런 상황에 정신을 차릴 수가 없었다.

살을 발라 포를 뜨느니, 뼈다귀를 개에게 던지느니 하던 녀석이 두목과 연관됐다는 것도 놀랐지만 석웅에 육박하는 커다란 덩치가 고작 열네 살밖에 되지 않았다는 것은 더욱더 믿기 힘들었다.

"말도 안 돼!"

둘이 입을 쩍 벌리며 놀라는 것을 큭큭거리며 바라보던 석웅이 유대웅의 등짝을 탁 쳤다.

"네가 이해해라. 제딴에는 눈깔에 힘을 주고 있다지만 산채에 들어온 지 이제 겨우 한 달 남짓한 놈들이야. 애송이도 되지 못한 놈들이지. 한데……."

방금 전 유대웅이 장례를 운운했다는 것을 기억해 낸 석웅이 썰매에 실린 관을 보며 급격히 얼굴을 흐렸다.

"큰… 형님이시냐?"

“예.”

“역시 그렇구나. 후~ 일심맹에 변고가 생겼다는 것은 소문으로 들었다. 형님이 크게 상심하셨지. 큰형님을 도우러 간다는 것을 말리느라 얼마나 고생을 했는지.”

석웅이 겸연쩍은 표정을 짓자 유대웅이 고개를 흔들었다.

“아니오. 차라리 잘됐어요. 그랬다가 숙부마저 잃었을걸요.”

“후~”

산전수전 다 겪은 듯 도저히 열넷의 나이와는 어울리지 않는 유대웅의 말에 석웅은 한숨을 내쉬며 그의 어깨를 부여잡았다.

“그나저나 그 먼 길을 너 혼자 온 것이냐?”

유대웅이 말없이 고개를 끄덕이자 석웅은 물론이고 똥 마려운 강아지마냥 엉거주춤 서 있던 두 사내까지 놀란 표정을 지었다.

“고생이 심했겠구나. 아무튼 잘 왔다. 형님이 돌아오시면 참으로 좋아하실 게다.”

“어디 가신 모양이네요?”

“두어 달 넘게 노리던 상단이 있어서. 제법 규모가 큰지라 산채 내에 남아 있는 인원이 없다. 이런 등신들 빼고.”

“아저씨는 왜 안 가셨어요?”

“나? 보다시피 지난번 작업을 하다가 칼침을 한 방 맞는 바람에.”

“아저씨가 부상을 당해요?”

석웅이 오룡채에서 다섯 손가락 안에 드는 고수라는 부친의 말을 떠올린 유대웅이 놀란 눈으로 쳐다보자 석웅이 멋쩍은 미소를 흘렸다.

“아무리 용맹한 사냥개도 맹수를 만나면 깨갱할 수밖에 없는 게야. 제길, 하필이면 상대가 화산파의 제자일 게 뭐람. 목숨을 건진 게 그나마 천운이었지.”

생각만으로도 부상 부위가 쑤시는지 오만상을 찌푸리며 상처를 어루만진 석웅이 유대웅의 어깨를 잡아끌었다.

“일단 산채로 가자. 장삼과 전욱은 큰형님을 모시고.”

“넵!”

그렇잖아도 후한이 두려워 떨고 있던 장삼과 전욱은 석웅의 명이 떨어지기가 무섭게 유대웅의 썰매를 끌기 시작했다.

“산채가 더 커졌는데요.”

“사 년 전이던가? 네가 왔을 때보다 건물 몇 개가 더 늘기는 했지. 식솔들도 많이 불었고.”

하지만 몇 개 정도가 아니었다. 어렴풋이 떠올려 봐도 크고 작은 건물이 십여 동은 더 들어선 것 같았다.

“대단하네요.”

유대웅이 주변을 휘휘 둘러보며 말했다.

“뭐, 우리가 능력이 조금 되기는 하지.”

어차피 도둑질한 주제에 그것도 자랑이라고 어깨를 으쓱인 석웅이 산채와 전혀 어울리지 않는 선홍빛 궁장을 입고 큰 방뎅이를 좌우로 씰룩거리며 다가오는 여인을 보자마자 웃음을 지웠다.

유대웅은 석웅의 표정이 살짝 굳는 것을 보며 그녀와의 관계가 그다지 좋지 않음을 직감적으로 느낄 수 있었다.

"호호호호. 한 바퀴 순찰을 돌고 온다더니만 빨리 돌아왔네요."

"그리되었수."

"한데 이 청… 년은 누구죠? 건장하게 생겼네."

큰 체구에 비해 어려 보이는 얼굴의 유대웅을 어찌 부를지 잠시 고민하는 여인의 말에 석웅이 인상을 찌푸리며 대꾸했다.

"큰형님의 아들이오. 대웅아, 인사드려라. 숙… 모다."

"숙… 모님이오?"

사 년 전의 기억이 맞다면 눈앞의 여인은 그가 기억하는 숙모와 전혀 다른 인물이었다.

유대웅의 의문 섞인 표정에 석웅은 그냥 대충 인사를 하라는 신호를 보냈다.

유대웅은 상황이 어찌 돌아가는지 금방 알 수 있었다.

"숙모님을 뵙습니다. 대웅이라 합니다."

"호호호. 네가 대웅이구나. 그이가 얼마나 네 얘기를 했는지 모른단다."

방정맞은 걸음으로 다가온 여인이 유대웅을 품에 안았다. 말이 좋아 안은 것인지 사실상 유대웅의 품에 안긴 것이나 마찬가지의 모양새였다.

'웩!'

유대웅의 얼굴이 무참히 일그러졌다. 코를 찌르는 지분 냄새에 머리가 어질어질했다.

"먼 길을 온 아이요. 이렇게 세워둘 셈이오?"

"어머, 내 정신 좀 봐. 너무 반가워서 그만. 자, 이 숙모를 따라오렴."

빙글 몸을 돌린 여인이 올 때와 마찬가지로 엉덩이를 살랑거리며 걸음을 옮기자 석웅은 그때까지도 정신을 차리지 못하고 오만상을 찌푸리고 있는 유대웅에게 쓴웃음을 지어 보였다.

"후~ 전에 있던 숙모는 어디에 계신가요?"

지분 냄새에서 겨우 해방된 유대웅이 크게 숨을 내쉬며 물었다.

"작년에 산채를 떠났다."

말이 좋아 떠난 것이지 도망친 게 뻔했다.

"네가 이해해라. 산채 생활이란 것이 원래 그런 것이니까."

"여기만 그런 것도 아닌데요 뭐. 저쪽도 장난 아니에요."

부친의 수하들도 거의 매일같이 여인을 바꿨다는 것을 알기에 유대웅은 별다른 거부감을 느끼지 않았다.

"그래도 나름 착하기는 하니까 지내는 데 별로 불편한 점은 없을 게다. 자, 가자. 요기부터 해야지."

하지만 석웅의 음성은 그다지 자신없이 들렸다.

"대체 무슨 일이 일어난 거냐?"

석웅은 운기조식을 마치고 힘겹게 눈을 뜬 유대웅을 보며 잔뜩 상기된 표정으로 물었다.

"그렇게 됐어요."

"그렇게 되다니? 난 네가 죽는 줄 알았다."

석웅은 허겁지겁 먹던 밥을 팽개치고 고통스런 얼굴로 미친 듯이 운기조식을 했던 유대웅을 이해할 수 없다는 표정으로 바라보았다.

"운기조식을 좀 했어요."

"누가 몰라? 한데 무슨 운기조식이 그래? 내 일류 소리는 듣지 못해도 그래도 한가락 한다는 소리를 듣는 놈이다. 한데 너처럼 힘들게 운기조식을 하는 인간은 본 적이 없다."

고통스런 얼굴로 운기조식을 하는 유대웅의 코에선 연신 서늘한 김이 뿜어져 나오고 눈썹과 입술엔 얼음이라도 언 듯 하얗게 서리가 내렸다. 온몸을 덜덜 떠는 것은 물론이고 금방이라도 숨이 끊어질 듯 급박한 숨을 내뱉기도 했다.

운기조식이라는 것이 그야말로 평정심을 가지고 무아지경에 빠져 몸의 기운을 움직이는 것이라 알고 있던 석웅의 상식이 완벽하게 무너진 것이었다.

굳이 밝히고 싶은 일이 아니었지만 방금 전의 상황을 이해하지 못한 석웅의 채근으로 유대웅은 할 수 없이 자신에게 벌어진 일에 대해 설명을 하였다.

"허! 명색이 사파의 거두인 혈사림이 너같이 어린애에게 그런 끔찍한 암계를 펼치다니, 이건 정말 막장이잖아. 그래, 고칠 수는 있는 거냐?"

유대웅이 힘없이 고개를 가로저었다.

"그러면 그런 고통을 매일같이 겪어야 한단 말이야?"

"네, 그것도 하루에 몇 번씩이오."

담담히 내뱉는 것이 이제는 거의 체념한 듯했다.

"그걸 견디면서 여기까지 왔다는 말이잖아, 지금."

석웅이 너무도 안쓰럽다는 표정으로 유대웅을 바라보았다.

"이제는 익숙해져서 괜찮아요."

말도 안 되는 소리였다. 건청기공이 이전보다 확실히 진보를 했으나 음한지기의 견제를 뚫고 운기조식의 시간이 조금 빨라졌을 뿐 고통은 조금도 줄어들지 않았다. 애당초 적응이 된다는 것 자체가 무리였다. 석웅도 그리 믿는 눈치는 아니었다.

“후～ 형님이 돌아오시면 뭔 방법이 있겠지. 너무 걱정하지 마라.”

“예.”

“그건 그렇고, 어찌할 생각이냐? 큰형님을 언제까지 관에 모실 수는 없는 노릇이잖아.”

“최대한 빨리 모셔야지요.”

“그래야지. 어찌 치를지 생각은 했고?”

“그냥 이곳 풍습을 따르려고요.”

“뭐, 그것도 좋겠다. 아직 형님이 돌아오시지 않았으니 천천히 생각해 보자.”

“숙부는 언제쯤 돌아오실까요? 날이 점점 따뜻해져서…….”

수년 만에 찾아온 한파는 이미 저만치 물러간 상태였고 장가계는 다른 곳보다 습도도 높고 상당히 따뜻한 곳이었다.

“최소한 사나흘은 걸릴 텐데. 어쩌면 그 이상도. 당장 연락을 드리긴 하겠지만 솔직히 장담하지는 못하겠다.”

“굳이 연락을 드릴 필요는 없어요. 괜히 여러 사람에게 피해를 주는 건 원치 않아요. 아버지도 그럴 거고. 사흘 정도 기다렸다가 안 오시면 제가 그냥 모실게요.”

“하지만 형님이 서운해하실 텐데?”

“오룡채의 전 인원이 움직인 일을 포기할 수는 없잖아요. 숙부도 이해해 주실 거예요.”

"흠. 네 말도 일리는 있다만."

석웅이 어쩔 수 없다는 표정으로 고개를 끄덕였다.

"아무튼 오랫동안 여행을 하느라 힘들었을 텐데 그만 쉬어라. 내 잘 일러둘 터이니 아무 염려 하지 말고 편히 있어."

"고맙습니다."

유대웅이 꾸벅 인사를 하자 손을 훼훼 내저은 석웅이 방문을 닫았다.

"후~"

부친의 시신을 모시고 중경을 떠나온 지 어느새 한 달, 마침내 고향에 도착했다는 안도감 때문인지 부드러운 침상에 몸을 누이기가 무섭게 전에 없던 피곤함이 밀려들었다.

유대웅의 눈이 가만히 감겼다.

사흘이 지났지만 유서중은 돌아오지 않았다.

석웅은 며칠만 더 기다려 보자고 했지만 기다리려야 기다릴 수가 없는 상황이었다. 날이 급격히 따뜻해지는 바람에 시신이 부패하기 시작한 것이다.

해가 중천에 뜬 오후, 유대웅은 부친의 관을 어깨에 들쳐메고 산채를 벗어났다.

원래라면 당연히 따라붙어야 하는 석웅이었지만 채주가 산채를 비운 틈을 노린 노호채의 움직임이 심상치 않았기에 어쩔 수 없이 오룡채에 남아야 했다. 대신 옹니(雍尼)와 묵첩파(墨貼巴)를 보내 유대웅을 돕게 했다. 어릴 적부터 산채에서 허드렛일을 하던 그들은 열여섯의 나이에도 불구하고 유대웅처럼 당당한 체구를 지니고 있었는데 그들이 몸집이 작은 토가족 출신이라는 것을 감안하면 실로 놀라운 일이 아닐 수 없었다.

유대웅은 옹니와 묵첩파를 데리고 미리 봐두었던 장소로 향했다.

백룡벽(百龍壁).

장가계를 관통하는 강을 끼고 남쪽으론 천문산을 바라보고 우뚝 선 천장단애.

절벽의 굴곡들이 마치 백 마리의 용이 승천하는 모습과 닮았다 하여 백룡벽이라는 이름으로 불리었는데, 예로부터 장가계에 살고 있던 토착민들은 승천하던 백 마리의 용 중 하나가 마을을 지켜주는 수호신이 되어 백룡벽에 잠들어 있다고 믿으며 몹시 신성시했다.

한참을 걸어 절벽 위에 도착한 유대웅이 이마에 송골송골 맺힌 땀을 닦으며 운무에 휩싸여 바닥이 보이지도 않는 절벽 아래를 내려다보았다.

"며칠 동안 인근을 둘러봤는데 여기만큼 괜찮은 곳이 없네. 아버지도 이 정도면 만족할 것 같고."

고개를 돌려 저 멀리 보이는 천문산을 한참이나 응시하던 유대웅이 크게 심호흡을 했다. 그사이 옹니와 묵첩파는 절벽에서 조금 떨어져 있는 노송에 여러 개의 굵은 밧줄을 묶고 그중 하나는 절벽 아래로 내리고 다른 하나는 유대웅의 허리와 연결시켰다. 그리고 나머지 밧줄을 유대웅이 메고 있는 관에 묶었다.

"됐어?"

무릎을 꿇고 있던 묵첩파가 자리에서 일어나자 유대웅이 물었다.

"예, 소주."

유대웅의 미간이 찌푸려졌다.

"그렇게 부르지 말라니까. 아무튼 수고했어."

"그런데 정말 괜찮겠습니까?"

"뭐가?"

"너무 위험합니다. 차라리 제가 관을 메고……."

"됐어. 아버지를 모시는 일인데 남에게 맡길 수야 없지. 걱정하지 말고 줄이나 잘 풀어."

묵첩파의 호의를 단번에 거절한 유대웅은 부친의 관을 메고 절벽 아래로 내려가기 시작했다.

그야말로 깎아지른 듯한 절벽이었다.

그 높이가 무려 백여 장에 이르는 백룡벽을 내려가는 유대웅의 얼굴은 비장하기까지 했다.

당연했다.

다른 이들의 도움도 없이 오직 스스로의 힘으로 절벽을 내려간다는 것은 목숨을 걸고 하는 도박과도 같은 것. 게다가 맨 몸뚱이도 아니고 무겁기 그지없는 부친의 관까지 짊어진 상태였으니 무모해도 보통 무모한 것이 아니었다.

안전장치라고는 허리에 감은 밧줄 하나가 전부였다.

한 발, 한 발.

유대웅이 절벽 아래로 늘어뜨린 밧줄을 잡고 천천히 하강을 시작했다.

조금씩, 답답하다 싶을 정도로 느린 속도로 이동을 하는 유대웅은 마치 매의 눈처럼 날카로운 눈빛으로 절벽을 샅샅이 훑기 시작했다.

그가 찾는 것은 부친의 시신을 안치할 수 있는 공간이었다.

시신을 매장하지 않고 자연에 모든 것을 맡기는 것을 풍장(風葬)이라고 하는데, 풍장은 시신을 안치하는 방식에 따라 수장(樹葬), 대장(臺葬), 애장(崖葬), 동혈장(洞穴葬) 등으로 나뉘었다.

유대웅이 행하려는 것이 바로 절벽에 구멍을 뚫고 기둥을 박아 관을 안치하거나 절벽에 난 틈을 이용하여 안치하는 애장이었다.

토착민인 토가족이 신성시하는 곳인만큼 백룡벽에도 애장의 흔적이 많았다. 절벽 곳곳에 헤아릴 수도 없이 많은 균열과 굴곡이 있어 시신을 안치할 장소를 찾기가 편했다는 것도 백룡벽을 선호하는 이유 중 하나일 터였다.

절벽을 내려가기 시작한 지 어느덧 반 시진. 상당한 거리를 내려왔지만 도무지 마음에 드는 공간을 찾을 수가 없었다.

적당한 곳을 찾으면 그곳엔 어김없이 먼저 장례를 치른 관이 안치되어 있었고, 몇몇 비어 있는 공간은 부친의 관을 안치하기에 너무 좁았다.

'너무 쉽게 생각했어. 이제 반 시진도 남지 않은 것 같은데.'

그는 언제 터질지 모르는 폭탄을 몸속에 간직한 상태였다.

처음엔 시도 때도 없이 그를 괴롭혔던 음한지기가 건청기공의 공능 덕분인지 지금은 비교적 정확한 시간에 준동을 했다. 닷새 전부터는 한 번 고통이 지나가면 두어 시진 이내로 다시 고통이 시작된 적은 없었다. 문제는 어느새 그 시간이 다가오고 있다는 것이었다.

"후~"

유대웅의 입에서 한숨이 흘러나왔다.

바로 그 순간 음한지기를 떠올리느라 집중력이 잠시 흐트러졌고, 그것은 막 왼쪽 발을 디디는 돌부리의 견고함을 미처 확인하지 못하는 실수로 이어졌다.

절벽이 비교적 쉽게 부서지는 사암(砂巖) 재질임을 생각하면 실로 치명적인 실수였다.

왼발을 디딘 돌부리가 힘없이 부서지며 유대웅의 몸이 휘청거렸다. 다급히 몸의 중심을 잡으려고 했지만 밧줄이 이리 저리 흔들리는 바람에 그마저도 쉽지 않았다.

그렇게 한참을 흔들리던 유대웅이 안정감을 찾은 것은 그의 발끝에 절벽에서 자생하는 소나무 줄기가 채이면서였다.

"겨우 살… 았네. 후~"

소나무 줄기를 디딤돌 삼아 겨우 중심을 잡은 뒤 안도의 한숨을 내뱉던 유대웅의 눈에 소나무 줄기에 가려졌던 공간이 드러났다.

정면이라면 모를까 옆으로 스쳐 지나치면 소나무로 인해 결코 발견할 수 없는 곳.

언뜻 보기엔 일단 관을 누일 수 있는 높이나 폭은 충분해 보였다. 이제 옆으로 충분한 길이가 나오느냐가 관건이었다.

심호흡을 하며 몇 발자국 더 내려간 유대웅이 부친의 관을 안치할 공간을 살피기 시작했다.

"뭐야?"

유대웅의 얼굴이 참담하게 일그러졌다.

하필이면 그 공간에 관 하나가 놓여 있는 것이 아닌가!

세월 탓인지 그 형체가 거의 뭉개질 지경이라 과연 관이 맞는지 의심이 될 정도였으나 그래도 관은 분명한 관이었다.

"선객(先客)이 있었네."

잔뜩 일그러진 표정으로 한숨을 내쉬던 유대웅은 그냥 발로 차버릴까 하는 유혹에 빠져 잠시 갈등을 하다가 힘없이 고개를 흔들고 말았다.

"죄송합니다. 사정이 여의치 않아서 어쩔 수가 없네요. 눈 딱 감고 밀어버리려다 참았으니 나도 양보한 거예요. 그러니까 영면(永眠)을 방해받았다고 생각하지 마시고 기왕이면 함께할 동반자가 생겼다고 여겨주세요."

이미 주인이 있는 곳에 부친의 시신을 안치한다는 것은 부친은 물론이고 먼저 자리를 잡은 누군가에게도 예의가 아니었으나 달리 방법이 없었다. 적당한 자리를 찾기엔 그에게 주어진 시간이 너무도 부족했다.

그나마 다행이라면 관이 안치된 공간이 제법 깊고 길어 어찌어찌 잘만 하면 부친의 관까지 안치할 수 있을 것 같았다.

낡은 목관을 향해 묵념을 한 유대웅은 잠시 숨을 고른 다음 허리춤에 연결된 밧줄을 몇 번 잡아당겨 웅니와 묵첩파에게 작업의 시작을 알렸다.

위에서도 신호가 내려오고 관을 묶은 줄이 팽팽히 당겨지며 몸이 조금 뜨는 느낌을 받았다.

유대웅은 행여나 관이 흔들릴까 극도로 조심하며 짊어진 관을 벗었다. 그리곤 절벽 틈에 생긴 공간을 향해 조금씩 밀어 넣기 시작했다.

바로 그때였다.

영면을 방해받은 사자(死者)의 노여움인지 몸 안에 있던 음기가 갑자기 준동하기 시작했다.

'아, 안 돼.'

눈 깜짝할 사이에 밀려드는 한기에 유대웅은 다급해졌다.

자신도 모르게 관을 밀던 손에 힘이 들어갔다.

부친의 관은 다행히 공간에 안착을 했지만 그 힘이 과해 먼저 놓여 있던 관을 건드리고 말았다. 아니, 단순히 건드린 정도가 아니라 아예 밀쳐 버리는 수준에 이르고 말았다.

이미 아득해진 정신, 밀려난 관이 절벽 아래로 추락하는 것을 보면서 유대웅은 그의 몸에 고정된 밧줄을 흔들었다.

다행히 유대웅의 위기를 알아챈 것인지 옹니와 묵첩파가 밧줄을 당기기 시작했다.

'잘 있어.'

절벽에 안치된 부친과 마지막 인사를 하는 것과 동시에 유대웅의 몸이 엄청난 속도로 상승하기 시작했다.

휘이이잉.

관의 주인이 토한 노호성인 듯 절벽 아래에서 한줄기 광풍이 치솟으며 그의 등을, 백룡벽을 날카롭게 할퀴고 지나갔다.

巫山三峽
第三章
패왕(霸王)의 무(武)

巫山三峽

옹니와 묵첩파가 끌어 올려준 덕분에 겨우 운기조식을 하여 힘겹게 음기를 몰아낸 유대웅은 둘을 산채로 돌려보낸 뒤, 추락한 관을 수습하기 위해 절벽 아래로 내려왔다.

절벽에서 떨어진 관은 다행히 강변 모래사장에 처박혀 있었다.

모래사장이 그다지 넓지 않았다는 걸 감안했을 때 천운이 아닐 수 없었다. 심지어 조금만 더 안쪽으로 떨어졌다면 모래사장이 아니라 암벽 지대에 떨어졌을 터. 그리되면 시신을 수습할 엄두도 내지 못했을 것이다.

모래사장에 떨어져 상당 부분 충격을 흡수했다고는 해도

워낙 낡았던데다가 절벽의 높이가 상당했기에 관은 산산조각
이 난 상태였다.

그 안에 담겨 있던 유골 또한 사방으로 흩어져 버렸다.

유대웅은 즉시 웃옷을 벗어 바닥에 깔고 흩어진 유골들을
수습하기 시작했다.

뼈는 산산조각났지만 찾는 데 별로 어려움은 없었다.

잠깐의 시간이 흐르고 눈에 보이는 대부분의 뼈를 찾아 담
았다고 여길 즈음 유대웅은 부서진 관의 잔해 속에서 하나의
물건을 발견할 수 있었다.

녹이 잔뜩 낀 철궤.

원래는 봉인이 되어 있었겠지만 오랜 세월이 흐르고 절벽
에서 떨어진 충격 때문에 살짝 열려 있는 철궤를 보며 유대웅
은 조심스레 손을 뻗었다. 아마도 관의 주인과 함께 묻힌 부
장품일 터. 유골과 마찬가지로 수습을 해주는 것이 마땅하다
여긴 것이다.

"뭐… 지?"

철궤를 닫기 전 자신도 모르게 내용물을 보게 된 유대웅이
고개를 갸웃거렸다.

철궤 안에는 또 다른 함이 두 개 들어 있었는데 겉에 잔뜩
녹이 슨 그 함 역시 충격으로 밀봉이 풀린 상태였다.

예의가 아니라는 것을 알면서도 호기심을 참지 못한 유대
웅이 함을 열었다. 함에서 나온 것은 보석이나 장신구 따위가

아닌 둘둘 말린 죽간(竹簡)이었다.

낡은 관, 녹이 슬 대로 슨 철궤를 보면 얼마나 오랜 세월을 보낸 것인지 짐작조차 하기 힘들었지만 죽간의 상태는 상당히 양호했다.

죽간은 총 세 묶음이었는데 하나는 한 손으로 쥘 수 있을 정도로 얇았지만 두 개의 죽간은 분량이 꽤 되어 두 손으로 잡기에도 버거울 정도였다.

"으. 그 골치 아픈 책을 꽤나 좋아했던 모양이네."

먼 옛날 종이가 없던 시절엔 죽간이 책을 대신했다는 것을 기억한 유대웅이 미간을 찌푸렸다. 부친의 성화로 글은 깨쳤다지만 책은 장강의 물고기와 더불어 그가 가장 싫어하는 것이었다.

그래도 그쯤 되었으면 한 번쯤 꺼내볼 만도 했지만 유대웅은 호기심이 싹 사라진 얼굴로 함을 닫으려 했다.

한데 녹이 슨 함은 제대로 아귀가 맞지 않았고, 함을 닫기 위해 몇 번 실랑이를 하는 동안 가장 작은 죽간의 묶음이 살짝 풀어졌다.

"에휴."

한숨을 내쉰 유대웅이 풀어진 죽간을 원래대로 말아놓기 위해 손을 뻗었다.

그때, 한줄기 글귀가 그의 눈을 파고들었다.

낙향거사(樂鄕居士) 장량(張良)이 묻노니 그대, 전무후무(前無
後無)라는 말을 아는가?

'전무후무?

유대웅은 무엇에라도 끌린 듯 자신도 모르게 죽간을 펼쳤
다.

죽간에 빼곡이 적혀 있는 글은 놀랍게도 세간에도 널리 알
려진 초패왕(楚霸王) 항우(項羽)의 이야기였다.

나이 스물네 살에 군사를 일으켜 천하를 휘어잡은, 역발산
기개세의 능력으로 평생토록 단 한 번의 패배도 용인하지 않
았지만 결국 천명(天命)과 천시(天時)가 따라주지 않았던 비운
의 영웅.

목숨보다 더 사랑했던 여인과의 비극적인 사랑.

아홉 살 무렵 부친의 오른팔이자 일심맹의 재담꾼 관중으
로부터 처음 초패왕에 대한 이야기를 들었을 때의 흥분과 설
레임을 다시금 느끼며 유대웅은 그야말로 넋을 잃고 이야기
에 빠져들었다. 무엇보다 그의 가슴을 뛰게 만든 것은 이야기
말미에 적힌 항우의 검, 초천검에 대한 이야기였다.

패왕의 무(武)와 초천검은 하늘이 낸 것. 인간의 속된 마음으
로 감히 없앨 수는 없었지만 세상에 내놓기엔 너무도 위험한 물
건이라 고심 끝에 봉인을 결정했다. 이것이 세상에 다시 모습을

드러낸다면 이는 결국 하늘의 뜻이리라. 하나, 아쉽구나. 아무리 찾아봐도 초천검과 한 쌍을 이루는 초진창은 찾을 수가 없었으니…….

안타까운 탄식과 함께 글귀는 거기서 끝나고 말았다. 정확히 말하자면 죽간이 훼손되어 제대로 뜻을 파악할 수가 없는 것이었지만.

유대웅은 긴장된 표정으로 다른 죽간을 응시하다가 떨리는 손길로 죽간을 펼쳤다.

패왕칠검(覇王七劍).

웅휘로운 필체로 적힌 제목이 눈에 각인되었다. 그 밑으로 간단한 설명이 붙어 있었다.

패왕이 사용했던 검법의 정확한 명칭은 알려진 바 없다. 다만 그가 생전에 걸치고 있던 전포(戰袍)에 칠초 이십팔식의 검법이 적혀 있었는데 그 위력을 가늠해 보았을 때 능히 패왕의 검법이라 할 만했다.

이에 그 검법을 패왕칠검이라 명명했다.

이후, 죽간엔 전 사 초와 후 삼 초로 이뤄진 패왕칠검의 자

세한 설명이 이어졌지만 제대로 이해를 할 수가 없어 보는 둥
마는 둥 유대웅은 어느새 나머지 죽간으로 손을 뻗치고 있었
다.

　팔뢰진천(八雷振天).

　제목 밑에 역시 설명이 첨가되어 있었다.

　패왕의 전포에서 발견된 팔 초식의 창법 또한 패왕칠검과 마
찬가지로 정확한 명칭이 없었다. 패왕이 창을 사용한 것을 본 사
람이 극히 드물었기에 과연 그의 창법이 맞는지에 대한 의구심
도 있었다. 하나, 일생의 맞수라 할 수 있었던 한신(韓信) 대장군
은 창을 든 패왕과는 그 누구도 맞서지 못한다고 말했으니 단언
컨대 패왕의 창은 그의 검보다 무서우리라.
　이에 그 창법을 여덟 번째 초식의 이름과 같은 팔뢰진천이라
명명하고 여기에 남긴다.

　거기까지였다.
　유대웅은 더 이상 뛰는 가슴을 진정시키지 못하고 죽간을
도로 말고 말았다.
　건청기공을 제외하곤 부친으로부터 정식으로 무공을 배우
진 않았으나 어려서부터 수적들에게 그들의 무용담과 무림에

서 전해 내려오는 온갖 소문, 전설 등을 듣고 자란 유대웅은 지금 자신이 발견한 물건이 어떤 가치를 지녔는지 어설프게나마 이해할 수가 있었다.

흠이라도 날까 봐 조심, 또 조심을 하며 죽간이 든 철궤를 잘 수습한 유대웅은 혹여 누가 보고 있는 것은 아닌지 연신 두리번거리며 조심스레 걸음을 옮겼다. 그러다 뭔가에 걸린 것인지 급격하게 중심을 잃고 앞으로 고꾸라졌다.

"어이쿠!"

애써 모은 유골이 다시 흩어졌지만 죽간을 담은 철궤만큼은 용케도 놓치지 않았다.

재빨리 일어나 유골을 다시 모은 유대웅이 자신의 발에 채인 물건을 살폈다.

처음에 볼 때는 강물에 떠밀려 어디선가 흘러들어 온 커다란 나뭇가지로 보였다.

하나, 고작 나뭇가지 따위에 걸려 넘어진 것이 화가 나 발로 그것을 찼을 때, 가운데가 뚝 부러지거나 저 멀리 날아가야 할 나뭇가지는 멀쩡하고 오히려 그의 발등뼈가 박살이 나는 듯한 고통에 주저앉고 말았을 때, 유대웅은 그것이 단순한 나뭇가지가 아니라는 것을 알 수 있었다.

엄청난 고통을 참지 못하고 눈물을 찔끔 짠 유대웅이 처음 있던 자리에서 살짝 밀려난 나뭇가지를 잡아 들었다.

묵직했다.

부친의 시신을 담은 관도 번쩍 들던 유대웅이 깜짝 놀랄 정도로 무거웠다.

"뭐야, 대체?"

녹인지 뭔지 모를 거무튀튀한 무엇인가가 잔뜩 감싸고 있는 나뭇가지는 언뜻 검의 모양을 하고 있었다.

비로소 죽간에 언급된 패왕의 검, 초천검이 기억났다.

어째서 찾아볼 생각을 하지 않았을까!

"설마, 이… 게?"

유대웅의 얼굴에 설렘이 가득했다.

녹슨 물건을 양손으로 잡아 든 유대웅이 손으로 쓱쓱 문질렀다.

검기도 하고 시뻘겋기도 한 녹이 잔뜩 묻어 나왔다.

유대웅이 검을 들고 강가로 향하더니 모래사장에 빡빡 비비다가 강물에 넣고 휘휘 저었다.

그런 식으로 몇 번을 물로 씻어내자 강물 위로 상당한 부유물이 떠올랐다. 아마도 처음 검을 보관할 때 썼던 가죽이나 혹은 천이 오랜 세월이 지나며 녹과 함께 엉겨붙었다가 떨어져 나간 듯 보였는데 그렇다고 검에 달라붙은 녹이 완전히 제거된 것은 아니었다.

"제길, 이제 그만 정체를 밝힐 때가 되지 않았어? 대체 언제까지 버틸 건데? 이쯤 했으… 아야!"

유대웅이 인상을 쓰며 녹을 벗기다 날카로운 비명을 내질렸다.

자신도 모르게 검을 떨어뜨린 유대웅이 피가 줄줄 흐르고 있는 왼손을 바라보며 어이없다는 표정을 지었다.

그저 살짝 건드렸을 뿐인데 손바닥은 마치 예리한 흉기에 당한 듯 날카롭게 갈라져 있는 것이 아닌가.

"에이, 재수도 없……."

유대웅은 미처 말을 잇지 못한 채 그대로 쓰러지고 말았다.

낯선 곳이다.

전장의 한복판.

유대웅은 자신이 어째서 이곳에 있는지 이해할 수 없다는 표정으로 주변을 두리번거렸다.

눈이 마주쳤음에도 누구 하나 자신을 제지하거나 아는 체를 하지 않았다.

멀리서 노랫소리가 들리기 시작했다.

달빛마저 음울한 밤, 듣고 있노라면 절로 눈시울이 붉어질 만큼 애절하고 구슬픈 노래가 사방에 울려 퍼졌다.

지칠 대로 지친 병사들은 전장에 울리는 고향 노래에 저마다 고개를 떨구고 눈물을 흘렸다.

수하들의 동요에 장수는 고개를 들어 무심한 하늘을 바라보았다.

구 척이 넘는 당당한 체구에 호랑이도 움츠러들 정도로 부리부리한 눈, 덩치에 맞는 거대한 장검.

그야말로 그림에서나 볼 수 있는 천장(天將)의 모습이었다.

그런 장수의 옆, 피비린내 나는 전장과는 전혀 어울리지 않는 청초한 미인이 홀로 곁을 지키고 있었다.

장수가 미인을 향해 고개를 돌렸다.

미인은 슬픈 미소로 장수를 응시했다.

장수가 그녀의 가녀린 몸을 힘주어 안았다.

"힘은 산을 뽑을 만하고 기개는 세상을 덮을 만한데, 시운이 불리하여 오추마마저 나아가지 않는구나! 오추마가 달리지 않으니 어찌해야 하는가? 우야, 우야, 이를 어찌한단 말이냐?"

장수의 비분강개하여 읊은 비장한 시를 들은 여인이 눈물을 흘리며 대답한다.

"한나라 군사들이 이미 침략해 들어와서 사면에서 들리는 것은 초나라의 노랫소리. 대왕의 의기가 다했으니, 천첩인들 어찌 안심할 수 있을까요?"

장수가 여인을 쳐다보니 얼굴이 눈물 범벅이었다.

좌우에 도열해 있던 수하들마저 모두 통곡하며 고개를 떨구었다.

그들의 슬픔이 가슴 깊이 사무쳐 오는 바람에 자신도 모르게 눈물을 훌쩍이던 유대웅은 난데없이 들려오는 굉음에 고개를 번쩍 들었다.

하늘을 향해 탄식하던 장수와 그를 위해 울어주던 미인은 온데간데없었다.

보이는 것이라곤 지축을 울리는 굉음과 함께 무섭게 질주하는 기마들, 수천의 병졸들뿐이었다.

그들을 향해 필마단기(匹馬單騎)로 질주하는 이가 있었다. 조금 전 여인을 품에 안고 눈물을 흘렸던 장수였다.

무수히 많은 기마와 병졸들이 장수를 막기 위해 벌 떼처럼 달려들었다. 하나 한 손에는 검을, 다른 한 손에는 창을 들고 전장을 누비는 장수 앞에선 그 어떤 존재도 살아남지 못했다.

추풍낙엽(秋風落葉).

장수의 일갈에 산천초목이 떨고 일 검에 수십, 수백의 목숨이 사라졌다.

하나 중과부적(衆寡不敵)으로 장수의 몸에도 크고 작은 상처가 늘어갔다.

가쁜 숨을 쉬던 장수에게 적의 대장이 달려들었다.

가소롭다는 표정으로 검을 고쳐 잡던 장수가 문득 자세를 풀며 뭐라 소리쳤다.

적의 대장이 벌벌 떠는 모습에 입가에 오만한 표정을 짓던 장수의 시선이 갑자기 유대웅에게로 향했다.

장수와 눈빛이 마주친 유대웅은 마치 벼락이라도 맞은 듯 전신을 부르르 떨었다.

"이것을 네게 맡기마. 초천검이다. 이제부터는 네가 이 녀석의 주인이다."

대답은 필요없다는 듯 장수는 그대로 검을 들어 스스로의 목을 베어버렸다.
숫구치는 선혈이 유대웅의 전신을 흠뻑 적셨다.
깜짝 놀란 유대웅이 뒷걸음질치자 목을 잃은 장수의 몸이 그를 향해 걸어왔다.
두려움에 어쩔 줄을 몰라 하는 유대웅에게 장수가 검을 내밀었다.
유대웅이 떨리는 손으로 검을 받자 장수의 몸이 허물어지듯 그에게로 무너졌다.
때마침 목에서 분출된 피가 유대웅의 얼굴로 쏟아졌다.

"으악!"
외마디 비명과 함께 벌떡 일어난 유대웅이 손으로 얼굴을 마구 문댔다. 하나 방금 전까지 얼굴을 흠뻑 적셨던 피는 깨끗이 사라졌고, 자신에게 기대어 쓰러진 장수의 몸뚱이도 전장에 널려 있던 시신들도 온데간데없었다.

"꿈?"

유대웅의 몸이 살짝 떨렸다.

수적들 사이에서 생활하며 많은 죽음을 보아왔지만 방금 전처럼 눈앞에서 처참한 죽음을 목격했던 적은 단 한 번도 없었다.

꿈이라고 하기엔 너무도 생생했던 광경에 절로 진저리가 쳐졌다.

유대웅은 한참이 지난 후에야 충격에서 벗어날 수 있었다. 그리고 너무도 현실감이 넘쳐 도저히 꿈이라고 여길 수 없었던 장면들을 가만히 되짚어보았다.

"항우… 그 장수가 초패왕 항우였구나."

사면초가(四面楚歌)에 처한 장수와 미인, 너무나도 유명한 해하가(垓下歌)와 우미인의 답가, 그리고 스스로 목숨을 끊는 마지막 최후까지.

그런 항우가 자신에게 직접 초천검을 건넸다.

마치 현재 자신이 초천검을 지니고 있는 것을 알기라도 하듯이.

비록 꿈속에서 일어난 일이지만 우연치고는 너무도 공교로웠다.

생각이 초천검에 미치자 유대웅은 무엇에나 이끌리듯 초천검을 하늘로 치켜들었다.

우우우우웅!

주변에서 기이한 공명(共鳴)이 일기 시작했다.

손도 대지 않았는데 두껍게 내려앉았던 녹이 벗겨지고 있었다.

스스로 녹을 벗어 던진 검신에서 뿜어져 나오는 찬연한 빛에 유대웅은 눈을 감고 말았다.

우우우우웅!

노도처럼 밀어닥친 공명에 강물이 일렁이고 백룡벽이 뒤흔들렸다.

그것이 속칭 명검이라 불리는 것들이 진정한 주인을 만났을 때 토해내는 검명(劍鳴)임을 알 리 없는 유대웅은 두려운 마음에 어찌할 바를 몰라 했다.

검을 놓고 싶었지만 어찌 된 일인지 손에 찰싹 붙어 그마저도 마음대로 되지 않았다.

주인의 심정은 아랑곳하지 않고 자신의 존재를 마음껏 드러내던 초천검은 언제 그랬냐는 듯 일체의 공명을 멈추고 침묵 속으로 빠져들었다.

검신에서 뿜어지던 눈부신 빛도 어느샌가 사라지고 없었다.

유대웅은 멍한 눈빛으로 손에 들린 검을 바라보았다.

검신의 폭이 한 뼘이 넘고 그 두께가 거의 두 치에 이를 정도로 둔탁한 모양새였다.

좌우에 날이 없었다면 검이 아니라 그냥 무식할 정도로 두

꺼운 쇠막대기라 여겨질 정도였다.

손잡이 또한 별다른 장식도 없이 투박한 것이 그 나름대로 멋이 있었다.

하지만 초천검의 가장 큰 특징은 무겁다는 것이었다.

무거워도 보통 무거운 것이 아니라 일반인이라면 제대로 들지도 못할 정도였고 설령 든다고 해도 휘두른다는 것은 감히 상상을 할 수가 없을 정도로 무거웠다.

그나마 유대웅 정도 되니까 검을 들고 요리조리 살펴볼 수 있는 여유가 있는 것이었다.

"네가 초천검이란 말이지? 패왕이 사용했던."

유대웅의 얼굴에서 두려움은 오래전에 사라졌고 묘한 흥분과 기대감만이 잔뜩 서려 있었다.

"넌 오늘부로 내 거다. 패왕도 허락했어."

유대웅은 초천검을 힘주어 잡으며 소리쳤다.

그에 대답이라도 하듯 초천검에서 은은한 떨림이 전해져 왔다.

그렇게 천오백 년이라는 시공을 뛰어넘은 패왕의 무와 그의 검은 운명적으로 한 소년에게 이어졌다.

*   *   *

장가계가 자랑하는 금편계곡(金鞭溪谷).

　이십여 리에 걸쳐 펼쳐지는 선경(仙境)에 두 명의 도사가 들어선 것은 정오 무렵이었다.

　오색 불진을 살랑살랑 흔들며 앞서 걷는 노도사.

　대략 칠십 전후의 노인으로 보였지만 가만히 살펴보면 어딘지 모르게 묘한 인상과 전신에서 자연스럽게 풍기는 기운이 나이를 쉽게 가늠할 수 없게 만들었다.

　흑요석(黑曜石)만큼이나 투명한 눈빛은 보고 있노라면 한없이 빨려들어 갈 것 같았고 꼬리가 살짝 치켜 올라간 눈매와 눈썹, 다소 뾰족하게 튀어나온 광대와 하관(下觀:얼굴 아랫부분)은 노도사의 인상을 꽤나 날카롭게 만들었다.

　쪽빛으로 물들여진 도관(道冠)과 색이 다소 바랬지만 깨끗하게 손질되어 있는 도복은 손을 대면 그대로 베일 듯한 칼 같은 주름이 잡혀 있었고 머리부터 발끝까지 먼지 한 점 묻어 있지 않은 것이 날카로운 인상과 더불어 노인의 성격을 짐작케 했다.

　그에 반해 노도사를 반걸음 뒤에서 따르는 젊은 도사의 인상은 노도사와는 전혀 달랐다.

　나이는 대략 삼십대 초반 정도.

　둥글둥글한 얼굴에 살짝 아래로 처진 눈매와 두툼한 입술은 어디서나 흔히 볼 수 있는 인상이었고 의복 또한 노도인처럼 깔끔했지만 과하게 주름을 잡지 않아 보는 이에게 부담을 주지 않았다.

가만히 있어도 저절로 만들어지는 눈과 입가의 미소가 전
체적으로 그의 인상을 부드럽게 만들었는데, 활처럼 굽은 곱
사등을 지닌 사람의 얼굴이라고는 도저히 생각하지 못할 정
도로 편안하고 여유가 있었다.

"참으로 절경이야. 그렇지 않느냐, 청우(靑優)야?"

노도사가 문득 걸음을 멈추고 좌우 하늘 위로 치솟은 바위
들을 바라보며 탄성을 했다.

"예, 사부님. 이제껏 많은 곳을 보아왔지만 이런 경관은 처
음입니다."

청우라 불린 젊은 도사는 공손한 대답과 함께 노도사의 앞
에 있는 바위를 먼지 하나 없도록 털고 닦은 뒤 자리를 폈다.

노도사가 그 바위에 살짝 걸터앉으며 말했다.

"내 이곳이 벌써 세 번째다만 늘 경탄을 금치 못하게 되는
구나. 볼 때마다 새로운 모습을 보여주니 천변만화(千變萬化)
라는 말이 이곳에서 나온 것이 아닌가 싶을 정도다."

노도사가 바위에 앉는 틈에 산처럼 짊어진 짐을 옆에 내려
놓은 청우가 이마에 흐르는 땀을 살짝 닦아내며 고개를 끄덕
였다.

"지금도 좋지만 겨울이면 더 대단할 것 같습니다."

"암, 대단하지. 대단하고말고. 이곳이 워낙 따뜻한 곳이라
눈을 보기 쉽지 않은데 칠 년 전 딱 한 번 제대로 된 설경(雪
景)을 본 적이 있다. 지금껏 화산의 설경이 천하제일인 줄 알

왔던 이 사부의 자부심을 단박에 깨뜨려 버리는 대단한 것이 었어. 지금도 눈을 감으면 그때의 광경이 눈에 선하구나."

노도사는 잠시 과거를 회상하며 눈을 감았다.

아직 미완성이었지만 사부가 최근에 정성을 쏟아붓고 있는 한 검법이 바로 당시의 감동이 상당한 영감으로 작용했다는 것을 들은 적이 있던 청우의 얼굴에 잔잔한 미소가 지어졌다.

"자, 이만 가자꾸나. 아직 보지 못한 것이 많아. 일전에 말했듯이 꼭 확인해야 할 곳도 있고."

천천히 눈을 뜬 노도사가 바위에서 일어나자 청우는 바위에 깔았던 자리를 얼른 회수하고 산더미 같은 짐을 짊어졌다. 그리곤 휘적휘적, 걸음도 빨라 벌써 한참이나 앞서 가는 사부를 쫓기 위해 총총히 움직였다.

*   *   *

"쯧쯧쯧."

혀 차는 소리에 막 건청기공의 수련을 끝내고 이마에 흐르는 땀을 닦던 유대웅이 고개를 돌렸다.

"오셨어요?"

집이라고 하기에도 민망한 움막의 입구에 서서 뭐가 그리 마음에 들지 않는지 이곳저곳 고개를 돌리던 유서중이 땅이

꺼져라 한숨을 내쉬었다.

올해 나이 마흔.

오 척 단구에 몸 또한 호리호리한 것이 바람만 불어도 비틀거릴 것처럼 약해 보였지만 열아홉의 나이에 악명이 자자했던 전대 두목으로부터 오룡채를 접수하고 이십 년 만에 세 배가 넘는 규모로 일궈낸 인물.

입가엔 늘 웃음을 달고 있으나 그 웃음 뒤에 가려진 흉포하고 잔인한 살소는 아는 사람은 다 아는 것이었다. 물론 그 살소를 볼 수 있는 사람은 오직 적뿐. 평소의 그는 꽤나 호탕하고 허점이 많은 사람이었다.

"그 좋은 방을 마다하고 뛰쳐나가더니 그래, 고작 이런 곳에서 처자는 것이냐?"

"한두 번 본 것도 아니면서 올 때마다 똑같은 말, 지겹지 않아요?"

"그러니까 지금이라도 당장 들어와."

"됐어요. 여기가 편해요. 남들 보기엔 어떨지 모르지만."

지친 손을 뻗어 물병을 잡은 유대웅이 병이 바닥을 드러낼 때까지 벌컥벌컥 들이켰다.

"꺼윽! 아, 좋다."

마치 술이라도 마신 양 트림을 해대는 유대웅의 모습에 유서중이 기가 차다는 표정을 지었다.

"허이구, 누가 네 녀석보고 열넷의 애송이라 하겠냐?"

"<u>호호호</u>."

"웃지 마, 징그러우니까."

"그나저나 이 이른 시간에 여기까지… 무슨 일 있어요?"

"별일은 아니다. 잠시 산채를 비울 일이 생겨서 가기 전에 얼굴이나 보고 가려고 온 거다."

"건수 하나 잡으신 모양이네요."

"어린놈이 말투 하고는. 누가 수적 출신 아니랄까 봐."

유서중이 주먹만 한 눈을 부라리며 소리쳤지만 유대웅의 입가엔 오히려 웃음이 지어졌다.

"지금 산적이 수적보고 뭐라 하는 거예요?"

"이놈이!"

"하하, 농담이에요. 한데 이번엔 얼마나 걸려요? 지난번 일 월표국이던가… 아무튼 그땐 꽤 걸렸잖아요."

"며칠 걸리지 않을 게다."

"위험한 건 아니죠?"

순간, 유서중의 얼굴에 웃음이 번졌다.

"지금 걱정하는 거냐?"

"걱정은 무슨. 장가계의 적오(赤烏)하면 감히 건드리는 사람이 없다면서요."

"암, 미치지 않고서야 그럴 놈은 없지."

유서중은 스스로 뿌듯해하면서 가슴을 탕탕 쳤다.

"그래도 모르니까 미친놈 조심하고요."

“내 걱정 하지 말고 네 녀석이나 잘해. 그 음한지긴가 뭔가 하는 건 내 반드시 해결해 줄 테니까 그때까지 몸 잘 챙기고.”

말을 하다가 다시금 기분이 상한 것인지 유서중이 움막의 벽을 툭 치며 인상을 찌푸렸다.

“그러지 말고 제발 다른 곳으로 옮기자. 이딴 곳에서 살다가 건강 해치지 말고.”

“나중에요. 자, 다들 기다리잖아요. 빨리 가요.”

밖에서 인기척이 있다는 것을 느낀 유대웅이 유서중의 몸을 억지로 떠밀었다.

“어허, 이놈이.”

짐짓 눈을 부라리면서도 슬쩍 움막 밖으로 나간 유서중이 유대웅의 어깨를 툭 치며 말했다.

“숙모가 보고 싶다고 하니까 얼굴이나 디밀어.”

유대웅의 얼굴이 확 일그러졌다.

“알았다, 이놈아! 그렇다고 그런 표정 지을 건 없잖아. 숙모가 잡아먹기라도 하냐!”

유서중이 뻘쭘한 표정으로 돌아서자 유대웅은 고개를 절레절레 흔들며 움막으로 다시 들어왔다.

유대웅이 오룡채에서 움막으로 자리를 옮긴 것은 부친의 장례가 끝난 지 정확히 닷새 되던 날 유서중이 일월표국의 일을 마치고 돌아온 직후였다.

험하디험한 산, 굽이굽이 구름을 뚫을 정도로 우뚝 솟은 봉

우리 중턱에 들어선 오룡채를 벗어나 적당한 곳을 찾아 나선 유대웅은 이틀을 꼬박 헤맨 후에야 오룡채에서 남쪽으로 오리 정도 떨어진 곳에서 지금의 장소를 찾아냈다.

정남향에 햇볕도 따뜻했고 앞이 확 트인 것이 가만히 앉아 있어도 마음이 안정되는 곳이었다.

처음 봤을 때부터 이상하게 마음이 끌린데다 결정적으로 이곳에서 음한지기의 발작이 일어났을 때 평소보다 훨씬 고통이 덜했으며 심지어 몸 안의 진기가 묘하게도 활력이 있었다. 그야말로 하늘이 준 장소가 아닐 수 없었다.

이와는 반대로 유대웅이 이곳에 움막을 짓는다고 선언하자 산채 식구들은 저마다 극렬히 반대하며 말리고 나섰다.

이유는 하나였다.

땅의 기운이 너무 드세다는 것이었다.

험준한 산에서 그만큼 평탄한 곳을 찾기도 힘든지라 이미 몇몇 사람이 움막이 위치한 곳에 집을 짓기 위해 노력을 한 적이 있었다. 하나, 그들 모두 단지 앉아만 있어도 온몸이 축 늘어지는 것이 한여름에 땀을 서 말이나 뺀 것 같은 불쾌한 느낌이라며 모조리 포기를 해버렸다. 그런 경험을 하였으니 그들이 어린 유대웅을 걱정하는 것은 어쩌면 당연한 일이었다.

그럼에도 유대웅은 고집을 꺾지 않았다.

고집을 꺾기엔 그가 운기조식을 하면서 겪은 경험이, 이 땅에서 주는 안락함이 너무나 강렬했다. 또한 초천검과 패왕의 무공을 보관하기 위해선 그만의 공간이 반드시 필요했다.

유대웅은 결국 모든 이들의 반대를 무릅쓰고 이곳에 움막을 짓고 홀로 생활을 시작했는데 그것이 정확히 한 달 전의 일이었다.

"여기가 도대체 어떻다고 그런담."

움막 안으로 들어선 유대웅은 마치 엄마 품에 안겨 가만히 눈을 감고 있는 아이처럼 아늑한 표정을 지으며 바닥에 깔린 거적에 피곤한 몸을 뉘었다.

*　　　*　　　*

"이럴 수가!"

걸음을 멈춘 노도사의 입에서 탄식이 터져 나왔다.

일곱 살의 나이로 사부를 만나 근 이십오륙 년이 흐르는 동안 지금처럼 아쉬워하는 모습을 몇 번 본 적이 없던 청우가 놀란 눈을 치켜떴다.

그의 눈에 금방이라도 쓰러질 것 같은 움막 하나가 들어왔다.

'움막? 움막이 왜?'

"땅의 정기를 품은 백 마리의 용이 오직 승천할 날만을 기다리며 만 년의 세월 동안 여의주를 품었건만 하필이면……."

"혹, 이곳이 그때 말씀하셨던 그 땅입니까?"

청우가 움막을 가리키며 물었다.

"그래, 감여가(堪輿家:풍수가)들의 표현을 빌리자면 이곳이 바로 비룡망해형(飛龍望海形)이라는 곳이다. 이런 곳에 묘를 쓰면 왕후장상(王候將相)이 나고 그 부귀가 만대를 간다고 하지. 하지만 그거야 우리가 알 바 아니고. 내가 아는 한 이곳은 천하에 보기 드문 극양지기의 땅이다. 한데… 후~"

한숨을 내쉬며 움막을 향해 성큼성큼 걸어가는 노도사.

부동심이 많이 흔들렸는지 눈 위를 걸어도 흔적 하나 남기지 않는다는 노도사가 발을 내딛을 때마다 땅이 푹푹 꺼지고 주변 공기가 요동쳤다.

청우는 황급히 사부의 뒤를 따랐다.

그럴 리야 없겠지만 행여나 사부의 명성에 누를 끼치는 일이 일어날까 걱정해서였다. 그런 청우의 마음을 느낀 것인지 노도사가 쓴웃음을 지으며 고개를 흔들었다.

"쓸데없는 걱정 하지 말거라. 난 그냥 누가 이런 곳에 움막을 지은 것인지 궁금해서 보려고 하는 것뿐이다. 땅에서 뻗치는 양기를 감당하기 쉽지 않을 텐데 말이다."

노도사가 다시금 시선을 움막으로 돌렸다.

"응?"

노도사의 눈에 이채가 떠올랐다.

청우의 시선도 자연적으로 그쪽으로 향했고, 엉성하게 지어진 움막 사이로 거적 위에 앉아 운기조식을 하는 소년… 이라고 하기엔 너무도 큰 덩치의 유대웅을 발견했다.

'쯧쯧, 무슨 운기조식이… 설마 주화입마라도 걸린 것인가?'

청우 역시 유대웅의 일그러진 얼굴을 보며 안색을 굳혔다.

"어찌 된 일일까요, 이 친… 구는?"

청우는 동안(童顔)에 비해 거대하다고까지 표현할 수 있는 유대웅의 덩치에 어색해하며 물었다.

대답없이 유대웅을 살피던 노도사의 눈에 다시금 이채가 떠올랐다.

"호~ 이건 건청기공이 아니더냐?"

"예?"

깜짝 놀란 청우가 유대웅의 모습을 찬찬히 살폈다. 아닌 게 아니라 어딘지 익숙한 기운이었다.

"그러게요. 건청기공이 맞습니다. 그것도 본산에서만 내려오는 건청기공입니다."

"찾자면야 아주 없지는 않겠지만 그래도 이런 아이까지 전해질 무공이 아닌데. 이상한 일이구나."

"이상한 게 또 있습니다. 아무래도……."

뭔가 말을 하려던 청우가 유대웅의 명문혈에 장심을 갖다대며 입을 다물었다.

심각한 표정의 청우와는 달리 노도사는 이미 상황을 짐작하고 있다는 표정이었다.

잠시 후, 청우가 유대웅의 몸에서 물러나자 노도사가 물었다.

"어떠냐? 네 생각대로 이 녀석이 주화입마에 걸린 것 같으냐?"

"아닙니다. 몸속에 극한의 음한지기와 싸우느라 그리된 것이더군요. 지독한 음기였습니다."

유대웅의 건청기공에 자신의 기운을 슬며시 실어 음한지기와 상대를 해본 청우는 강력하게 반발을 해오는 음한지기에 꽤나 놀란 모습이었다.

"음한지기라… 어디 한번 볼까?"

노도사가 청우가 한 것처럼 유대웅의 명문에 장심을 밀착시키자 유대웅의 일그러진 얼굴이 확 펴졌다.

청우는 당연하다는 듯 고개를 끄덕였다.

유대웅의 몸에 자리한 음한지기가 제아무리 강력하다 한들 사부의 실력이라면 문제될 것이 없었다. 시간만 충분하다면 단순히 제어하는 정도가 아니라 아예 소멸시켜 버릴 수도 있으리라.

몸에서 꿈틀대던 음한지기가 완전히 제어됐는지 유대웅의 얼굴이 한결 편안해졌을 때 장심을 뗀 노도사가 고개를 절레절레 흔들었다.

"놀랍구나. 어린 녀석의 건청기공이 칠성을 넘어섰다니."

"칠… 성이오?"

청우가 소스라치게 놀라며 되물었다.

"그래. 건청기공이 어떤 무공인지 제대로 모르는 인간들이야 일성이나 칠성이나 별 차이가 없다고 여길지 모르지만 칠성이 어떤 의미인지 잘 알고 있겠지?"

"물론입니다."

"후~ 본산에서도 칠성의 건청기공은 보기가 힘든데 고작 이런 아이가……."

노도사는 새삼 놀랍다는 표정으로 운기조식의 끝을 향해 달려가는 유대웅을 바라보다 갑자기 미간을 찌푸렸다.

"한데 그놈들이 대체 무슨 이유로 이런 짓을 한 거지?"

눈가에 살기마저 띠는 것을 보면 노도사의 분노가 꽤나 크다는 것을 알 수 있었다.

"그놈들이라면… 혹여 짐작 가는 곳이라도 있으신지요?"

청우가 조심스레 물었다.

"칠성에 이른 건청기공으로도 감당하기 힘든 음한지기는 헤아릴 수 없을 정도로 많다. 하지만 그건 완전히 없애지 못한다는 것이지 저토록 고통을 받으며 목숨을 위협당한다는 뜻은 아니다. 그만한 음한지기는 정말 손에 꼽을 정도지. 그 중에서도 미간에 혈기를 남기는 것은 오직 하나뿐이다."

노도사가 유대웅의 미간에서 거의 사라지고 없는 가느다

란 혈선을 가리키며 말했다.

"그게 무엇입니까?"

"빙살음혈기."

"빙살음혈기라면……."

청우가 고개를 갸웃거리자 노도사가 혀를 찼다.

"쯧쯧, 아둔한 머리 하고는. 일전에 말해주지 않았느냐? 혈사림의 이자웅이라는 놈이 빙살음혈기라는 아주 못된 음공을 지니고 있다고. 빙마(氷魔) 이후 거의 백 년이 넘게 단절된 무공이었는데 그걸 복원해 낸 것을 보면 그놈도 지독한 놈이야."

"아! 그렇군요."

그제야 기억이 났다는 듯 머리를 긁적인 청우가 안타깝고 놀랍다는 눈으로 유대웅을 응시했다.

그가 기억하는 빙살음혈기의 위력을 감안했을 때 그동안 유대웅이 받았을 고통에 상상만으로도 놀라웠고 그럼에도 지금껏 살아 있다는 것이 더욱 놀라웠다.

청우의 표정을 읽은 노도사가 살짝 한숨을 내쉬며 입을 열었다.

"본문에 내려오는 건청기공을 익혔기에 망정이지 그렇지 않았다면 지금껏 버티지 못했을 게다. 거기다 또 하나 놀라운 것이 있었는데 그게 무엇인지 알겠느냐?"

"잘 모르겠습니다. 건청기공과 음한지기가 싸우고 있었다는 것밖에는……. 제가 모르는 다른 것이 있었는지요?”

“있었지. 아마 음한지기에 온통 신경을 쓰느라 느끼지 못했을 게다. 가만히 살펴보면 녀석의 몸에는 또 하나의 기운이 녹아들어 있어.”

“그것이 무엇입니까?”

“자소단.”

“예?”

청우가 깜짝 놀라 되물었다.

자소단이라면 화산에서도 무척이나 귀하게 여기는 영단으로 최소한 장로 급이 아니면 직접 보기도 힘든 보물이었다.

“어떻게 자소단을…….”

의구심에 찬 눈으로 읊조리던 청우가 뭔가를 떠올렸는지 무릎을 탁 쳤다.

“이 아이가 본문의 사람을 만난 것이군요. 그러고 보니 익히고 있는 건청기공 또한 본문에서만 내려오는 것이었고요.”

“아무래도 그런 것 같구나. 어떤 녀석과 연관이 있는 것인지 모르겠지만 자소단까지 내어줄 정도면 상당한 인연이 있다는 말인데. 그거야 뭐, 요 녀석에게 물어보면 알겠군.”

노도사의 눈이 여전히 운기조식을 하고 있는, 아니, 하는 척을 하고 있는 유대웅에게로 향했다.

“언제까지 연기를 하고 있을 것이냐?”

노도사의 호통에 번쩍 눈을 뜬 유대웅이 팅기듯 뒤로 물러났다.

"누구… 십니까?"

육중한 몸과는 어울리지 않는 날렵한 동작과 제법 노련한 말투에 노도사의 입에서 실소가 터져 나왔다.

"고놈 참, 생긴 건 영락없는 곰탱인데 하는 짓은 여우 같구나. 당장 이리 오지 못하겠느냐?"

노도사의 호통에도 유대웅이 움직이지 않자 청우가 얼른 나섰다.

"그렇게 경계하지 않아도 된다. 네게 잠시 물어볼 말이 있어서 그러는 것이야. 이분은 나의 사부님이시자 검선으로 불리시는 태선 진인(太仙眞人)이시다."

청우는 사부의 별호를 들었음에도 그 이름이 대체 뉘 집 영감 이름이냐는 듯한 태도에 쓴웃음을 짓고 말았다.

당금 무림에서 가장 강하다는 열 명의 무인을 일컬어 사람들은 무림십강(武林十强)으로 명명하며 추앙하고 있었는데 검선은 그 십강 중에서도 가장 앞자리를 차지하는 절대고수였다.

비록 나이는 어려도 건청기공을 익히고 있다는 것은 무림에 대해 조금은 알고 있다는 것. 한데 설마하니 무림에서 가장 유명한 이름이라 할 수 있는 사부의 별호를 듣고도 저런 심드렁한 반응을 보일 줄은 상상도 못한 것이었다.

"아무튼 들어는 봤는지 모르겠지만 나와 사부님은 화산이라는 곳에서 왔다."

화산이라는 말에 유대웅의 표정이 살짝 누그러졌다.

당금 무림에서 소림과 무당만큼이나 유명한 곳이 바로 화산이었다. 아니, 최근으로만 따진다면 화산의 명성은 이미 소림과 무당을 넘어선 상태였다. 게다가 일전에 청진자에게 도움을 받은 일도 있었기에 나름 호의적인 생각을 품고 있었다.

그럼에도 경계하는 눈빛까지 지운 것은 아니었다.

"건청기공을 익히고 있더구나. 그것도 본문에서만 내려오는 진짜 건청기공을. 본문의 비전이라 할 수 있는 자소단까지 복용했고. 혹, 본문의 인물을 만난 것이냐?"

청우가 건청기공과 자소단까지 언급하자 비로소 마음을 놓은 유대웅이 고개를 끄덕였다.

"예. 얼마 전에 화산파의 어르신과 만난 적이 있어요."

"그분에게서 건청기공과 자소단을 얻었고?"

"예."

"그놈이 누구냐?"

다소 차갑게 느껴지는 태선 진인의 물음에 잠시 얼굴을 찡그린 유대웅이 퉁명스레 대꾸했다.

"청진자세요."

"청진? 키는 요만하고 뱁새눈에 콧잔등에 작은 사마귀가 하나 있는 녀석 말이냐?"

태선 진인의 설명에서 곧바로 청진자를 떠올릴 수 있었던 유대웅이 입술을 삐죽이며 대답했다.

"대충 그럴걸요."

"아, 그분이 네게 건청기공과 자소단을 준 것이로구나. 한데 무슨 이유로 그랬는지 알 수 있을까? 물론 네 몸에 심어져 있는 음한지기와 연관이 있다고 짐작은 하고 있다만."

청우의 부드러운 말에 자기도 모르게 고개를 끄덕인 유대웅이 그와 청진자 사이에 있었던, 정확하게 말하자면 일심맹에 몰아닥친 불행에 대해 설명하기 시작했다.

부친이 스스로 목숨을 끊었다는 말을 하면서도 담담함을 유지하는 유대웅의 모습에 조금은 놀란 눈으로 바라보던 태선 진인은 건청기공과 자소단을 주며 희망을 잃지 말고 끝까지 버티라고 격려를 해줬다는 청진자의 말에 이르자 버럭 화를 냈다.

"한심한 놈 같으니!"

그것이 유대웅이 아닌 청진자에게 내는 노여움이라는 것을 알고 있던 청우는 그를 대신해 재빨리 변명을 했다.

"어쩔 수 없는 상황이었을 겁니다. 당시 청진 사형은 정무맹의 일을 보고 있었고 사형의 힘으로도 음한지기는 어쩔 수 없다고 한 것을 보면……."

"시끄럽다."

단박에 말을 자른 태선 진인은 마치 청우가 잘못이라도 한 듯 노기에 찬 음성으로 호통을 쳤다.

"녀석의 판단대로 건청기공과 자소단이라면 목숨은 연명할 수 있으리란 생각은 맞았다. 지금껏 살아 있는 것을 보면 정확한 판단이었지. 하나, 녀석은 그동안 이 아이가 겪어야 할 고통은 철저하게 외면하였다. 분명 알고 있음에도 말이다."

"하지만 그것은……."

노도사는 청우가 청진자를 두둔할 틈도 주지 않고 말을 이었다.

"당시 상황에서 이 아이를 구할 방법은 두 가지였다. 하나는 음한지기를 몰아낼 수 있을 정도로 뛰어난 양강지공을 전수하는 것이었고 다른 하나는 제삼의 힘으로 몸속에 잠재해 있는 음한지기를 없애는 것이었지. 두 가지 다 녀석의 능력 밖이라는 것은 노부도 안다. 하지만 노부가 괘씸하게 여기는 것은 녀석이 선택할 수 있는 것이 한 가지 더 있었다는 것에 있다. 아예 처음부터 논외로 쳤겠지만."

어렴풋이 짐작을 하면서도 청우는 감히 묻지 못했다.

"제 능력이 되지 않으면 능력이 되는 사람에게 데려가면 된다. 최소한 제 사숙들이 있는 화산으로 이 녀석을 데리고만 왔더라도 이따위 저급한 음한지기는 몰아낼 수 있었다. 화산에 오는 동안 녀석이 이 아이를 도와주었다면 음한지기로 인한 고통은 겪지도 않았을 게야."

"하오나 당시 사형은 정무맹의 일로 인해……."

“정무맹? 정무맹이 대체 뭐기에 일을 이 지경으로 만든단 말이냐? 한낱 소문 따위에 휘둘려 애꿎은 목숨을 잃게 만든 것도 부족해 이런 어린애에게 감당키 힘든 고통을 안겨주다니! 만약 일심맹의 맹주라는 자가 스스로의 목숨을 아끼는 자였다면 어찌 되었겠느냐? 대의(大義)라는 이름으로 얼마나 많은 피를 보았을 것이냔 말이다. 비록 수적이라지만 그들의 목숨 또한 귀하디귀한 것이다.”

노도사의 전신에서 그야말로 폭풍 같은 기도가 뿜어져 나왔다.

“그 잘못을 안다면, 조금이라도 책임을 느꼈다면, 명색이 화산파의 장로라면 청진은 결코 그런 무책임한 선택을 하지 않았어야 한다. 설사 그 일로 인해 본문에 어떤 불이익이 온다고 해도 감수를 했어야 했단 말이다. 그게 바로 정(正)이고 의(義)며 협(俠)이다.”

청진을 대신해 청우를 엄하게 꾸짖은 노도사는 두려운 눈으로 바라보는 유대웅에게 조금 전과는 전혀 다른 따뜻한 눈빛으로 말했다.

“그런 의미에서, 인간의 가장 원초적인 본능이라 할 수 있는 생존에 대한 욕구 대신 수하들을 살리고자 스스로의 목숨을 버린 네 아비는 의리가 무엇인지 아는 진정한 영웅(英雄)이요, 호걸(豪傑)이다.”

담담하게 이어진 노도사의 말에 유대웅은 가슴이 콱 막히는 듯한 느낌을 받았다.

스스로들 그렇게 부른다지만 수적에게 영웅이요, 호걸이라는 말이 얼마나 가당치 않은지 어린 유대웅도 잘 알고 있었다.

그런데 화산파의 장로를 녀석이라 부를 수 있는 사람이 한낱 수적이었던 그의 부친을 영웅이요, 호걸이라 칭했다.

유대웅의 눈에서 주루룩 눈물이 흘렀다.

부친의 선택을 애써 이해하며, 아니, 이해하는 척하며 지금껏 필사적으로 참았던 눈물이, 강해져야 한다며 부친을 위해서라도 의연한 모습을 보여야 한다고 스스로를 채찍질했던 가슴 한 켠에서 잠재해 있던 감정이 봇물 터지듯 터져 나왔다.

짠한 표정으로 유대웅을 바라보던 청우가 가만히 그를 보듬어 안았다.

유대웅은 난생처음으로 자신보다 작은 사내의 가슴이 어미의 품보다 포근할 수도 있다는 것을 느끼며 대성통곡을 했다.

第四章
사제지연(師弟之緣)

巫山三峡

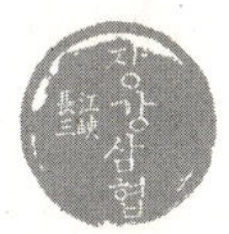

그동안 홀로 감내하느라 쌓였던 슬픔을 모조리 토해낸 유대웅은 한결 밝은 표정으로 태선 진인과 청우를 바라보고 있었다.

"그래, 너는 어찌하여 이곳에 움막을 짓게 된 것이냐?"

태선 진인이 금방이라도 무너질 것 같은 움막을 둘러보며 물었다.

"딱히 이유는 없는데요. 그냥 따뜻한 것이 좋아서……."

"따뜻한 것이 좋아서?"

"예. 사실 이곳에 거처를 마련할 때 많이들 반대했어요. 햇빛도 잘 들고 경관도 좋아 좋은 땅처럼 보이지만 어딘지 모르게 이상한 점이 있다나요."

"어떤 점이 이상하다고 하더냐?"

"땅의 기운이 너무 드세다고 하던데요. 그냥 이곳에 앉아 있기만 해도 땀이 줄줄 흐르고 기운이 쭉 빠진다나요."

"당연히 그럴 것이다. 세상천지에 이만큼 강한 양기를 뿜어내는 곳도 찾기가 힘들 테니까. 한데 너는 괜찮은 것이냐?"

"예. 오히려 따뜻하고 좋아요. 따사로운 햇살을 쬐면서 가만히 앉아 있으면 잠도 솔솔 오고, 마치 엄마 품에 안긴 것처럼 포근해요. 이곳에서 음한지기를 다스리면 훨씬 빨리, 그것도 고통없이 진정시킬 수도 있고요."

조금 전 유대웅이 어떤 고통을 겪고 있었는지 직접 보았던 청우의 눈이 놀라움으로 커졌다.

'음한지기와는 상극인 이런 극양지기에서도 그만한 고통을 느꼈다면 대체 평소엔 그 고통이 얼마나 되기에!'

그와 같은 고통을 감내해 온 유대웅에 대해 연민이 들었다.

"그런 이유로 이곳에 움막을 지었단 말이냐?"

"예."

"허허허, 이거야 원. 엉뚱한 녀석이 극양지기의 주인이 되었구나. 하늘의 이치란 참으로……."

태선 진인의 말을 한마디도 알아들을 수 없었던 유대웅이 청우에게 조심스레 물었다.

"대체 왜 그러시는 건데요?"

씨익 웃은 청우가 태선 진인의 눈치를 보며 속삭이듯 말했다.

"혹 감여가라는 말을 들어본 적이 있어?"

"아니요."

"그러니까 감여가는… 음, 그냥 감별가라고 하자. 어떤 산이나 땅이 좋고 나쁜지, 그곳에 어떤 집을 짓고 무덤을 써야 좋은지 감별하는 사람."

"아!"

유대웅이 이해했다는 표정으로 고개를 끄덕이자 청우가 설명을 이어갔다.

"그들이 눈에 불을 켜고 찾는 땅이 네가 움막을 지은 땅이다. 소위 명당이라 하는 곳이지. 이런 곳에 묘를 쓰면 대대손손 잘 먹고 잘산다고 하지 아마."

청우의 말에 유대웅이 눈을 동그랗게 뜨고 되물었다.

"이곳에 묘를 쓰려구요? 도사들도 묘를 쓰나요? 도사가 아니라 감여간가?"

재기 넘치는 유대웅의 질문에 피식 웃음을 터뜨린 청우가 다시금 태선 진인의 눈치를 살피며 말을 이었다.

"아니, 그건 아니고. 이곳이 감여가들이 눈에 불을 켜고 찾아 헤매는 명당이기도 하지만 유례없이 양기가 강한 극양지기기도 하거든."

"그런데요?"

"화산파의 무공 중에 자하신공이라는 양강지공이 있는데 이곳에서 수련을 하면 그 효과를 극대화시킬 수 있어. 가령 십 년을 노력해야 얻을 성취를 이곳에선 단 일 년 사이에 얻을 수 있다는 정도로 이해하면 될 거다."

"아! 그렇군요. 그래서 영감님이 이곳을 그렇게 탐낸 것이군요. 하긴, 무공이라는 게 그렇다더군요. 돈처럼 나이를 먹어서도 더! 더! 하면서 욕심을 낸다고."

태선 진인을 힐끗거리는 유대웅의 모습에 청우가 곤란한 표정을 지었다.

"아니, 사부님께서 이곳을 탐내셨다고 하기는 좀… 그냥 화산의 제자들을 생각하시다 보니 조금 아쉬워서 그러시는 것뿐이야. 오해는 하지 마라."

청우가 어색한 미소를 지으며 유대웅의 등을 쓰다듬었지만 의심에 찬 유대웅의 눈초리는 변하지 않았다.

"굳이 부인할 필요는 없다. 솔직히 탐낸 것도 사실이니까. 한데 조금 이상하구나."

태선 진인이 이해하지 못하겠다는 표정으로 주변을 몇 번이고 둘러보았다.

"무엇이 이상하신지요?"

"이 녀석이 움막을 짓는다고 말뚝을 박아댄 덕분에 땅의 지기가 크게 훼손되었다고는 해도 곤륜산맥(崑崙山脈)에서 예까지 이른 기운이 그렇게 쉽게 사라지지는 않았을 것인데 이젠 그냥 일반적으로 좋은 땅이 돼버렸으니 말이다.”

“이 아이가 이곳의 지기를 흡수한 것이 아닐는지요?”

“이 녀석 단전에 상식적으로 이해가 되지 않을 만큼 양기가 충만한 것을 보면 어느 정도 흡수는 했을 게다. 건청기공도 일조를 했을 것이고. 자신도 모르게 쌓인 터라 지금은 제대로 활용되지 않고 있지만 그 힘을 제대로 다스릴 수만 있다면 몸속의 음한지기 따위는 문제도 아닐 게야. 하지만 그렇다고 해도 뭔가 이상해. 게다가 아까부터 이 낯선 느낌은…….”

조금 전부터 계속 신경을 건드리는 느낌에 인상을 찌푸리던 태선 진인이 갑자기 물었다.

“저 아래, 무엇이 있느냐?”

태선 진인이 움막에 깔려 있는 거적을 가리키자 유대웅은 자기도 모르게 움찔하고 말았다. 그것을 놓칠 태선 진인이 아니었다.

“무엇을 숨겼냐니까?”

얼른 표정을 바꾼 유대웅이 태연하게 대꾸했다.

“있기는 뭐가 있어요? 아무것도 없어요.”

발뺌을 할 줄은 몰랐던 태선 진인이 다짜고짜 손을 뻗었다.

“사부님!”

깜짝 놀란 청우가 말리고 나섰지만 유대웅의 몸은 이미 붕 떠서 한참이나 밀려난 뒤였다.

그렇다고 땅에 처박히거나 하지는 않았다. 그저 태선 진인의 진기에 의해 사뿐히 옮겨졌을 뿐이다.

"대체 뭘 생각한 거냐?"

당황한 표정의 청우에게 핀잔을 준 태선 진인이 가볍게 손짓을 하자 거적이 훌쩍 밀려났다.

드러나는 공간.

그곳에 헝겊으로 둘둘 말린 초천검과 항우의 무공이 담긴 철궤가 있었다.

두 물건으로부터 뭔가 심상치 않은 기운을 느낀 태선 진인이 코웃음을 쳤다.

"역시 말뚝 정도에 이 정도까지 지기가 상한 것이 이상타 했다. 분명 이유가 있으리라 여겼지."

절정의 허공섭물(虛空攝物)로 초천검을 손에 넣은 태선 진인의 안색이 확 변했다.

"허, 무슨 물건이기에……."

순간적으로 초천검을 놓칠 뻔한 태선 진인이 한쪽 끝을 바닥에 세우고 헝겊을 풀었다. 그러자 투박하다 못해 무식하다 여겨질 정도로 거대한 초천검이 모습을 드러냈다.

"거… 엄?"

손으로 들기 힘들 정도로 무겁고 큰 물건이 설마하니 검일 줄은 상상도 못한 태선 진인의 입이 쩍 벌어졌다.

"왜 남의 물건을 함부로 꺼내고 그래요! 당장 줘요!"

한참이나 밀려났던 유대웅이 악을 쓰며 달려왔다.

태선 진인이 슬쩍 청우에게 시선을 보내자 청우는 인상을 찌푸리며 유대웅에게 지풍(指風)을 날렸다. 힘으론 천하에 두려울 것이 없는 유대웅도 청우의 손가락 끝에서 흘러나온 지풍에 혈도가 제압당하자 그 자리에서 굳고 말았다.

"백 근이 넘는 무게에 이런 날카로움이라니."

초천검을 살펴보던 태선 진인은 진기로 손가락을 보호했음에도 날에 스친 손가락에 상처가 나고 피가 흐르는 것을 보며 혀를 내둘렀다. 무엇보다 그를 놀라게 한 것은 검에서 풍기는 정체를 알 수 없는 묘한 기운이었다.

"실로 많은 피를 묻힌 검이로구나. 상상조차 할 수 없는 원념이 느껴져. 세상에 나와선 안 되는 마검(魔劍)이다."

태선 진인의 읊조림에 혈도가 제압당해 옴짝달싹하지 못하고 있던 유대웅이 고래고래 소리를 질렀다.

"마검은 무슨 마검이요! 그건 제 검이라구요!"

태선 진인의 미간이 잔뜩 찌푸려졌다.

"너는 이 검에 실린 살기와 마기가 느껴지지 않는다는 말이냐?"

"그런 거 몰라요."

"지금은 네가 어려서 느끼지 못하는지 몰라도 이 검은 주인을 잡아먹을 검이다. 큰일 난단 말이다."

"난 그런 거 모른다니까요. 어쨌든 그건 내 검이라고요. 초패왕이 내게 직접 준… 헙!"

유대웅이 자신의 실언에 깜짝 놀라며 얼른 입을 다물었으나 태선 진인과 청우는 이미 초패왕이라는 말을 너무도 똑똑히 들은 뒤였다.

"초패왕? 초패왕이라면……."

"역발산기개세. 초패왕이라 불린 사람은 오직 항우뿐입니다. 일설에 의하면 그가 지닌 검이 무려 백 근이 넘었다더군요."

"호오~ 그렇다면 이것이 항우가 지녔던 바로 그 검이란 말이냐? 일검에 집채만 한 바위를 부수고 태산을 가른다는."

태선 진인은 청우의 대답에 맞장구를 치며 유대웅의 눈치를 살폈다.

그간 제법 많은 풍파를 겪었음에도 아직 어린 티를 완전히 벗지 못한 유대웅은 얼굴에 자신의 감정을 모조리 드러냈다. 그러자 오히려 놀란 것은 태선 진인과 청우였다.

'정말 초패왕의 검이란 말인가? 그건 단순한 전설일 뿐이거늘. 아니, 설사 전설이 아니더라도 어째서 저 아이가…….'

의혹에 빠졌던 태선 진인의 눈에 검과 나란히 놓여 있던 철궤가 들어왔다.

태선 진인의 시선이 철궤로 향하는 것을 유대웅은 다급했다.

"그, 그건 상관없어요. 검과는 아무런 상관도 없는 거예요."

도둑이 제 발 저린다는 말이 딱 어울리는 순간이었다.

유대웅의 변명은 오히려 철궤와 검의 연관성을 확신시켜 주는 것과 같았다.

"아, 진짜. 아무런 상관도 없다는데 왜 그러는 거예요!"

철궤가 태선 진인의 손으로 빨려가자 유대웅이 신경질적으로 소리쳤다.

"그냥 궁금해서 그런다, 뭘 이렇게 꼭꼭 숨겨놓았는지."

태선 진인이 마치 호기심에 가득 찬 악동의 얼굴로 약을 올리자 무안함에 청우의 고개가 슬며시 돌아갔다.

"화산에서 왔다면서요? 도사라면서요? 그런데 남의 물건을 왜 허락도 없이… 아아아악!"

필사적으로 태선 진인의 손길을 막으려던 유대웅은 자신의 노력과는 전혀 상관없이 철궤가 열리자 악에 찬 비명을 내질렀다.

"고놈 목청 참."

씨익 웃으며 철궤에 든 죽간을 꺼내 드는 태선 진인.

하나 그는 몰랐다. 잠시 후 자신의 얼굴이 얼마나 놀라움으로 물들지, 죽간을 잡은 손이 덜덜 떨리고 심장이 미친 듯이 요동칠지 그때까진 정말 몰랐다.

"제, 제자로요?"

재차 확인을 할 정도로 청우는 놀라고 있었다.

"귀까지 망가진 게냐? 왜 자꾸 물어."

태선 진인의 눈매가 매서워지자 청우가 얼른 변명을 했다.

"아니, 그게 아니라… 단지 너무 의외라서요."

"뭐가?"

"다시는 제자를 받아들이지 않겠다고 하셨잖습니까?"

"난 그런 말 한 적 없다."

"저를 제자로 들이시면서 사형들에게 그리 다짐하신 걸 제가 들었습니다."

"그거야 당시 네 나이가 너무 어렸으니까 그랬지. 솔직히 상태도 별로 좋지 않았고."

태선 진인의 시선이 자연스럽게 청우의 굽은 등으로 향하자 청우가 멋쩍은 미소를 지었다.

"어쨌든 약속하셨습니다."

"아니, 알려면 정확하게 알고 있어야지. 약속은 하지 않았다. 그저 고려해 보겠다고 했을 뿐이지."

청우는 '그게 그것 아니냐'고 말하려다 입을 다물었다. 사부의 성정상 아니라면 아닌 것이다.

청우는 다시금 음한지기와 싸우고 있는 유대웅을 힐끗 바라보며 물었다.

"한데 어째서 저 아이입니까?"

태선 진인이 유대웅 옆을 지키고 있는 초천검을 가리켰다.

"아까도 말했듯이 저 검은 마검이요, 혈검이다. 수많은 사람들의 피와 한을 흡수한 무시무시한 검이야. 오랜 세월이 흐른데다 이곳의 극양지기를 흡수하면서 많이 희석되기는 한 모양이지만 제대로 된 주인을 만나지 못하면 어찌 변할지 아무도 모른다.”

“그냥 봉인하면 되지 않을는지요?”

“봉인? 그 오랜 세월 동안 절벽 한가운데에 처박혔던 검이다. 그런 검이 세상에 다시 모습을 드러낸 것이야. 이것이 인간의 의지나 힘으로 가능한 일이라고 보느냐?”

청우는 대답을 하지 못했다.

“봉인되었던 패왕의 검과 무공이 이 녀석에게 이어지고 또 우리와 만났다. 인연이라 생각하지 않느냐?”

“인연이오?”

태선 진인의 시선이 유대웅에게 머물렀다.

“인연이 아니라면, 하늘의 오묘한 안배가 아니라면 어떻게 저 아이가 청진을 만나 건청기공과 자소단을 얻고 극양지기와 전설 속으로 사라진 패왕의 무를 얻을 수 있었겠느냐? 그리고 우리까지.”

“그렇… 군요.”

딱히 반박할 말을 찾지 못한 청우는 고개를 끄덕일 수밖에 없었다.

“반대가 만만치는 않을 겁니다, 전례도 있으니.”

“상관없다. 화산을 욕보이거나 조사님들께 큰 죄를 짓는 것도 아니거늘.”

청우의 입가에 절로 미소가 지어졌다.

참으로 사부다운 대답이라는 생각 때문이었다.

하지만 자신만만하던 태선 진인의 생각과는 달리 유대웅을 제자로 맞아들이는 일은 쉽지 않았다.

화산이 어떤 곳인지, 자신의 제자가 된다는 것이 뭘 의미하는지 자세한 설명도 필요없이 그저 ‘제자로 거둬주마’ 라는 말이면 감지덕지 모든 것이 끝나리라 여겼던 태선 진인의 생각과는 달리 심드렁한 표정으로 거절하는 유대웅을 설득하기 위해 그는 구십 년 도력(道力)이 무색해질 만큼 치미는 노화를 참고 또 참아야만 했다.

“인연, 그놈의 인연이 뭔지!!”

태선 진인이 유대웅을 설득하는 이틀 동안 입에 달고 산 말이었다.

*　　　*　　　*

“재주를 펼쳐 보거라.”

“재주요?”

“네가 배운 무공을 펼쳐 보라는 말이다.”

뒷짐을 지고 한 걸음 물러나며 하는 태선 진인의 말에 유대웅이 뒷머리를 긁적거렸다.

"배운 거 없는데요."

"배운 것이 없어?"

"예. 어려서부터 건청기공을 익히기는 했지만 그것뿐이에요."

"어째서 배우지 않았느냐? 한 단체의 수장 정도라면 네 아비도 분명 그에 걸맞은 무공을 지니고 있었을 터인데. 흠, 무력이 아니라 지략이 뛰어난 인물일 수도 있겠구나."

태선 진인이 의혹 가득한 얼굴로 묻고는 스스로 답을 유추하자 유대웅이 고개를 저었다.

"아니요. 그건 아니에요. 아버지는 천뢰육도라는 훌륭한 무공을 지니고 계셨어요."

"뭐라? 천뢰… 육도?"

태선 진인이 깜짝 놀라며 되물었다.

"예. 가르쳐 주신 적은 없지만 아버지가 연습하시는 것은 본 적이 있어요. 칼이 허공을 가를 때마다 번개가 번쩍거리고……."

유대웅은 과거를 회상하며 한참이나 뭐라 떠들어댔지만 태선 진인은 굳이 들으려 하지 않았다. 번개 운운하는 순간 이미 유대웅이 언급한 무공이 자신이 알고 있는 천뢰육도라는 것을 확신했기 때문이었다.

"그런데 가르쳐 주지 않았다?"

"예. 몇 번을 졸라도 안 된다고 하셨어요. 아버지가 그 무

공을 배울 때 허락없이는 어느 누구에게도 가르쳐 주지 않는
다는 약속을 하셨다고……."

유대웅이 시무룩한 얼굴로 말끝을 흐렸다.

'사부라면 일도파산(一刀破山)을 말하는 거겠군. 오래전에
은퇴했다더니만 후인을 키웠을 줄은 몰랐는걸.'

홀로 무림을 주유하며 수많은 강자와 비무를 벌였던 일도
파산 자우령(紫羽翎)의 외골수적인 모습을 떠올린 태선 진인
은 이해가 된다는 듯 고개를 끄덕였다. 아울러 사부와의 약속
을 지키기 위해 자식에게까지 무공을 전수하지 않은 유섬강
의 사람됨에 내심 감탄했다.

'흠, 어쨌든 잘됐군. 기초부터 제대로 다질 수 있겠어.'

천뢰육도의 무공이 훌륭한 것이기는 해도 앞으로 익혀야
할 화산이나 패왕의 무공에 비할 바는 아니었다. 어설프게 익
히고 있는 것보다는 오히려 아무것도 익히지 않은 백지 상태
가 훨씬 좋았다. 게다가 그 효능이 무궁무진하다고 할 수 있
는 건청기공을 어렸을 적부터 익혀왔으니 조건은 더할 나위
없이 좋았다.

"너무 서운해하지 말거라. 무인에게 약속이란 목숨보다 더
소중한 것이니. 일전에도 말했지만 네 아비는 진정 명예가 뭔
지 아는 사람이야."

태선 진인의 칭찬에 자신도 모르게 어깨를 들썩한 유대웅이
미처 말을 하지 못한 것을 생각한 듯 눈을 크게 뜨며 말했다.

"아, 그러고 보니 건청기공 말고 배운 것이 있긴 있어요."

"그게 무엇이냐?"

백지 상태라 좋아했던 태선 진인의 눈가가 살짝 찌푸려졌다.

세 살 버릇이 여든 간다고 무엇을 배웠는지는 몰랐지만 한 번 잘못 들인 버릇은 여간해서는 고치기 힘들었다. 그것이 설사 사소한 것일지라도 장차 무공을 익히는 데는 더할 수 없이 큰 걸림돌이 될 수도 있었다.

"건청기공을 익히면서부터 아침저녁으로 마보(馬步)를 수련했어요."

"허!"

혹여 쓸데없는 것을 배운 것은 아닌지 걱정했던 태선 진인은 마보를 익혔다는 말에 자신도 모르게 헛바람을 내뱉고 말았다.

"어디 한번 해보아라."

태선 진인의 말에 유대웅이 재빨리 자세를 잡았다.

'호오. 제법인걸.'

대수롭지 않게 쳐다보던 태선 진인의 얼굴에 이채가 떠올랐다.

다리는 양어깨보다 약간 넓게 잡았고 발은 약간 안쪽으로 튼 상태에서 그대로 무릎을 굽힌 기마 자세.

모든 무공의 가장 기본적인 자세라 할 수 있는 마보에서 중요한 것은 굽힌 허벅지가 지면과 평행할 정도로 자세를 낮춰야 한다는 것과 안쪽으로 모아진 무릎이 크게 벌어지지 않고 일정하게 유지해야 한다는 것이었다. 그러면서도 엉덩이가 뒤로 빠지지 않도록 허리를 반듯하게 펴야 했다.

유대웅의 자세가 바로 그랬다.

오랫동안 수련을 했다더니만 어린 나이에 어울리지 않는 완벽한 마보의 자세를 보여주고 있었다.

"제대로 배웠구나. 그럼 얼마나 할 수 있는지 한번 볼까?"

태선 진인은 유대웅이 과연 어디까지 해낼 수 있을지 궁금했다.

잠시 잠깐이라면 모를까 정석으로 수련했을 때 이각 정도면 전신이 땀으로 흠뻑 젖고 반 시진이면 후들거리는 팔다리로 인해 정상적으로 서 있는 것조차 버겁다는 것이 마보였다.

"예?"

막 자세를 풀려던 유대웅이 깜짝 놀라 고개를 돌리자 태선 진인이 그의 어깨에 가볍게 손을 올려놓았다.

"뭘 그리 놀라느냐? 모든 무공의 힘은 무엇보다 굳건한 하체와 단단한 허리에서 오는 것이다. 그 힘을 얻기 위해 마보만큼 훌륭한 수련법은 없지. 네 사형 역시 이 사부와 만나 가장 먼저 수련한 것이 바로 마보였다."

유대웅의 시선이 나무 그늘에 자리를 펴고 있는 청우에게로 향했다. 때마침 고개를 돌린 청우가 다시는 생각하고 싶지 않다는 듯 입가에 쓰디쓴 미소를 지었다.

"뭣 하느냐? 어서 자세를 바로 하지 않고."

"예? 예."

얼떨결에 마보를 이어가게 된 유대웅이 자세를 바로 하고 수련에 집중할 때 그늘에서 자리를 펴던 청우가 다가왔다.

"어찌 생각하느냐?"

태선 진인의 물음에 감탄 어린 눈빛으로 유대웅을 바라보던 청우가 짧은 숨을 내뱉으며 말했다.

"대단한데요. 흠 잡을 데가 없습니다."

"그렇지? 일단 자세는 제대로야. 교정할 필요가 없겠어."

태선 진인은 만족한 표정으로 유대웅을 바라보며 씨익 웃었다.

웃음을 접한 청우가 자신도 모르게 흠칫 놀라며 뒷걸음질 쳤다.

그 웃음에 담긴 의미를 자신만큼 제대로 아는 사람은 세상에 없을 터였다.

"한 반년 정도면 그럭저럭 기초는 잡히겠군."

태선 진인의 읊조림을 들은 청우는 안쓰러운 눈빛으로 유대웅을 바라보았다.

덩치는 커다랗지만 어리기만 한 사제.

이제부터 그는 지옥을 보게 될 것이다.

　　　　*　　　　*　　　　*

　앞으로 뻗은 팔은 부들부들 떨리고 꼿꼿이 편 허리도 금방이라도 부러질 것 같았다.

　지면과 수직으로 굽혀진 무릎은 위아래로 사시나무 흔들리듯 떨리고 있었으며 무릎이 흔들릴 때마다 엉덩이가 들썩거렸다.

　전신에서 흐르는 땀이 온몸을 적시는 것도 모자라 발아래를 흥건히 적신 지도 이미 오래였다.

　'하, 한계야. 더 이상은⋯⋯.'

　유대웅은 무릎 위에 올려져 있는 초천검이 조금씩 아래로 흐르고 있다는 것을 알면서도 자세를 바로잡을 수가 없었다. 정신도 혼미해지는 것이 손가락 하나 까딱할 수 없는 것이 바로 지금의 상태였다.

　그래도 버텨야 했다. 끝이 코앞에 있는데 또다시 쓰러질 수는 없었다.

　유대웅이 최후의 힘을 짜내기 위해 입술을 꽉 깨물었다.

　찌르르 울리는 고통 때문인지 흐트러졌던 정신이 다소 맑아졌다.

　땀과 부들부들 떨리는 팔다리의 경련은 여전했지만 아래쪽으로 흐르던 초천검은 움직임을 멈췄다.

　그렇게 필사적으로 참기를 일각.

마침내 자세를 바로 해도 좋다는 말이 들려왔다.

쿵.

무릎에서 흘러내린 초천검이 육중한 소리를 내며 떨어져 내리자 유대웅의 몸도 그대로 무너져 내렸다.

"쯧쯧, 얼마나 했다고. 뭐하느냐?"

태선 진인이 차를 홀짝이며 역정을 내자 청우가 재빨리 움직였다.

"어서 일어나, 사제. 굳은 몸을 풀어야지."

쓰러진 유대웅을 일으켜 세운 청우가 마치 춤을 추는 듯 흐느적거리기 시작했다.

멍하니 보던 유대웅도 그를 따라 움직였다.

오늘따라 유난히 뜨거웠던 날씨 때문에 잠시 잊고 있었지만 수련을 한 뒤에는 반드시 굳은 몸을 풀어줘야 했다. 그것이 얼마나 효과적인지는 이미 몸으로 확실히 겪었다.

하지만 유대웅은 몰랐다.

그가 몸을 풀기 위해서 행하는 일련의 행동들, 특히 전후좌우로 움직이는 발걸음이 어떤 묘용을 지니고 있는지를.

'흠, 제대로 습득을 했군. 좋아.'

지칠 대로 지친 유대웅이 비틀거리면서도 청우의 행동을 완벽하게 따라 하는 것을 본 태선 진인의 입가에 만족한 미소가 흘렀다.

지금 유대웅이 하고 있는 동작은 청우의 말처럼 그저 굳은 몸을 부드럽게 하기 위함만은 아니었다.

간단하면서도 현기가 넘쳐 보이는 발의 움직임과 손동작들은 화산 무공에 입문하면 가장 먼저 배우는 난화보(亂花步)와 난화수(亂花手)였다.

난화보는 화산파의 수많은 보법의 모태가 되는 것으로 화산의 제자라면 반드시 익혀야 하는 보법이었는데, 난화라는 이름 그대로 보로마다 꽤나 많은 변화가 내재되어 있어 익히기가 쉽지 않았다.

날고 긴다는 화산파의 제자들도 평균적으로 삼 년 이상은 꾸준히 수련해야 감을 잡았다고 말할 수 있을 정도였다.

난화수 또한 난화보 정도는 아니지만 익히기가 까다롭기로 정평이 난 수법이었다.

한데 난화보와 난화수를 익히기 시작한 지 고작 백여 일이 흐른 유대웅의 수준은 그야말로 경악을 금치 못할 정도였다.

난화보는 최소한 육성에 이르렀고 난화수는 칠성을 넘어선 상태였다.

"후후, 가르치는 녀석이 뛰어난 게지."

태선 진인의 시선이 청우에게 향했다.

겉으로 보기엔 그저 동작만을 가르치는 것으로 보였지만 지금 그는 지친 유대웅의 몸을 은연중 완벽하게 조율하는 중이었다. 유대웅의 호흡과 몸 동작 하나하나에 소름이 끼칠 정도로 동화되어 조금이라도 보로에서 벗어나거나 몸의 균형이 흐트러지면 이를 자연스럽게 수정하며 무의식 속에서도 완전히 자신의 것으로 만들 수 있도록 돕고 있었다. 천하의 둔재라도 익히지 않을 도리가 없는 것이다. 물론 유대웅은 그 사실을 전혀 몰랐지만.

"후우."

깊게 숨을 내뱉는 것으로 오전 수련을 끝낸 유대웅의 얼굴은 마침내 해냈다는 기쁨 때문인지 처음보다는 한결 밝았다.

지난날이 주마등처럼 흘러갔다.

태선 진인을 사부로 맞아들인 후 유대웅의 일상은 늘 똑같았다.

유대웅은 기상과 동시에 움막에서 정확히 삼십 리 떨어진 천문산으로 달려가 아침 이슬을 머금은 약수를 떠와야 했다.

명목은 가벼운 운동을 통해 밤새 잠들어 있던 몸을 깨우기 위함이라지만 그는 태선 진인이 즐기는 찻물을 대령하기 위함이라 확신했다.

반 시진 정도가 걸려 약수를 떠오면 곧바로 건청기공의 수련이 이어졌다.

운기조식을 통해 세 번의 대주천을 마친 이후에 아침 식사를 하는데, 다행이라면 사부인 태선 진인의 까다로운 입맛 때문에 아침 식사는 사형인 청우가 준비를 한다는 것이었다.

아침 식사가 끝나면 곧바로 수련이 시작되었는데 수련이라 봤자 오전 내내 마보의 자세를 취하는 것이 전부였다.

무공에 입문하여 가장 먼저 접하는 것이 마보라는 말이 있듯 마보는 초보자에겐 상당히 지겹고 괴로운 수련이었으나 유대웅처럼 아주 어려서부터 마보를 수련한 사람에겐 그다지 문제될 것이 없었다.

비록 평소보다 수련 시간이 배 정도 늘어나기는 했어도 유대웅은 자신이 있었다. 조금 더 힘들 뿐이라 여긴 것이다.

유대웅이 자신의 생각이 엄청난 오판이라는 것을 알게 된 것은 수련이 시작되고 하루가 채 되지 않았을 때였다.

태선 진인은 여유롭게 마보를 수련하는 유대웅의 허벅지 위에 초천검을 올려놓았다.

말이 좋아 검이지 무려 백 근이 넘는 무게는 유대웅에게 상상을 초월할 정도로 큰 고통을 안겨주었다.

다소 버겁기는 했어도 한 시진 정도는 능히 버티던 유대웅은 고작 일각 만에 온몸을 후들후들 떨면서 비명을 내질렀다. 그래도 고집이 있어 이를 악물고 참던 중 결국 초천검의 무게를 견디지 못하고 정확히 반 시진 만에 기절하고 말았다.

태선 진인은 기절한 유대웅을 용납하지 않았다.

혼절한 그를 깨운 뒤 한 시진을 채울 때까지 혹독하게 채찍질했다.

견디다 못해 잠시 잠깐 수련을 때려치울까도 생각했지만 유대웅의 오기는 그를 악착같이 버티게 만들었다.

또한 이미 구배지례를 올린 사부였다.

수적들과 생활하느라 많은 배움이 있었던 것은 아니지만 사제지간이라는 것이 얼마나 엄격하고 어려운 것인지는 그 역시 잘 알고 있었다.

사부의 명이라며 자식에게까지 무공을 감춘 부친을 두고 있기에 더욱 그랬다.

게다가 결정적인 사건 하나가 있었으니, 외부의 일을 끝내고 오랜만에 조카를 보기 위해 움막에 들른 오룡채의 채주와 석웅이 태선 진인과 충돌(?)을 한 것이었다.

충돌이라 봐야 화산파의 도복을 본 석웅이 혼자 미쳐 날뛴 것이었지만, 어쨌든 인상을 찌푸리며 가볍게 휘두른 태선 진인의 손짓에 그의 손에 들려 있던 조그만 나뭇가지에서 뻗어 나간 기운이 주변을 초토화시키면서 싸움은 너무도 싱겁게 끝나고 말았다.

유서중은 그 자리에서 무릎을 꿇었고, 태선 진인의 기세에 잠시 노출된 석웅은 입에 거품을 물고 혼절을 하고 말았다.

단 일 수에 불과했지만 사부의 무시무시함을 알게 된 유대웅은 하늘이 자신에게 준 기회라 여기며 그날 이후 악착같이 수련에 임했다.

오전, 오후 두 번에 걸친 마보 수련에서 몇 번씩이나 기절을 하면서도 단 한 번도 포기라는 말을 내뱉지 않았다.

그렇게 시간이 흐르고 처음 목표로 했던 한 시진은 어느새 두 시진이 되고 기절하는 횟수도 점점 줄어들더니 마침내 목표했던 시간을 채울 수 있었다.

"정확히 백 하고도 닷새가 더 걸렸구나."

태선 진인이 땀으로 흠뻑 젖은 유대웅을 보며 말했다.

"쯧쯧, 고작 마보 하나 해내는데 이렇게 느려서야."

자신이 예상한 반년보다 배는 빠른 속도였지만 태선 진인의 입에서 흘러나온 말은 칭찬이 아니라 질책이었다.

"아무튼 따라오너라."

퉁명스런 말과 함께 휙 몸을 돌리는 태선 진인을 보며 그래도 칭찬 한마디는 해줄 것이라 여기던 유대웅은 어이가 없다는 표정을 지었다.

"사형, 이거 너무하시는 거 아니에요?"

"쯧쯧, 기대할 걸 기대해야지. 사제는 아직까지 사부님 성격을 몰라?"

청우는 한참 올려다봐야 하는 유대웅의 옆구리를 툭툭 치며 고갯짓을 했다. 불호령 떨어지기 전에 빨리 가자는 의미였다.

"아무리 그래도……."

청우에게 끌려가다시피 이동하는 유대웅의 얼굴엔 불만이 가득했다.

태선 진인과 유대웅 일행이 도착한 곳은 움막에서 조금 아래에 위치한 공터였다. 움막 앞에도 약간의 공간은 있었지만 검을 배우기엔 분명 좁은 장소였다.

중앙에 우뚝 선 태선 진인이 천천히 검을 꺼내 들었다.

"검을 일컬어 만병지왕(萬兵之王)이라고 한다. 그 이유를 아느냐?"

태선 진인은 유대웅의 대답을 기다리지 않고 말을 이었다.

"검은 찌르기에 있어선 창에 비해 파괴력이 약하고 도에 비해선 베는 힘이 약하다. 그럼에도 그리 불리는 것은 각 무기의 장점을 두루 갖추었기 때문이라 할 수 있는데 그건 곧 익히기 어렵다는 말도 될 수 있다. 같은 맥락에서 백일창(百日槍), 천일도(千日刀), 만일검(萬日劍)이란 말을 들어본 적이 있을 게다. 하지만 헛소리다. 중요한 것은 무슨 무기를 선택하고 며칠이나 수련했는지가 아니라 스스로의 노력과 깨달음이 어느 정도에 이르렀느냐 하는 것이다."

"예, 사부님."

유대웅의 힘찬 대답에 태선 진인은 만족한 미소를 머금었다.

말년에 거둔 제자가 제법 열의를 보인다고 여긴 것이다.

하나, 백일이 넘도록 오직 마보에만 집중한 유대웅에게 새로운 가르침은 그야말로 가뭄의 단비와 같은 것. 시키지 않아도 열심일 수밖에 없었다.

"무림사, 수없이 많은 검법들이 명멸(明滅)했지만 여전히 수백, 수천 종의 검법이 이어져 내려오고 있고 각 검의 형식과 성격에 따라 패검(覇劍), 중검(重劍), 유검(柔劍), 환검(幻

劍), 쾌검(快劍) 등등 온갖 이름을 붙여 분류를 해대고 있다. 본문에도 대충 서른여섯 종의 검법이 존재한다. 물론 각 검법의 원리와 형식 또한 조금씩 차이가 있지. 하지만 검법의 기본은 찌르기와 베기다. 경천동지할 위력의 검법은 물론이고 뒷골목 무뢰배가 익히는 검법 또한 핵심은 찌르기와 베기다. 그 어떤 검법도 예외일 수는 없다.”

유대웅이 알 듯 말 듯한 표정을 짓고 있을 때 태선 진인이 검을 움직이기 시작했다.

“지금부터 내가 하는 동작을 잘 보고 기억을 하거라.”

절세의 무공을 펼친 것도 아니고 산천초목을 뒤흔드는 기세를 뿜어낸 것도 아니었지만 그저 검을 쥐고 있다는 그 이유만으로 태선 진인은 태산을 연상케 했다.

‘아!

검을 쥔 태선 진인의 모습에 격정을 참지 못한 유대웅이 자신도 모르게 탄성을 내지를 때, 태선 진인의 무릎이 살짝 굽혀지는가 싶더니 일직선으로 뻗어간 검이 허공을 갈랐다.

자세를 가다듬은 태선 진인의 검이 어느새 머리 위에서 수직으로 내리꽂히고 있었다.

수직으로 내리꽂힌 검이 좌우를 쓸고 지나갔다. 그리곤 우아한 호선을 그리며 하늘로 비상했다.

어느 순간, 태선 진인은 언제 움직였냐는 듯 처음의 자세로 돌아와 있었다.

"……"

유대웅은 할 말을 잃고 있었다.

대체 자신이 본 것이 무엇이란 말인가?

하늘을 무너뜨리고 땅을 뒤흔드는 가공할 무공까지는 기대도 하지 않았다.

솔직히 지난번 오룡채의 식구들에게 보여줬던 무위를 다시 한 번 보고 싶기는 했지만 장소도 장소였고 제자에게 보여주는 단순한 시범에 그 정도까지 기대하는 것은 무리라 생각했다.

그래도 최소한 검풍이 불고 절정에 이른 고수들만의 전매특허라 할 수 있는 휘황찬란한 검기가 사방으로 발출되는 모습을 보리라 여겼다.

한데 기대는 철저하게 짓밟혔다.

지금 태선 진인이 보여준 동작들은 일심맹은 물론이고 오룡채에서도 흔히 보아왔던 흔하디흔한 초식들이었다.

'고작 이런 걸 보여주려고 그렇게 무게를……'

유대웅은 아직도 믿기지 않는다는 표정으로 사부를 응시했다. 그런 유대웅의 마음을 아는지 모르는지 태선 진인의 간간한 음성이 이어졌다.

"잘 기억해야 할 것이다, 앞으로 네가 수련해야 할 동작들이니. 우선 네 사형으로부터 검이 무엇인지, 검을 들 때의 마음가짐은 어때야 하는지, 또 검을 어떻게 잡아야 하는지, 자세는 어찌해야 하는지를 배워도록 하여라."

검을 청우에게 건넨 태선 진인이 명한 유대웅을 놔두고 움막으로 들어가 버렸다.

늘 그렇듯 오수(午睡)를 청하기 위함이었다.

"하하! 이거이거, 우리 사제가 꽤나 실망한 모양인걸."

"당연하지요. 마보만 장장 백일이라고요. 드디어 화산파의 검을 배울 수 있다고 생각했는데……."

말끝을 흐리는 유대웅은 정말 낙심한 얼굴이었다.

"기대를 많이 하면 실망도 큰 법이지. 그래도 너무 의기소침해 있지는 마. 사부님께서 말씀하셨듯이 방금 보여주신 동작이야말로 앞으로 사제가 배워가야 할 검법의 시작이요, 끝이라고 할 수 있는 것이니까."

"그래도요. 시작도 좋고 끝도 좋지만 그래도 이건……."

청우의 설명에도 유대웅은 여전히 볼멘소리를 했다.

"하하하! 천릿길도 한 걸음부터라고, 우선은 기초를 잡자는 것이야. 사부님께서 보여주신 네 가지 동작을 어느 정도 완성시킨다면 본문의 검법을 본격적으로 배우게 될 테니 실망할 필요는 없어. 각 동작들의 명칭은 워낙 널리 알려진 초식들이라 사제도 이름은 들어봤을 거야. 선인지로(仙人之路)부터 시작해서 직지단천(直地斷天), 횡소천군(橫掃千軍), 비룡파미(飛龍擺尾)였어. 제대로 보긴 봤지?"

"방금 동작들이오? 물론이지요. 지금 당장에라도 펼칠 수 있어요. 펼쳐 볼까요?"

"아니아니, 됐어. 앞으로 지겹도록 볼 텐데 뭘."

청우의 말속에서 뭔가 불길한 느낌을 받은 유대웅이 고개를 갸웃거리며 물었다.

"지겹게 본다구요?"

"내 경험에 비추어보자면."

"얼… 마나?"

지난 백여 일 동안 지겹도록 마보만 수련했던 유대웅의 음성은 두려움에 떨고 있었다.

"나? 가만있자, 그게 아홉 살 때니까… 하도 옛날 일이라."

잠시 뭔가를 떠올리던 청우가 곧 기억이 난 듯 밝게 웃으며 말했다.

"아, 그래. 선인지로만 반년."

"썩을!"

유대웅은 자신도 모르게 욕설을 내뱉고 말았으니 그날 이후 매일같이 입에 달고 산 말이기도 했다.

巫山三峽
第五章
화산행(華山行)

“대웅이는?”

태선 진인의 물음에 새벽부터 눈을 쓸고 있던 청우가 빗자루를 거두며 대답했다.

“올 때가 다 되었습니다.”

“날이 좀 쌀쌀하다 싶더니만 꽤나 많이 왔구나.”

하룻밤 만에 순백의 세상으로 변해 버린 주변 풍경에 태선 진인의 음성은 꽤나 밝았다.

“예, 첫눈치고는 꽤나 많이 왔습니다.”

“이대로 봄을 맞이하기가 서운했나 보지.”

태선 진인이 소담히 쌓인 눈을 가볍게 움켜쥐며 말했다.

손에서 녹아 내리는 눈의 감촉은 차갑기보다는 시원했다.

사부의 말에 청우의 입가에 미소가 지어졌다.

겨울 동안 한 번도 쌓이지 않던 눈이 입춘이 한참 지난 지금 이만큼이나 쌓인 것도 참으로 드문 일이었다. 그것도 유난히 겨울이 따뜻해 눈을 보기 힘들다는 장가계에서.

"그러고 보면 세월 참 빠르구나. 이곳에 와서 녀석을 만난 것이 엊그제 같거늘 벌써 이 년이 훌쩍 넘었다니."

저 멀리 시선을 두며 당시의 기억을 떠올리던 태선 진인이 이내 시선을 거두곤 물었다.

"수련은 어느 정도나 진행되었느냐? 아직도 기초가 부족한 것이냐?"

"아닙니다. 이제는 검에 변화를 줄 때가 된 것 같습니다."

"호오, 벌써?"

태선 진인이 생각지도 못했다는 듯 되물었다.

"벌써가 아닙니다. 근래 들어 실력이 놀랍도록 늘고 있습니다."

"허허, 그렇게나? 녀석의 재능이 그 정도인 줄은 몰랐구나."

"재능이 없는 건 아니나 그렇다고 아주 특출나지는 않습니다. 사제 정도 되는 무재는 본산에도 제법 찾아볼 수 있습니다."

"그런데?"

"사제에겐 다른 이들이 없는 것이 있습니다."

"그게 무엇이냐?"

태선 진인이 부드럽게 웃으며 물었다.

그는 이미 청우가 무슨 말을 하고 싶은 것인지 짐작을 했지만 직접 그의 입을 통해 듣고 싶었다.

"집중력입니다."

가볍게 숨을 들이켠 청우가 담담하면서도 뿌듯한 어조로 말을 이었다.

"수련에 임했을 때 사제처럼 집중하는 이를 지금껏 본 적이 없습니다. 마치 무아지경에 빠진 것처럼 그 순간 세상엔 오직 사제와 검뿐입니다. 무서울 정도입니다."

어린 사제에 대한 애정을 감안하더라도 그야말로 극찬이 아닐 수 없었다.

"게다가 끈기 또한 발군입니다. 솔직히 시작할 때만 해도 여기까지 따라올 줄은 몰랐습니다."

"다소 무리가 있기는 했지."

태선 진인의 말에 청우가 쓴웃음을 지었다.

"본산의 제자들이 수련하는 과정에 비교해 보면 무리한 정도가 아닙니다. 수련 자체만으로도 힘든데 초천검의 무게까지 더한다면… 뭐, 투덜거림이 아주 입에 붙어 있기는 하지만 그래도 중간에 도망가지 않은 것만으로도 다행이긴 합니다."

"아비의 관을 끌고 그 먼 길을 온 녀석이다. 게다가 몸에 음한지기까지 지니고. 보기와는 달리 독하디독한 녀석이야.
그 정도로 포기할 리가 없지.”

제자의 뛰어남을 기꺼워하지 않는 사부는 없는 법. 태선 진
인의 입가엔 웃음이 떠나지 않았다.

“어쨌든 검에 변화를 줄 정도가 되었다니 기본적인 공부는
끝난 셈이구나.”

“예. 본인은 의식을 하지 못하고 있으나 난화보와 난화수
도 이미 구성에 접어든 상태입니다. 특히 걸음걸이에 자연스
레 녹아든 난화보의 성취가 깊습니다. 어지간해선 잡히지 않
을 겁니다. 무엇보다 놀라운 것은 이제는 몸속에 있던 음한지
기마저 완벽하게 제어를 할 정도라는 겁니다.”

“음한지기까지?”

“예, 건청기공이 구성을 넘어섰습니다.”

“허!”

지금껏 거짓말이라는 것을 몰랐던 청우였다. 그가 그렇다
면 그런 것이다.

유대웅의 발전된 모습에 또다시 놀란 태선 진인이 너털웃
음을 터뜨렸다.

유대웅이 어린 나이임에도 불구하고 건청기공의 성취가
그토록 뛰어났던 것은 죽음의 고통을 벗어나기 위해 필사적
으로 노력했기 때문이라 여긴 태선 진인은 그의 몸 안에 있던
빙살음혈기를 제거하지 않았다. 매일같이 엄청난 고통을 겪

는 제자의 모습에 마음이 아프긴 했지만 고통을 겪을수록 건청기공의 성취가 하루가 다르게 깊어진다는 것에 위안을 삼았다.

물론 음한지기의 준동을 하루에 한 번, 그것도 건청기공을 수련하는 오전으로 맞추기는 했지만 미안한 마음을 지울 수는 없었다.

한데 이제는 그 빙살음혈기마저 스스로 제어를 한다는 것이었으니 놀라움과 더불어 기쁘기 한량없었다.

"복이 참 많은 녀석이로구나. 참으로 좋은 사부를 두었어."

태선 진인이 스스로의 얼굴에 금칠을 하고자 하는 말이 아니었다. 새롭게 창안한 무공을 다듬고 아울러 패왕의 무공까지 연구하느라 정신이 없던 그를 대신해 사실상 지금까지 유대웅의 수련을 지켜보며 일일이 지도를 한 사람은 다름 아닌 청우였다.

"그럴 리가요. 다 사제가 열심히 한 덕이지요."

청우가 당치도 않다는 표정으로 황급히 허리를 숙이자 흐뭇한 표정으로 바라보던 태선 진인의 눈가에 문득 기광이 스쳐 지나갔다.

"그건 그렇고 언제까지 감추고 있을 셈이냐?"

"예? 무엇을 말씀하시는지요?"

"자하신공이 팔성이 넘지 않았느냐?"

“······.”

청우가 놀란 빛으로 쳐다보자 태선 진인이 짐짓 노한 얼굴로 쳐다봤다.

“그럼? 이 사부가 잠시 신경을 쓰지 않았기로서니 제자의 변화된 모습도 눈치채지 못할 정도로 형편없을 줄 알았느냐?”

“그, 그게 아니오라······.”

청우는 어찌 대답을 해야 할지 몰라 당황하고 있었지만 태선 진인의 얼굴엔 이미 노기가 사라지고 없었다.

“이곳이 양강지기가 강하여 어느 정도 도움이 되는 것은 사실이지만 그 또한 한계가 있는 법. 네가 부단히 노력하지 않았다면 어찌 그만한 성과가 있었을까. 어린 사제를 돌보느라 시간도 없었을 텐데 애썼다.”

태선 진인이 청우의 등을 가볍게 두드려 주었다.

“사부님의 가르침대로 따랐을 뿐입니다.”

“네 노력의 대가다. 굳이 사부의 얼굴에 금칠할 필요는 없다.”

청우가 다시 입을 열려고 했을 때 저 멀리서 유대웅의 모습이 보이기 시작했다.

오른손엔 검집도 없는 초천검을, 왼손엔 새벽 이슬을 머금은 약숫물을 들고 달려오는 모습이 어딘지 모르게 우스꽝스러웠다.

“훗, 고놈 참.”

들리지는 않지만 연신 투덜거리는 모습이 멀리서도 느껴질 정도였다.

“청우야.”

“예, 사부님.”

“이제 가야 할 때가 된 것 같구나.”

“예?”

태선 진인의 말을 순간적으로 이해하지 못한 청우가 머뭇거리자 유대웅의 모습에 시선을 고정시킨 태선 진인이 약간은 들뜬 음성으로 말했다.

“이곳에서 얻고자 하는 것은 다 얻었다. 덤으로 생각지도 못한 제자도 얻었고.”

순간, 청우의 얼굴이 환해졌다.

“완성… 하신 겁니까?”

“완성이라 하기엔 그렇지만 어느 정도 원하는 바는 이루었구나.”

“감축드립니다, 사부님.”

그간 새로운 무공을 완성시키기 위해 태선 진인이 얼마나 고심하고 애를 써왔는지 곁에서 지켜봤던 청우는 눈물마저 글썽이고 있었다.

“다 큰 녀석이 눈물은… 아무튼 이제야 조사님들을 뵐 낯이 섰다. 하니 이제 돌아가자꾸나.”

“예, 사부님.”

청우의 힘찬 음성에 툴툴거리며 달려오던 유대웅이 흠칫 놀라 걸음을 멈췄다.

잔뜩 굳은 얼굴로 눈치를 보며 경계하는 유대웅의 모습에 청우는 자신도 모르게 어깨를 들썩이며 큭큭거렸지만 화산으로 돌아가 본격적으로 유대웅을 지도하리라 결심을 한 태선진인은 앞으로의 고생이 훤히 보였는지 짙은 한숨과 함께 고개를 절레절레 흔들고 말았다.

*   *   *

“숙부, 이제 그만 돌아가요.”

“돌아가긴 어딜 돌아가. 이제 겨우 문밖인데.”

“그래도요.”

“이놈아, 하나뿐인 조카 놈이 그 먼 길을 간다는데 숙부가 제대로 배웅도 하지 못한단 말이냐?”

유서중이 버럭 소리를 지르자 유대웅이 피식 웃었다.

“그렇게 좋아요?”

“뭐, 뭐가 말이냐?”

“제가 이곳을 떠나는 게 그렇게 좋냐구요?”

“누, 누가 좋다고. 난 그냥……..”

유대웅이 의뭉스런 미소를 지었다. 유서중도 멋쩍은 웃음을 흘리고 말았다.

"흐흐흐, 솔직히 그래. 더 이상은 버틸 힘도 없었는데, 죽다 살아나는 것 같다."

태선 진인이 장가계에 머문 지 약 이 년.

그동안 장가계를 배경으로 전성기를 달리며 성장하던 오룡채는 쇠락의 길로 접어들었다.

이유는 간단했다.

화산검선이 머무는 장가계에서 도적질을 할 엄두를 내지 못한 것이었다.

석웅이 처참하게 깨지고 난 후 유대웅으로부터 태선 진인의 이름을 들었을 땐 그래도 설마하는 마음이었다.

그가 아는 한 그런 인물이 장가계에 나타날 리가 없었다. 또한 유대웅을 제자로 삼을 일은 더더욱 없었다. 해서 보다 확실한 정체를 파악하고자 무던히도 애를 썼다.

하지만 화산파의 제자로서 태선 진인이라 불리는 사람은 오직 한 명뿐이었다.

태선 진인의 정체가 무림십강 화산검선이라는 것이 확실해진 그 순간부터 오룡채는 깊은 침묵에 빠져들었다.

유서중은 먼 곳으로의 원정이 아닌 이상 장가계에서의 모든 도적질을 금지했고, 무기를 들고 함부로 설쳐 대는 것은 물론이고 고성방가도 엄히 금했다. 아울러 움막 근처엔 누구 하나 얼씬도 못하게 만들었다.

처음엔 그런대로 산채가 유지되었다.

그동안 쌓아놓은 재물도 있었고 유서중이 워낙 혹독하게 수하들을 다루다 보니 불만이 있어도 자연적으로 사그라들었다.

하나 그 기간이 한 달, 두 달을 넘기고 일 년, 이 년이 되어가자 꽉꽉 눌려 있던 불만들이 폭발하기에 이르렀다.

감히 눈도 마주치지 못하던 수하들이 면전에서 불만을 터뜨리고, 심지어 산채를 떠나는 이들까지 생겨났다.

제약을 걸고도 스스로 답답해 죽을 지경이었던 유서중은 수하들의 불만을 이해했다. 아울러 과거 같으면 죽음으로 다스렸던 이탈자들을 애써 용인했다.

그렇게 이 년이라는 시간이 흐르고 많은 이들이 떠난 오룡채는 과거에 비해 그 세가 삼분지 일로 축소되고 말았다. 쌓아놓았던 재물도 이미 바닥을 친 지 오래였다.

생존에 대한 걱정을 해야 하는 시점, 특단의 대책을 내려야 하는 시기에 태선 진인이 장가계를 떠난다는 희소식이 들려왔으니 입이 귀에 걸리는 것은 너무도 당연한 일이었다.

"그래도 너무 좋아하는 거 아니에요? 조카가 떠난다는데."

"그건 그거고. 그래서 이렇게 멀리까지 배웅을 하려는 게 아니냐? 그러니 잔소리하지 말고 어서 가자. 자자, 어서."

유서중은 유대웅의 등을 떠밀다시피 하며 걸음을 옮겼다.

"마음대로 해요. 대신 난 책임 못 져요."

“책임? 뭘?”

유서중이 떨떠름한 표정으로 물었다.

“사부님과 사형이 거북바위 아래서 기다리고 계시거든요.”

사부라는 말에 유서중이 흠칫 놀라 물러났다. 뒤따르던 석웅과 몇몇 산채 식솔의 걸음도 그대로 멈췄다.

“그, 그러냐? 그럼 여기서 이만 작별을 할까?”

유서중이 궁색한 미소를 지으며 말했다.

“진작 그러자고 했잖아요. 아무튼 그동안 고마웠어요. 건강하시고요.”

“공치사는 관둬라. 솔직히 해준 것도 없다.”

“의지할 그늘이 있다는 것만으로도 충분했어요.”

“녀석.”

유서중은 짠한 마음에 유대웅을 덥석 껴안았다.

이 년 전에 비해 머리 하나는 더 커진 유대웅. 워낙에 작은 키인 유서중이었기에 안는 것이 아니라 안긴 모습이 돼버렸지만 유서중에겐 언제나 보듬어야 할 어린 조카였다.

“잘해. 다른 사람도 아니고 화산검선이시다. 그분 밑에서 제대로만 배우면 네 이름이 천하를 울릴 수도 있어. 그야말로 하늘이, 아니, 형님이 네게 주신 기회야.”

“알아요.”

“그리고 이거.”

유서중이 눈짓을 하자 덩치에 어울리지 않게 눈시울을 붉히고 있던 석웅이 보따리 하나를 들이밀었다.

"먼 길 떠나자면 필요할 거다. 얼마 되지 않지만 가지고 가라."

"됐어요. 숙부나 쓰세요."

태선 진인으로 인해 오룡채가 얼마나 힘든 세월을 보내고 있는지 알고 있던 유대웅은 당치도 않다는 듯 손사래를 쳤다.

"받어, 이놈아. 숙부가 돼서 해준 것도 없는데 이거라도 해줘야지. 형님 뵐 면목이 없다. 어서."

유서중의 강경한 눈빛을 본 유대웅은 고개를 숙이며 보따리를 받았다.

"잘 쓸게요."

"그래. 어련히 알아서 잘하겠지만 늘 건강 챙기고."

"예, 숙부도요. 석웅 아저씨도 잘 있어요."

"그래. 흐흐흐, 화산파의 제자가 되었다고 나중에 무시하기 없기다."

석웅이 살벌한 인상과는 달리 순박한 미소를 지으며 유대웅의 어깨를 두드렸다.

"그럴 리가요."

피식 웃음을 터뜨린 유대웅이 유서중을 향해 마지막 인사를 건넸다.

"이만 가볼게요. 그동안 건강하셔야 돼요. 참, 숙모한테도 안부 전해줘요."

순간, 유서중의 안색이 확 일그러졌다.

"그, 그래."

'흠, 부부싸움이라도 하셨나?'

유대웅은 잠시 고개를 갸웃거리다 천천히 몸을 돌렸다.

숙모라 불리는 여인이 지난밤, 유서중의 수하와 야반도주를 했다는 것을 전혀 알지 못한 채.

*　　　*　　　*

작렬하는 칠월의 햇빛, 찌는 듯한 무더위에 아랑곳없이 걸음을 움직이는 이들이 있었다. 더위를 피해 그늘을 찾아들어도 모자랄 한낮에 오히려 걸음을 재촉하는 그들은 다름 아닌 장가계를 떠나 근 오 개월여 만에 화산에 도착한 유대웅 일행이었다.

살이 익어갈 만큼 살벌한 더위에도 도복을 제대로 갖춰 입고 허리를 꼿꼿이 편 채 마치 유람을 나선 듯 산수화가 멋들어지게 그려진 손부채를 살랑이는 태선 진인의 모습 어디에도 더위의 흔적은 찾아볼 수가 없었다.

반보 뒤에서 따르는 청우 또한 별반 다르지 않았다. 사부몰래 팔소매와 바짓단을 살짝 걷어올리고 이마에 굵은 땀방울이 송골송골 맺혀 있었지만 그다지 더위에 지친 모습은 아니었다.

맨 뒤, 이 장여의 거리를 두고 따라오는 유대웅은 달랐다.

청우를 대신해 산더미 같은 짐을 짊어지고 있는 그는 막 물 속에서 빠져나온 사람처럼 머리에서 발끝까지 흠뻑 젖어 있었는데 웃옷은 이미 짊어진 짐 위에 올라가 있었고 바짓단은 허벅지까지 둘둘 말려 올라갔다. 호흡은 더위 먹은 개처럼 연신 헐떡거렸고 걸음을 내디딜 때마다 후들거리는 다리, 초천 검을 든 손에서도 잔떨림이 일었다. 심지어 눈동자까지 살짝 풀려 있는 것 같았다.

결국 사제의 거친 숨소리를 듣다 못한 청우가 조심스레 청했다.

"잠시 쉬는 것이 좋겠습니다."

태선 진인의 미간이 모아졌다.

"화산이 코앞이거늘."

"근래에 보기 드문 더위입니다. 게다가 먼 길에 사제가 조금 지친 듯합니다."

그제야 유대웅에게 시선을 돌린 태선 진인이 간절하게 바라보는 유대웅의 눈길을 외면할까 잠시 고민하다가 고개를 끄덕였다.

"그럼 그러도록 하자꾸나. 잠시 들를 곳도 있으니."

유대웅은 허락이 떨어지자마자 그대로 바닥에 주저앉았다. 옆으로 조금만 가면 그늘이 있었지만 그럴 여유조차 없었다.

“쉴 때 제대로 쉬어야지.”

유대웅의 어깨에서 짐을 푼 청우가 그를 부축해 그늘로 움직인 뒤 허리춤에 차고 있던 물주머니를 건넸다.

자신이 지니고 있던 물은 이미 오래전에 바닥난 터라 유대웅은 사양하지 않고 주머니를 받아 들었다. 그리곤 정신없이 주머니를 비웠다. 물주머니가 바닥을 드러낸 다음에야 비로소 청우가 아직 물을 마시지 않았다는 것을 떠올린 유대웅이 얼굴을 붉혔다.

“미안해요.”

청우가 빙그레 웃으며 말했다.

“난 괜찮아. 그나저나 덥지?”

“덥긴 덥네요. 그런데 덥다기보다는 지쳐서 이래요.”

슬쩍 사부의 눈치를 본 유대웅이 말을 이었다.

“수련도 적당해야지, 꼭두새벽부터 한낮까지 너무 심하잖아요.”

“그렇긴 하지. 하지만 오후 수련을 할 수가 없으니 어쩔 수 없잖아.”

“그렇다고 해도 적당해야지요. 강도는 매일같이 강해지고. 사형도 봤잖아요. 초천검도 부족해서 저런 짐을 짊어지고 마 보라니요! 세상에, 아까는 정말 죽는 줄 알았어요.”

유대웅은 옆에 놓여진 짐 더미를 징그럽다는 듯 바라보았다.

청우는 쓴웃음을 짓고 말았다.

짐이 꽤나 무겁다는 것을 누구보다 잘 알고 있는데다가 끈기라면 천하에 둘째가라면 서러워할 유대웅이 치를 떠는 이유를 바로 곁에서 지켜봤기 때문이었다.

장가계를 떠나온 지난 오 개월 동안에도 유대웅의 수련은 멈추지 않았다.

동이 트자마자 건청기공의 운공으로 시작되는 수련은 이후 마보와 검법의 기초 연마로 이어졌는데 평소 오전, 오후로 나누어 하던 수련을 오전 중에 마치려다 보니 유대웅은 그야말로 식사 시간을 제외하곤 잠시도 쉴 틈이 없었다.

그렇다고 시간을 줄이거나 수련의 강도를 약하게 하는 것도 아니었다. 오히려 시간이 짧은 만큼 강도 높은 수련을 해야만 효과가 나타난다는 태선 진인의 강변으로 마보의 수련 시엔 초천검에 더해 짐까지 짊어져야 했고, 검법을 수련할 땐 전체적인 몸의 균형을 해치지 않는 선에서 양발과 허리엔 철판을 넣어 만든 띠를 둘러야 했다.

오전의 수련이 끝난 다음에야 비로소 화산을 향해 길을 나섰는데, 그때라고 쉴 수 있는 것은 아니었다.

장차 무림에 발을 들여놓아야 하는 유대웅을 위해 청우는 그가 알고 있는 모든 지식을 전수하기 시작했다. 특히 중점적으로 가르친 것은 화산파의 역사와 현 화산파의 조직도 및 배분, 그리고 화산파의 제자로서 알고 지켜야 할 규칙 및 무공들이었는데 늘 지친 표정을 짓던 유대웅의 눈이 반짝일 땐 오직 화산파의 무공에 대해 언급할 때뿐이었다.

그렇게 쉴 틈이 없는 강행군에 이른 아침부터 푹푹 찌는 불볕더위까지 기승을 부리게 되니 강철 체력을 자랑하는 유대웅도 결국은 지칠 대로 지치고 만 것이었다.

"이제 다 왔어. 한 시진 이내에 화산에 도착할 수 있을 거야."

청우의 말에 고개를 든 유대웅이 멀리 보이는 산맥을 가리키며 물었다.

"저게 화산이죠?"

"그래, 저게 화산이지."

"장가계와 비교해 보면 생각보다 높은 것 같지는 않은데요, 규모도 작고."

"그래? 그럴지도 모르지."

어딘지 모르게 의미심장한 미소를 지은 청우가 한마디를 덧붙였다.

"그래도 오악 중 하나야. 그리 불릴 만한 이유가 있어."

"가보면 알겠지요. 어쨌든 지금 보이는 게 다라면 조금 실망인데요."

유대웅이 조금은 심드렁한 표정으로 몸을 일으켰다.

휴식을 취하던 태선 진인이 자리에서 일어나는 모습을 보았기 때문이다.

　　*　　　　*　　　　*

　섬서성 화음현에 위치한 화산.

　도교의 사대명산 중 하나이자 서악으로 유명한 화산은 남쪽으론 진령산맥(秦岭山脈), 북으론 황하와 가까이 하고 있었다.

　하늘 높은 줄 모르고 치솟는 봉우리의 기세는 칼처럼 날카로웠고 험준하기론 중원 오악 중 으뜸인 명산 화산은 수없이 많은 시인묵객, 관광객들이 찾는 명소이기도 했지만 그 무엇보다 화산이 세인의 주목을 받는 것은 현 무림에서 태산북두 소림과 무당을 능가하는 성세를 구가하고 있는 화산파가 존재하기 때문이었다.

　화산의 북쪽 능선 초입, 화산파의 중심이라 할 수 있는 옥천원(玉泉院).

　청색 도복에 포건(布巾)을 단정히 쓴 청년 도사 두 명이 산문을 지키고 있었는데 선(仙), 청(青), 진(眞), 운(雲)으로 이어지는 화산파의 제자들 중 운자배 제자들이었다.

　"후～ 이제 겨우 살 만합니다, 사형."

　이대제자 중 막내인 운상이 도복을 살짝 풀어 헤치며 말했다.

　"그러게. 이런 더위는 몇 년 만에 온 것 같다."

운상보다 정확히 다섯 살 위인 운종이 목덜미를 타고 흐르는 땀을 닦으며 말했다.

"사제들이 고생이겠어요. 하필이면 이렇게 더울 때 입문을 해서. 운장 사형께서 아이들을 가르치신다고 했지요?"

"그래서 나도 걱정이다. 융통성이라곤 눈곱만큼도 없을 정도로 고지식한 사형이잖아."

"그렇잖아도 아까 잠시 다녀간 운경 사형한테 물어봤는데요, 벌써 두 명인가 세 명인가가 정신을 잃고 쓰러졌다고 하더라고요."

"벌써? 뭐하다가?"

"뭐긴요. 입문하자마자 시작하는 수련이야 뻔하지요."

"마보?"

"예."

"후~ 이 더위에 마보라. 게다가 운장 사형한테 걸렸으니… 그만하기를 다행이다."

"그래도 우리만 하려구요. 고지식하긴 해도 운장 사형은 법진 사숙과 비교해 보면 뒤끝은 없잖아요."

"흐흐, 그렇긴 해. 난 지금도 '벌점!', '벌점!'을 외쳐 대시던 법진 사숙의 모습이 가끔 꿈에 나타나기도 하니까."

"그래도 요즘은 많이 변하신 것 같던데요. 사형제들 사이에서 평판도 좋아졌어요."

"나이가 불혹이 넘으셨다. 변하시는 게 당연하시지. 뭐, 혹자는 매화검주(梅花劍主)를 염두에 두고 그러신다고 하지만 말이야.”

운종이 한쪽 눈을 찡긋거리며 말하자 운상도 연신 키득거리며 고개를 끄덕였다.

법진이 매화검주였던 원진이 도룡암(都龍庵)의 암주로 자리를 옮기면서 공석이 돼버린 매화검주 자리를 욕심내고 있다는 것은 화산파의 제자라면 누구나 알고 있는 사실이기 때문이었다.

운상과 운종이 가벼운 농담을 주고받으며 교대를 기다리고 있을 즈음, 마침내 유대웅 일행이 화산에 도착했다.

낯선 이들의 등장에 운종과 운상의 분위기가 확 변했다.

언제 그랬냐는 듯 정색을 하고 형형한 눈빛을 뿜어댔다.

대낮이라면야 온화한 얼굴로 객을 반기겠지만 날이 지고 향화객이 끊긴 지금은 경각심이 커질 수밖에 없었다.

“무슨 일로 오셨습니까?”

운종이 한 걸음 나서서 물었다.

경계하는 모습은 여전했지만 입가엔 미소를 띠고 태도 또한 정중했다. 그의 뒤에 사선으로 비껴 선 운상은 언제라도 출수를 할 수 있도록 만반의 준비를 갖춘 상태였다.

그런데 태선 진인은 그들과 전혀 대화할 마음이 없는 듯했다.

“법진이란 녀석이 매화검주를 노린다고? 매화검주는 원진이 아니었던가?"

혼잣말인지 아니면 그들에게 묻는 것인지 애매한 질문을 툭 던진 태선 진인이 그들의 곁을 스쳐 지나갔다.

"저, 저기……."

어찌 된 일인지 꼼짝도 할 수 없었던 운종과 운상이 당황을 금치 못하자 한숨을 푹 내쉰 청우가 그들 앞으로 다가갔다.

"사부님께서 오랜만에 돌아오셔서 그런지 마음이 급하신 모양이다. 하니 너희들이 이해를 하거라."

"누구……."

잔뜩 움츠린 운상이 검에 손을 대려는 찰나 청우를 알아본 운종이 소리를 질렀다.

"소사숙조님!"

'소사숙조?'

황급히 예를 차리는 운종의 모습을 보며 이해할 수 없다는 표정으로 청우를 살피던 운상의 눈에 청우의 굽은 등이 들어 왔다.

"아!"

운상의 입에서 탄성이 터져 나왔다.

나이는 어리나 배분상으로 사숙조가 되는, 화산의 자랑이 자 천하제일고수로 일컬어지는 검선 태사백조님의 유일한 제 자. 그러나 천형을 타고난 비운의 인물을 비로소 떠올린 것이 었다.

“네가…….”

“운종입니다.”

“그래, 운종. 그때만 해도 앳된 모습이 남아 있었는데 지금은 어엿한 장부가 되었구나. 실력도 많이 는 것 같고.”

“아직 많이 부족합니다.”

운종은 청우의 칭찬에 몸 둘 바를 몰라 했다.

“인사는 이쯤 하고 사부님께서 도착하셨다는 사실을 어서 알리는 것이 좋겠다. 이대로라면 여러 사형들께서 많이 당황하실 게야.”

“알겠습니다.”

재빨리 대답한 운종이 운상에게 몸을 돌렸다.

“사제는 이곳에 있어. 난 장문인을 뵈야겠다.”

“예? 예.”

얼떨결에 대답한 운상. 그는 아직도 정신을 차리지 못하고 있었다. 그런 운상이 미덥지 못했지만 지금 이 시점에서 가장 중요한 것은 본산을 떠나신 지 무려 칠 년 만에 귀환한 태사백조님의 소식을 전하는 것이었다. 운종은 그가 할 수 있는 최대한의 속도로 내달리기 시작했다.

그렇다고 태선 진인의 앞을 추월할 수도 없는 노릇이라 운종은 험하디험한 숲을 그대로 뚫고 나갔다.

“뭐해? 우리도 가야지.”

청우가 가소롭다는 표정으로 운상의 요모조모를 뜯어보고

있는 유대웅의 어깨를 툭 치며 말했다.

유대웅은 멍한 눈으로 쳐다보는 운상에게 앞으로 잘해보자는 듯 씨익 웃어주곤 청우의 뒤를 따랐다.

"뭐, 뭐야, 저치는."

그렇잖아도 커다란 덩치에 산더미 같은 짐을 짊어지고 걷는, 영락없는 흑곰의 모습을 연상시키는 유대웅의 뒷모습을 보며 운상은 입을 다물 수가 없었다.

*　　　*　　　*

일반 향화객들을 상대하는 전전과는 달리 옥천원의 후전은 연무장을 중심으로 무림 명문 화산파의 대소사를 의결하고 처리하는 취의청(取義廳), 장문인의 거처인 명선각(明善閣), 이번에 새로 입문한 제자들이 기거하는 현무관(賢武館)을 비롯하여 일대, 이대제자들의 거처가 마주하고 있었다.

하지만 현재 무림에서 차지하고 있는 화산파의 명성을 생각했을 때 그 규모가 너무 작았는데, 그건 화산파라 하면 화산에 흩어진 모든 도관들을 아울러 일컫는 것이지 옥천원 그 자체를 가리키는 것은 아니기 때문이었다. 옥천원은 단지 화산에 산재한 수십의 도관들 중 그 규모가 가장 컸고 산 아래에 위치에 있기에 화산파를 대표하는 상징성을 지닌 것이었다.

해 질 무렵의 명선각은 자색 일색의 기둥과 기와가 붉은 노을과 어우러져 어딘지 모를 신비스럽고 성스러운 기운을 자아냈다.

그렇다고 그 안에서 오고 가는 대화들까지 신비스럽다거나 성스러운 것은 아니었다.

"입문 제자들에게 사고가 있다고 들었다. 아이들은 괜찮은 것이냐?"

중앙에 자리하고 앉아 무겁지 않은 분위기로 회의를 주관하는 사람은 현 화산파의 장문인 청겸자(靑謙子)였다.

올해 육십을 넘긴 나이였지만 나이에 어울리지 않게 머리카락은 검은 윤기가 흘렀고 대춧빛 낯빛의 얼굴엔 주름을 찾아보기가 힘들 정도였다. 간간이 쏟아져 나오는 눈빛은 한 문파의 수장으로서 위엄이 넘쳐흘렀다.

역대 화산파 문주 중 무공만을 따지면 상당히 손색이 있었지만 능수능란한 처세술과 경영 능력은 역대 최고였다. 당금에 이르러 화산파가 소림과 무당을 능가하는 명성을 얻는 데엔 화산검선의 존재가 절대적이기는 했지만 청겸자의 능력 또한 결코 무시할 수 없는 것이었다.

청겸자의 질문에 현무관주로서 이번에 새롭게 뽑은 제자들의 훈육을 책임지고 있는 강진 도장(剛眞道長)이 공손히 자리에서 일어나 대답했다.

"심려 끼쳐 드려서 송구합니다. 잠시 탈수 증세를 보이기는 했지만 이제는 괜찮습니다."

"운장이 가르친다고 들었다만."

삼장로 청송(靑松)의 말에 강진이 쓴웃음을 지으며 고개를 끄덕였다.

"예, 사숙."

"쯧쯧, 안 봐도 뻔하다. 보나마나 이 더위에 애들을 쥐 잡듯 잡았을 게야."

"워낙 기초를 중시하는 터라……."

"아무리 기초가 중요해도 그렇지, 뭐든 적당히라는 게 있다. 녀석은 그 말을 몰라. 대체 누굴 닮아 고지식한 건지. 융통성이라곤 쥐꼬리만큼도 없다니까. 하긴, 녀석을 가르친 것이 법진(法眞)이니 당연한 건가?"

"허허허, 법진이 좀 그런 경향이 있지. 소싯적 사부를 꼭 빼닮았거든."

문주가 한 수 접어둘 정도로 뛰어난 두뇌를 지닌 화산파의 지낭 청구(靑救)가 칠장로 청광(靑光)을 슬쩍 바라보며 웃었다. 청광, 법진, 운장으로 이어지는 사제지간은 상당히 보수적이라는 화산파에서도 고지식하기로 단연 으뜸이란 생각이 들었기 때문이다.

"흠흠, 그래도 꾀부리는 녀석들보다는 낫지요."

지난날 정무맹의 일로 마황성과 충돌하다 왼쪽 뺨에 깊은 상처를 입은 청광자가 겸연쩍은 미소를 흘렸다.

　장로들의 대화를 흐뭇하게 바라보던 청겸자가 강진 도장에게 시선을 두었다.

　"삼장로가 언급했듯이 기초도 중요하지만 조금은 여유를 두는 것이 좋겠구나. 아이들이 감내하기엔 너무 더운 날이야."

　청송자가 얼른 덧붙였다.

　"아무렴요. 장차 화산파의 미래를 책임질 아이들이 입문하자마자 학을 뗄까 두렵습니다."

　"알겠습니다. 그리 조치를 취하겠습니다."

　하지만 대답을 하는 강진 도장의 표정은 별로 자신이 없는 듯했다.

　사실상 입문 제자들의 수련을 책임지는 운장의 고지식함은 고개를 절레절레 흔들 정도였기 때문이다. 그걸 잘 알기에 장문인과 장로들 또한 강진 도장이 난처한 표정으로 명선각을 떠날 때까지 애써 웃음을 감추었다.

　"현무관주가 꽤나 곤란하겠습니다. 운장이라는 녀석이 명을 제대로 따를 놈이 아니니."

　청광자의 말에 청겸자가 빙그레 웃음 지었다.

　"현무관주라면 그 정도 난제는 해결해야지. 그리고 그만한 능력도 있는 아이고."

　"그건 그렇고 정무맹에서 연락이 왔다고 하지 않았습니까?"

청구자의 물음에 청겸자가 고개를 끄덕였다.

"맹주가 직접 서찰을 보냈더군."

"맹주가 직접요? 그자가 이번엔 무슨 요구를 하려고. 무슨 내용입니까?"

청송자가 가히 좋지 않은 표정으로 물었다.

"제자들을 더 보내달라고 하더군."

"제자들을요?"

"흠, 근자에 혈사림과의 분쟁이 심화된다고 하더니만 지원을 요청하는 모양입니다."

청구자의 표정이 살짝 굳었다.

청겸자 역시 다소 심각한 표정으로 장로들을 둘러보았다.

"눈치를 보니 본파에만 보낸 것 같지는 않네. 모르긴 몰라도 각파에 똑같은 서찰을 보냈을 것이야. 명목은 청구 사제가 말한 대로 혈사림과의 분쟁인데 영 마음에 걸려."

"뭐가 말입니까?"

청광자가 참지 못하고 물었다.

"최근 들어 맹주의 요구가 너무 빈번하다는 생각이 들어서 말이야."

"혈사림의 힘이 커져서 그런 것이 아니겠습니까?"

"혈사림의 세력이 커진다고 해도 마황성에 비하면 손색이 있네. 한데 어찌 된 일인지 마황성과 분쟁이 있을 때보다 요구하는 것은 훨씬 더 많아졌단 말이지. 그렇지 않은가, 사제?"

청겸자의 시선이 자신에게로 향하자 청구자가 가볍게 헛기침을 하며 말을 받았다.

"그렇긴 하군요. 정확히 말하자면 맹주가 바뀌면서부터 미묘하게 달라지기 시작한 것이지만요."

"맹주가요? 그게 무슨 말입니까, 사형?"

청송자가 놀란 눈으로 물었다. 대답은 청구자가 아닌 청겸자의 입에서 흘러나왔다.

"혈사림과 분쟁이 시작된 시기와 맹주의 등장이 겹치기는 하지만 현 맹주가 등장하면서 정무맹이 소속된 각 문파에 요구하는 것이 많아진 것은 분명하네. 더불어 오대세가의 발언권이 상당히 강화된 것 같네."

"허! 오대세가에서 맹주를 밀었다고 하더니만 그 소문이 사실인 모양이군요."

청송자가 콧방귀를 뀌자 청구자가 쓴웃음을 지었다.

"정무맹에서 오대세가의 입지가 구파일방에 비교하자면 다소 밀리는 감이 있기는 했지. 세간의 평가도 그랬고. 그들로선 자존심이 상하는 일일 게야."

"그렇다고 이렇게 노골적으로 나오면 안 되지요. 큰 적을 앞에 두고 자중지란을 일으키다니요."

청송자가 다소 흥분한 듯하자 청겸자가 고개를 흔들며 그를 제지했다.

"너무 앞서 가지 말게. 우리의 추측일 뿐이야."

"하지만 조금 주의할 필요는 있을 것 같습니다. 다른 곳과 의견을 나눠봐야 할 필요도 있고요."

청구자의 말에 청겸자가 고개를 끄덕였다.

"내일이면 청진 사제도 도착한다고 하니 정무맹의 분위기가 어떤지 정확하게 알 수 있겠지. 일단 기다려 보세나. 사제 말대로 소림이나 무당 등과 의견을 나눌 필요가 있는 것인지도 그때 판단을 하면 될 것……."

청겸자의 말은 끝을 내지 못했다. 옥천원에서 금지나 다름없는 명선각 주변이 갑자기 소란스러워졌기 때문이다.

"무슨 일이기에……."

그렇잖아도 정무맹의 일로 심기가 불편했던 청송자의 눈썹이 역팔자를 그렸다.

"밖에 무슨 소란이냐?"

청광자가 다소 짜증난 음색으로 소리쳤다.

대답 대신 문이 벌컥 열렸다.

있을 수 없는 일이었다.

다른 곳도 아니고 문주가 거처하는 명선각이었다.

청겸자를 비롯하여 그와 마주하고 있던 세 장로의 안색이 확 구겨졌다.

"어떤 미친놈이 감히!"

성질 급하기론 대장로 청설자(靑雪子)를 능가한다는 청송자의 입에서 거친 욕설이 튀어나왔다.

그 미친 제자는 검선 태사조의 등장을 알리기 위해 산문에
서부터 미친 듯이 달려온 운종이었다.

"사, 사조님."

"네 이놈! 감히 여기가 어딘 줄 알고 이런 무례란 말이냐!"

소란을 떤 운종이 자신의 직계 사손임을 확인한 청송자가
버럭 호통을 쳤다. 그의 호통엔 운종이 감당하기에 힘들 정도
로 무시무시한 기가 담겨 있었다.

자신도 모르게 털썩 주저앉았으나 운종은 다행히 자신의
임무를 잊지 않았다.

"오, 오셨습니다."

운종의 입에서 엉뚱한 말이 튀어나오자 청송자가 한심하
다는 표정으로 되물었다.

"오다니? 누가 왔단 말이냐?"

"거, 검선께서… 검선 태사백조께서 오셨습니다."

명선각에 일순 침묵이 흘렀다.

서로 얼굴을 쳐다보는 장로들.

"누, 누구시라고? 지금 누가 오셨다고 한 것이냐?"

청구자가 떨리는 음성으로 물었다. 그와는 반대로 오히려
차분함을 되찾은 운종이 감격한 표정으로 대답했다.

"방금 전 검선 태사백조님께서 돌아오셨습니다."

"확실한 것이냐?"

운종의 어깨를 잡아끄는 청송자의 손아귀에 힘이 꽉 들어

갔다.

"예, 틀림없습니다. 지금쯤이면 이미 옥천원에 도착하셨을 겁니다."

"정녕……."

"대체 얼마 만에 돌아오신 것이란 말인가!"

"그러게 말입니다. 잠깐 다녀온다고 하셨는데 벌써 칠 년이 흘렀습니다."

"자, 어서 가세나. 앉아서 그분을 맞이할 수는 없지 않은가."

침착함을 유지하던 청겸자가 천천히 자리에서 일어났다.

애써 밝은 표정을 짓고는 있었지만 그의 눈가엔 어딘지 모르게 그늘이 졌다.

그가 발걸음을 떼기도 전 명선각의 문을 활짝 열어젖히는 사람이 있었다.

화산의 최고 어른 화산검선 태선 진인이었다.

보무도 당당히 걸어오는 인물이 태선 진인임을 확인한 청구자가 감격에 찬 눈으로 바라보았다.

"사, 사백!"

"소란 떨 것 없다."

"사백을 뵙습니다."

명선각에 있던 이들이 떨리는 음성으로 분분히 예를 차렸다.

"죽은 사람이 돌아온 것도 아닌데 소란은. 앉아라. 아무튼 다들 오랜만이다."

간단한 손짓으로 인사를 받은 태선 진인이 의자를 빼고 앉자 문주를 비롯한 장로들도 공손히 자리에 앉았다.

엉덩이가 의자에 닿기도 전에 청송자가 입을 열었다.

"대체 어떻게 지내신 겁니까?"

"어찌 지내긴? 세월 따라 강물 따라 이곳저곳 구경하면서 다녔지."

"그 세월이 칠 년입니다. 어찌 연락 한 번 안 하실 수 있단 말입니까?"

자신도 모르게 언성을 높였던 청송자는 슬쩍 바라보는 태선 진인의 눈빛을 보고는 얼른 말꼬리를 내렸다.

"늘 본산의 소식은 전해 듣고 있었다."

태선 진인이 청겸자를 보며 말했다.

"조사님들께 누를 끼치지 않았을까 늘 걱정입니다."

"그럴 리가. 역대 그 누구도 너처럼 화산의 성세를 드높이지는 못했다. 온 천하에 화산의 위세가 하늘을 찌르더구나."

칭찬이되 칭찬이 아니었다.

태선 진인은 현 화산의 장문인 청겸자의 확장일로 정책을 가히 좋아하지 않았다. 아니, 엄밀히 말하자면 반대적인 입장이었다.

청겸자는 무림에 화산의 이름과 명예가 높아지기를 원했

다. 하여 대내적으로는 규율을 엄격히 하며 제자들의 실력 양성에 힘썼는데, 특히 본문제자에게만 허용되었던 무공들의 상당수를 속가제자에게도 개방하여 대단한 반향을 일으켰다.

대외적으로는 정무맹의 일에도 적극 개입하여 발언권을 높였고 무림에 흩어져 있는 속가제자들의 사업(?)에도 적극적으로 개입하여 도움을 주었다. 화산과 연관된 표국과 상단이 하루가 다르게 세를 키웠고 무관 또한 부지기수로 늘었다.

외형적인 성장에도 불구하고 점점 세속적으로 변하는 화산파를 보다 못한 태선 진인이 몇몇 원로와 함께 청겸자의 정책에 우려를 표명하였지만 화산파 대부분의 제자들은 청겸자를 지지하였고 그는 제자들의 지지를 바탕으로 자신의 지위를 공고히 하며 확장 정책을 꾸준히 추진했다.

청겸자가 장문인의 자리에 오른 지 정확하게 십구 년.

청겸자의 적극적인 확장 정책에 의해 화산은 이제 그 누구도 부인하지 못하는 정파제일세가 되었다.

"제가 무슨 일을 했겠습니까? 다 사백과 사숙, 그리고 제자들이 애쓴 덕분이지요."

청겸자는 태선 진인의 날 선 말에도 표정 하나 바뀌지 않고 담담히 대꾸했다.

"훗, 하나도 변하지 않았구나. 여전해."

청겸자의 부동심은 천하가 인정하는 것. 태선 진인은 고개를 살래살래 흔들었다. 게다가 그다지 마음에 들지는 않지만 화산파의 전성기를 이끌어낸 공은 그 역시 인정할 수밖에 없었다.

조마조마한 심정으로 둘 사이를 지켜보던 장로들이 태선 진인의 웃음과 더불어 안도의 한숨을 내쉬었다.

"한데 막내 사제는 어째서……."

청구자의 질문이 끝나기도 전 청우가 명선각으로 들어섰다.

"저 여기 있습니다, 사형."

"오, 사제 왔는가."

청구자가 반색하며 그의 손을 잡았다.

"그동안 잘 지내셨습니까?"

"이 늙은 사형이야 잘 지냈지. 산속에 처박혀 하루하루 소일하는 게 지루하기는 했지만 그런대로 지낼 만했지. 한데 사제는 어찌 지냈나? 뭐, 대충 눈에 보이기는 하네만."

청구자가 태선 진인을 슬며시 바라보며 웃었다.

"의미있는 시간을 보냈습니다."

청우의 말에 웃음을 지운 청구자가 청우의 몸을 찬찬히 살폈다. 그리곤 이내 놀랍다는 듯 말했다.

"이거야 원, 지금 눈앞에 있는 사제가 정말 내가 알고 있는 사제가 맞는가?"

"사형."

청우가 민망한 표정으로 주변을 둘러보았다. 아니나 다를까, 평소 껄끄럽게 여기던 청송자와 청광자가 그를 보며 그다지 탐탁찮은 표정을 짓고 있었다.

"두 분 사형께 인사드립니다."

청우가 재빨리 예를 표했다.

"인사 한번 빨리도 하는군."

청송자가 냉소를 짓다 옆구리를 툭 치는 청광자의 모습에 얼른 태선 진인의 눈치를 살폈다.

"건강해 보이니 다행이다. 한데 저 아이는 누구냐?"

청광자가 문밖에서 쭈뼛거리고 서 있는 유대웅을 가리키며 물었다.

"아, 어서 들어와, 사제. 장문사형과 여러 사형들께 인사드려야지."

청우의 손짓에 유대웅이 그 거대한 몸뚱이를 움직였다.

"어이쿠."

등에 진 짐을 생각하지 않고 무작정 몸을 들이밀던 유대웅이 중심을 잃고 엉덩방아를 찧었고 동시에 문설주 하나가 부러져 나갔다.

"뭐가 이렇게 낮아."

자신의 덩치와 짊어진 짐은 생각하지 않고 인상을 찌푸리며 투덜거린 유대웅이 옷에 묻은 먼지를 탈탈 털어내며 청우의 곁으로 다가왔다.

당황한 눈으로 그를 바라보던 청우가 유대웅의 손을 잡아 청겸자에게 이끌었다.

"인사드려. 장문사형이시다."

"유대웅입니다."

청겸자는 아무런 말도 없이 청우와 유대웅, 그리고 태선 진인을 응시했다.

마치 해명이라도 요구하는 듯한 눈빛에 태선 진인이 다소 차갑게 입을 열었다.

"이번에 거둔 아이다."

가만히 유대웅을 바라보던 청겸자가 입을 열었다.

"불가(不可)합니다."

음성은 낮았지만 그 안에 담긴 의지만큼은 강렬했다.

峽三山巫
第六章
매화십이검(梅花十二劍)

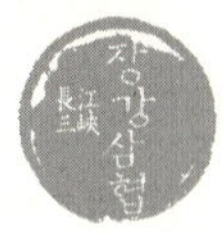

이른 아침부터 작렬하는 태양은 천지를 뜨겁게 달구었지만 화산파의 대소사를 결정하는 취의청의 열기에 비할 바는 아니었다.

새벽부터 돌려진 통문에 의해 취의청에 모인 사람은 장문인 이하 외유 중인 청진자를 제외한 여덟 명의 장로와 화산파에 흩어진 여러 도관의 주인들, 그리고 각 조직의 수장들로 총인원은 서른아홉, 그야말로 화산파의 수뇌들이 모조리 모인 것이었다.

그렇지만 발언권은 많은 사람들에게 주어지지 않았다.

각 조직의 수장이라 봐야 대다수가 팔대장로들의 제자들

이었고 몇몇 주요 도관을 제외한 나머지 도관의 관주 역시 장로들의 영향에서 벗어나지 못했기 때문이다.

"있을 수 없는 일입니다!"

가장 먼저 목소리를 높인 사람은 장문인의 절대적 지지자인 칠장로 청광자였다.

"이미 한 번의 전례가 있었습니다. 당시에도 많은 문제가 있었고 결국 사백께선 다시는 제자를 들이지 않겠다고 약속하셨습니다."

청송자가 맞장구를 쳤다.

"맞습니다. 막내 사제의 인물됨을 모르는 것은 아니지만 나이를 따져 보면 일대제자들 중에서도 사제보다 나이가 어린 녀석은 둘뿐입니다."

"사백께서 결정하신 일이 아닌가. 제자를 들이신다는데 우리가 왈가왈부할 일은 아니라고 생각하네."

대장로 청설자는 다소 신중한 입장이었다.

"그래도 너무 어리지 않습니까? 이제 겨우 열여섯이라고 합니다. 이번에 입문한 아이들과 비슷한 나이에 장로의 서열이라니. 이런 파격이 거듭되면 본문의 기강이 무너집니다. 그렇지 않습니까?"

청광자의 시선이 다른 장로들에게로 향했다. 대다수의 장로들은 고개를 끄덕이며 무언의 지지를 보였다.

"자넨 어찌 생각하나?"

청설자가 청구자에게 물었다.

잠시 뜸을 들인 청구자가 빙그레 웃으며 말했다.

"다소 무리가 있다고는 해도 다른 분도 아니고 검선 사백께서 선택한 아이입니다. 그만한 이유가 있으시겠지요."

장문인을 제외하고 그 누구보다, 심지어 대장로인 청설자보다도 영향력이 있다고 여겨지는 청구자의 말에 청광자의 안색이 살짝 일그러졌다.

"하지만 사형, 청광 사제의 말에도 일리가 있습니다. 각기 입문한 시기가 다르긴 하지만 지금 이대제자의 평균 나이를 따져 보면 대략 스물 전후입니다. 이번에 입문한 아이들까지 포함하면 더욱 어려집니다. 한데 배분은 사숙조가 됩니다. 어려도 한참 어린 아이가 사숙조라… 그 아이들이 쉽게 받아들이겠습니까?"

화산의 큰 살림을 도맡아 할 정도로 냉철하고 깐깐한 청공자(靑쏲子)의 말에 청광자의 얼굴에 화색이 돌았다.

"제 말이 그 말입니다. 막내 사제만으로도 벅차했던 아이들입니다. 두 번의 파격은 불가합니다."

청광자의 말이 끝나기가 무섭게 취의청의 문이 활짝 열리며 벼락같은 호통이 터져 나왔다.

"어떤 놈이 감히 불가라는 말을 입에 담아!"

취의청을 뒤흔드는 불호령에 장내에 모인 모든 이들이 분분히 자리에서 일어났다.

문을 박차고 등장한 두 명의 노도사.

태선 진인과 더불어 화산삼선(華山三仙)이라 일컬어지는 고선 진인(孤仙眞人)과 명선 진인(鳴仙眞人)이었다.

"오셨습니까?"

청겸자가 정중히 예를 차리며 상석의 자리를 양보하려 했다. 하지만 명선 진인이 손을 흔들었다.

"되었네. 그 자리는 오직 장문인을 위한 자리. 우리 같은 늙은이들이 앉을 자리는 아니지."

상석을 사양한 명선 진인과 고선 진인은 빈자리를 찾아 나란히 앉았다.

"한데 사형께선 어디에 계시느냐?"

고선 진인이 주변을 둘러보며 물었다.

"아직 오시지 않았습니다. 모시러 갔으니 곧 오실 겁니다."

청설자가 얼른 대답을 했다.

다른 사형제들과 비교해 유난히 제자를 빨리 들인 고선 진인 덕에 올해 나이 예순다섯으로 장문인의 사형이자 화산파의 대장로라는 직함을 가지게 된 노도사의 태도치고는 다소 가벼운 감이 있었지만 고선 진인이 바로 그의 사부라는 것을 상기하면 고개가 끄덕여질 일이었다.

"쯧쯧, 사형께서 오시지도 않았는데 설왕설래 무슨 말들이 그리 많아."

"여러 의견들을 모을 필요가 있다고 여겨져 그랬습니다."

청겸자가 담담히 대꾸했다.

"장문인의 생각은 어떠하냐?"

"불가하다고 봅니다."

"불… 가?"

고선 진인의 눈썹이 하늘 높이 치켜 올라갔다.

태선 진인이 도착하기도 전 사단이 날 것 같은 생각에 명선 진인이 그의 팔소매를 가만히 잡아끌었다.

"잠시 진정하시지요, 사형."

"사제는 장문인의 말을 듣지도 못했느냐? 감히 불가라는 말을 입에 담고 있다!"

"장문사질은 또 그만한 입장이 있는 것이지요. 대사형의 말씀을 듣기 전에 일단 의견을 조율할 필요가 있다는 말도 일리가 있고요."

"조율은 무슨, 그냥 따르면 되는 것을."

고선 진인은 영 마음에 들지 않는 눈치지만 그래도 명선 진인의 의견에 노화를 가라앉혔다.

"그래, 어떤 의견들이 있었나?"

"거의 모든 제자들이 반대를 하고 있습니다."

청겸자의 말이 끝나기가 무섭게 고선 진인이 벼락같이 소리쳤다.

"감히 어떤 놈이 사형 말씀에 반기를 든단 말이냐? 너냐?"

고선 진인의 시퍼런 눈빛이 자신을 향하자 청설자가 얼른 고개를 흔들었다.

"저, 저는 아닙니다, 사부님."

"하면 너냐?"

고선 진인의 매서운 눈이 '화산의 검'이라는 칭호를 얻고 있는 육장로 청정자(靑淨子)에게로 향했다.

청정자가 쓴웃음을 지었다.

"그렇게 윽박지르셔도 할 수 없습니다. 아닌 건 아닌 거지요."

"이놈이!"

설마하니 자신의 직전제자가 정면으로 반박할 줄은 몰랐던 고선 진인의 얼굴이 벌게지고 흥분을 감추지 못하자 명선 진인이 다시금 그를 말렸다.

"그렇게 흥분만 하지 마시고 차분히 얘기를 들어보지요. 그래, 청정은 무슨 이유로 불가하다 보느냐?"

"여러 의견이 나왔지만 가장 큰 이유는 서열이 무너져서는 안 된다는 의견입니다."

"서열이 무너진다?"

"예."

청정자의 대답에 명선 진인의 눈가에 실망의 기운이 깃들었다.

명선 진인은 내색하지 않고 자신의 직계라 할 수 있는 청구, 청평(靑平), 청일자(靑溢子) 등에게 물었다.

"너희들도 같은 생각이더냐?"

"장문사형을 비롯하여 여러 사람들이 반대하는 데에는 그만한 이유가 있을 것입니다. 하나 저는 저 아이를 제자로 들이시겠다는 사백께서도 그만한 이유가 있으시리라 믿습니다."

청구자의 말에 살짝 고개를 끄덕인 명선 진인이 다른 제자들에게 시선을 돌렸다.

무공은 여러 사형제들 중에 가장 약하나 늘 자애로운 모습으로 제자들 사이에선 신망이 큰 사장로 청평자가 예의 맑은 웃음을 지으며 대답했다.

"사부가 제자를 들이는 일만큼 고유한 권한은 없을 것입니다. 누가 왈가왈부한다는 것 자체가 우스운 일이지요. 그렇지만 화산에서, 아니, 현 무림에서 사백님의 위상과 지위를 고려해 보았을 때 안타깝게도 이 문제는 사백님 개인의 문제가 될 수 없습니다."

"반대로구나."

"예, 청우 사제 때에는 사백님의 말씀을 따랐지만 이번만큼은 장문사형이나 여러 사형제들의 의견이 옳은 것 같습니다."

고선 진인이 눈을 부라렸지만 청평자는 조금 난처한 웃음을 지을 뿐 자신의 의견을 감추지 않았다.

“흠, 그래.”

가만히 고개를 끄덕인 명선 진인이 자신에게 고개를 돌리자 청일자가 기다렸다는 듯 대꾸했다.

“절대로 불가한 일입니다. 이미 한 번 그분의 의견을 존중해 드린 적이 있습니다. 이번 일만큼은 아니라고 봅니다. 이번에 입문한 운자배 막내들과 엇비슷한 나이의 사제라니요. 파격도 한계가 있는 법입니다.”

제자들 중 누구보다 냉정하고 원칙을 따지기 좋아하는 청일자였기에 어느 정도 대답을 예상하고 있었다는 듯 다소 과격한 반응에도 명선 진인은 별다른 말을 하지 않았다.

“너희들도 같은 의견이냐?”

명선 진인이 다른 장로들을 둘러보며 말했다.

그들은 조심스런 대답으로, 때로는 침묵으로 대답을 대신했다.

“사부께서는 어찌 생각하십니까?”

청구자의 물음에 명선 진인의 입가에 엷은 미소가 흘렀다.

그 웃음에 다들 긴장의 빛을 감추지 못했다.

화산삼선으로 대표되는 화산의 큰 어른 중 가장 말수가 적고 온화한 그였지만 가끔씩 툭 던지다시피 내어놓는 의견과 행동은 그야말로 태산과 같은 영향력을 발휘했다.

지난날 청우를 막내 사제로 받아들이게 되었을 때도 명선 진인의 의견이 없었다면 더 큰 내홍을 겪었을 터였다.

"일단 사형의 말씀을 들은 뒤 차후 이야기를 나누는 것이 좋겠다. 장문사질."

"예, 사숙."

"장문사질이나 여러 장로들의 의견은 이미 좁혀진 듯하군. 하나 보다 본격적인 논의는 태선 사형께서 오시면 하는 것으로 하는 게 좋겠네."

"그리하겠습니다."

"그럴 것 없다. 계속해 보거라."

뒤쪽에서 들리는 음성에 고선 진인과 명선 진인이 벌떡 일어났다.

"사형!"

"잘들 있었나?"

두 사제의 손을 마주 잡은 태선 진인이 넉넉한 웃음을 흘리자 고선 진인이 눈을 부라렸다.

"이게 말이 됩니까, 사형. 칠 년입니다. 칠 년 동안 어찌 연통 한 번을 하지 않을 수 있습니까?"

"어찌하다 보니 그리되었네. 사제들에겐 미안하군."

태선 진인이 태연스레 사과를 하자 맥이 빠진 고선 진인이 크게 한숨을 내쉬며 고개를 흔들었다.

"그건 그렇고, 또 일을 만드셨습니다."

명선 진인의 말에 태선 진인이 콧방귀를 뀌었다.

"제자를 들이는 일이 무슨 큰일이라고. 그렇게 생각하는 위인들이 잘못된 것이지.”

“지난번에도 한 번 분란이 있지 않았습니까? 그때 다시는 제자를 들이지 않으신다고 약속을…….”

“아니. 난 그저 고려해 본다고 했지 꼭 그렇게 한다고 하지는 않았다네.”

“하아.”

명선 진인은 생각보다 일이 훨씬 복잡하리란 예감에 검지로 이마를 누르고 말았다.

“네가 사형께서 제자로 들인다는 놈이냐?”

고선 진인이 청우 뒤에서 쭈뼛거리고 서 있는 유대웅을 부르며 물었다.

“예, 유대웅이라고 합니다.”

“그놈 참. 덩치 하나는 대단하구나.”

유대웅의 머리끝에서 발끝까지 쭈욱 훑어보는 고선 진인의 얼굴에 감탄의 빛이 흘렀다. 하지만 실망의 기운으로 바뀌는 것은 금방이었다.

“사형, 정말 이 녀석을 제자로 들이실 작정입니까?”

“왜? 부족해 보이나?”

“근골은 그런대로 쓸 만해 보이지만 사형이 제자로 삼기엔 영.”

고선 진인이 탐탁지 않다는 듯 다시금 유대웅을 살필 때 명선 진인이 유대웅의 완맥을 잡아챘다. 흠칫 놀란 유대웅이 손목을 빼려 했지만 어찌 된 일인지 옴짝달싹할 수가 없었다.

지그시 눈을 감은 채 유대웅의 전신을 면밀히 살피던 명선 진인이 탄식을 하며 말했다.

"단전에 제법 정순한 내공이 쌓여 있군요. 아직 자신의 것으로 만들지 못한 힘도 보이고. 무엇보다 놀라운 것은 건청기공이 구성을 넘어선 것으로 보인다는 것인데… 언제부터 이 아이를 가르치신 겁니까?"

명선 진인은 유대웅의 단전에 깃든 자소단의 기운을 알아차렸지만 굳이 밝히지 않고 건청기공에 대한 질문만 던졌다.

"이 년 정도 되었네. 그리 놀랄 것 없네. 건청기공은 나를 만나기 전부터 익히고 있었으니까. 당시에도 이미 칠성의 수준이었으니 구성을 넘기는 것은 문제도 아니었지."

"허!"

취의청에 모인 이들은 유대웅이 구성의 건청기공을 익혔다는 말에 다들 놀라움을 감추지 못했다.

건청기공이 비록 경천동지할 기공은 아니지만 고작 열여섯의 나이에 구성에 이를 정도로 녹록한 무공이 아니었기 때문이다.

"생각과는 달리 꽤나 영준한 아이였군요. 그래도 제 눈엔 사형께서 이렇게 무리를 하시면서 제자로 들이실 정도는 아니란 생각이 듭니다만."

명선 진인의 물음과 동시에 취의청은 쥐 죽은 듯 조용해졌다.

격렬히 반대를 하고 있기는 했지만 태선 진인이 무림과 화산파에서 차지하는 위치를 생각해 볼 때 끝까지 고집을 부린다면 그 어떠한 이유로라도 쉽게 거스를 수가 없었다.

두 사제와 장문인을 비롯하여 취의청에 모인 이들을 천천히 둘러보던 태선 진인이 착 가라앉은 음성으로 말했다.

"인연이 닿았다."

태선 진인의 설명은 간단하면서도 결코 가볍지 않은 의미를 지니고 있었다.

고선 진인과 명선 진인은 인연이 닿았다는 태선 진인의 말에 가타부타 말이 없었다.

태선 진인 정도 되는 인물이 인연이라는 매우 추상적인 말은 언급했다는 것 자체부터 거부를 용납하지 않겠다는 의지를 표명한 것이기 때문이었다.

하지만 인연이라는 것처럼 애매모호한 표현도 없었다.

"송구합니다만 그것만으로는 저희들을 이해시킬 수는 없을 것 같습니다."

청겸자가 정면으로 반대를 하고 나서자 그렇잖아도 좋지 않았던 취의청의 분위기가 급랭해졌다.

"인연이라… 참으로 소중한 것이요, 귀한 것이지요. 하나 그 인연이 평화롭던 화산에 큰 분란을 가져온다면 그 또한 곤란하지 않겠습니까?"

"큰 분란이라. 이 아이로 인해 화산에 큰 분란이 온다고 하였느냐?"

태선 진인이 날카로운 음성으로 되물었다.

"그렇습니다. 지금 이 상황이 이미 분란을 의미하는 것 아니겠습니까? 또한 거의 모든 제자들이 반대를 하고 있습니다. 거기에 그만한 이유가 있으리라 봅니다만."

그 말이 끝나기가 무섭게 고선 진인이 벼락같이 소리쳤다.

"사형께서 이미 결정한 일이시다!"

"그것이 화산에 문제를 일으키고 있으니 문제지요."

어디서 그런 용기가 났는지 청송자가 평소와는 달리 언성을 높였다.

"청송, 네놈이 감히!"

고선 진인이 서슬 퍼런 눈으로 그를 쏘아보자 방금 전의 당당함은 어디로 갔는지 청송자는 얼른 고개를 떨구고 말았다.

'후~ 곤란하구나.'

평소 고선 진인의 말에 대꾸할 엄두도 내지 못하던 청송자의 반응을 보면서 명선 진인은 내심 한숨을 내쉬었다.

따지고 보면 화산파는 이미 그들이 아닌 장문인을 비롯한 그들 사형제가 주역이었다. 윗사람의 권위나 힘으로 찍어누른다는 것 자체가 무리였다.

문제는 태선 진인이나 고선 진인의 성격을 고려해 볼 때 순순히 제자들의 의견을 따를 사람들이 아니라는 것에 있었다.

[사형.]

명선 진인이 태선 진인에게 전음을 보냈다.

[왜 그러나?]

[끝까지 가셔야겠습니까?]

[…….]

대답이 없다는 것은 곧 긍정의 의미였다.

[일선에서 물러난 우리들 아닙니까? 너무 강압적인 것도 좋지 않습니다.]

[난 그런 적 없네. 그저 제자 놈 하나 들이겠다는 것이야.]

[그것이 문제가 되니까요.]

[문제라 여기는 녀석이 문제지.]

[조카뻘 되는 아이보고 사숙이라 불러야 되는 아이들 심정도 생각해 보시지요.]

[그거야 제놈들 사정이지. 본문이 언제 나이 따져 가면서 제자 받아들였나?]

[그래도 조금 심하긴 합니다. 게다가 화산을 이끌고 있는 사람은 우리가 아니지 않습니까? 사질들의 입장도 이해를 해 주어야지요.]

[내가 언제 본문의 일에 왈가왈부하던가?]

[그래도 적당히 하는 것이 좋겠습니다.]

[흠.]

[꼭 제자를 삼으셔야겠습니까?]

[이미 삼았네. 설마하니 저 아이를 파문하라는 소리는 아니겠지?]

태선 진인의 음성이 다소 날카로워지자 명선 진인이 얼른 부인을 했다.

[그럴 리가요. 그저 조금 양보를 하셨으면 해서 드리는 말씀입니다.]

[양보?]

[직전제자는 좀 그렇고 속가제자 정도면 저 아이들도 그런대로 수긍을 할 듯싶습니다.]

[속가제자? 그게 뭔 차이가 있다고?]

태선 진인의 음성엔 영 마뜩치 않다는 기운이 담겨 있었다.

[사형이나 저야 별 의미가 없는 말이겠지만 사질들은 다르지요. 또한 어느 정도 물러난 명분도 되고요. 사질들이 저렇게 반대를 하고는 있지만 지금 무척이나 곤란한 지경일 겁니다.]

아닌 게 아니라 태선 진인과 명선 진인이 전음을 나누고 있다는 사실을 눈치챈 장로들은 둘의 대화가 과연 어떤 결과를 도출해 낼지, 그리고 그에 어떻게 반응해야 할지 전전긍긍하고 있는 상태였다.

[속가라…….]

딱히 나쁠 것은 없었다.

애당초 자신에겐 직전제자나 속가제자나 차이가 없었으

니까.

태선 진인이 별다른 말이 없자 명선 진인이 아예 쐐기를 박았다.

[그럼 결정된 것으로 알겠습니다.]

재빨리 전음을 끝낸 명선 진인이 가만히 좌중을 둘러보았다. 장로들은 얼른 그의 입이 열리기만 바라는 눈치가 역력했다.

"장문사질."

"예, 사숙."

"사형께서 끝까지 고집을 꺾으시지 않는다면 이 싸움, 어차피 결론이 나긴 힘드네. 틀리나?"

태선 진인을 살짝 바라본 청겸자가 힘없이 고개를 끄덕였다.

"아마도 그럴 것 같습니다."

"해서 내가 제안을 하나 하지."

"경청하겠습니다."

"사형께선 이미 저 아이에게 구배지례를 받으셨네."

"음."

청겸자를 비롯하여 여러 장로들 입에서 신음 소리가 흘러나왔다.

"결국 자네들의 주장대로라면 사형께 저 아이를 파문하라고 강요하는 것이지. 사형께서 받아들이실 분이 아니야."

“하지만……..”

“듣게. 해서 내 사형께 한 가지 건의를 드렸네.”

잠시 시간을 끈 명선 진인은 ‘다른 의견은 필요없다. 반드시 받아들여야 한다’ 라는 표정으로 말을 이었다.

“제자로 용인을 하되 직전제자가 아니라 속가제자로 받아들인다는 것이지.”

“속가… 제자입니까?”

청겸자가 가만히 물었다.

“그렇네, 속가제자. 사질들의 주장대로 비록 서열이 파괴되는 문제점은 있지만 그 외의 다른 고민들은 어느 정도 해결되리라 생각하네.”

사실이 그랬다.

일반적으로 불문이나 도문에서 제자를 받아들인다는 것은 출가를 원칙으로 했다. 하지만 이미 혼인을 했거나 기타 여러 문제, 특히 단순히 문파와의 인연으로 형식적인 위탁 교육을 위해 제자들을 받아들이기도 했는데 이들을 통칭하여 속가제자라 불렀다.

같은 제자의 신분이기는 했지만 직전제자와 속가제자는 엄청난 차이가 있다. 인물됨이나 자질 여하에 상관없이 속가제자는 상승의 무학을 전수받지 못했고 본문의 행사에 직접적인 영향력을 행사할 수도 없었다. 장문인은 물론이고 극히 이례적이지 않다면 주요 직위도 맡을 수 없었다.

한마디로 제자이되 제대로 된 제자로 취급을 받지 못하는
자리가 바로 속가제자였다.

"속가… 라면……."

청겸자가 슬쩍 주변을 둘러보며 의견을 구했다. 장로들 역
시 더 이상 좋은 의견은 없다는 듯 분분히 고개를 끄덕였다.

"큰 문제는 없을 듯하군요."

비로소 허락이 떨어졌다.

청우가 내심 한숨을 쉬며 유대웅의 손을 꽉 잡았다.

사부의 평소 성격과 행동을 생각했을 때 허락이 떨어지든
말든 별 상관이 없다고 여기며 신경조차 쓰지 않고 있던 유대
웅은 청우의 젖은 손에서 그가 얼마나 긴장하고 있었는지 느
끼곤 조금 미안한 마음을 가졌다.

"잘됐다, 사제."

"그렇네요."

유대웅은 사죄의 뜻을 담아 최대한 밝은 웃음을 지어주었
다.

그렇게 분란의 싹이 가라앉고 분위기가 다소 나아져 갈 즈
음 취의청의 문이 열렸다. 오랫동안 화산을 떠나 있던 화산의
마지막 장로 청진자가 때마침 도착한 것이었다.

"제자가 사백과 사숙을 뵙습니다."

청진자가 화산삼선을 보며 얼른 예를 표했다.

그와 유대웅의 인연을 떠올린 태선 진인이 미간을 찌푸리

며 침묵을 지킬 때, 고선 진인이 막내 제자를 반기며 소리쳤
다.

"이놈, 돌아왔구나."

"애썼다."

명선 진인 또한 부드러운 웃음으로 지난 삼 년간 화산파를
대표하여 정무맹에 파견을 나갔던 청진자를 위로했다.

"고생했네. 사제 덕에 정무맹에서 화산파의 입지가 많이
올라갔다네."

청겸자가 청진자의 손을 잡으며 그를 위무하자 청진자가
너털웃음을 흘리며 고개를 흔들었다.

"본문의 위상에 누가 되지나 않았는지 모르겠습니다."

"그럴 리가. 사제가 얼마나 애썼는지 모르는 사람은 단 한
사람도 없다네. 그래서 걱정일세. 무진(務眞)이 잘해낼지 영
불안해. 만나보았는가?"

"예. 설마하니 장제자를 보내실 줄은 몰랐습니다."

"후~ 정무맹에 아무나 보낼 수 없는 노릇인지라. 또한 이
번 기회에 경험도 쌓을 겸해서 보냈다네."

"그러셨군요."

고개를 끄덕인 청진자가 천천히 고개를 돌렸다.

"그런데 본문에 가벼운 소란이 있다고 들었습니다
만……."

이미 취의청에서 논의되는 사안에 대해 자세히 들었는지

청진자의 눈은 금방 유대웅을 찾아냈다.

"아, 저 아이가 이번에 사백께서 제자로 들이신다는……."

유대웅과 눈이 마주친 청진자가 말끝을 흐렸다.

어딘가 익숙한 얼굴이었다.

게다가 저 큰 덩치라니.

애써 잊으려 했지만 결코 잊혀지지 않던 씁쓸한 기억이 어제 일처럼 생생히 떠올랐다.

"너, 너는!"

"오랜만입니다, 어르신."

유대웅이 씨익 웃으며 허리를 꺾었다.

자신을 몰아내기 위해 필사적인 이들과는 달리 목숨을 구해준 청진자에 대한 기억은 상당히 우호적이었다.

"네, 네가 어찌하여 이곳에? 아, 아니, 그보다 몸은 괜찮은 것이더냐?"

"예, 이제 아무렇지도 않습니다."

유대웅이 양팔을 벌리고 어깨를 으쓱이며 몸에 잠재해 있던 음한지기의 소멸을 알렸다.

"하긴, 사백께서 널 제자로 삼으셨다니 그걸 가만히 놔두셨을 리가 없지."

청진자는 음한지기의 소멸을 온전히 태선 진인의 힘이라 여겼는데 유대웅은 굳이 부인하지 않았다.

"이 아이와 아는 사이인가?"

유대웅이 청진자와도 안면이 있을 줄은 생각도 못한 청겸자가 고소를 지으며 물었다.

"예. 벌써 이 년이 훨씬 넘었군요. 짧지만 강렬한 만남이 있었지요."

청진자가 유대웅에게 의미있는 눈짓을 보내며 말했다.

생사를 넘나드는 일이 있었으니 그의 말대로 강렬한 만남은 만남인 셈이었다.

'허, 사백에 이어 사제까지. 인연은 인연인 모양이군.'

속가제자로 허락은 했지만 내심 마음에 들지 않았던 청겸자는 유대웅이 태선 진인에 이어 청진자와도 연결되어 있음을 알게 되자 화산파와 운명적인 인연이 있음을 인정하고 말았다.

"사제가 그리 말하는 것을 보니 뭔가 사연이 있었던 모양이군. 그래, 어떤 일이 있었던 것인가?"

"그러니까 제가 정무맹의 일로……."

늘 마음에 걸렸던 유대웅이 무사해서 다행이라는 생각 때문인지 청진자는 태선 진인이 한참 전부터 못마땅한 얼굴로 노려보고 있다는 것을, 그로 인해 청우가 좌불안석이 되어 있다는 것도 알지 못한 채 가벼운 마음으로 입을 열었다.

청진자의 설명이 이어질수록 청겸자는 물론이고 여러 장로들의 안색이 어둡게 변해갔다. 심지어 고선 진인과 명선 진인까지 심각한 표정으로 변하고 있었다.

"…해서 훗날을 기약할 수밖에 없었… 습니다."

청진자는 점점 이상해지는 분위기에 말끝을 흐릴 수밖에 없었다.

청진자의 짧고도 긴박한 이야기는 끝났지만 그것은 가라앉았던 논란에 재점화를 일으키는 불씨와 같았다.

"그렇게 된 이야기로군."

청겸자가 무거운 얼굴로 고개를 끄덕이자 벌게진 얼굴로 벌떡 일어난 청송자가 유대웅을 가리켰다.

"중요한 것은 저 아이가 수적 출신이란 것이지요."

청광자가 뒤를 이었다.

"있을 수 없는 일입니다. 어찌 수적 따위가……."

상황이 급변하자 청우가 참지 못하고 나섰다.

"사제는 수적이 아닙니다. 비록 그의 부친이……."

"사제는 입 다물어라!"

청송자가 언성을 높였지만 청우도 물러서지 않았다.

"사실 관계가 잘못되었기에 그런 것입니다."

"좋다. 하지만 백번 양보해도 저 아이가 수적의 후예라는 것은 틀림없지 않느냐?"

"그, 그건……."

청우가 대답을 하지 못하고 머뭇거리자 청송자가 득의한 표정으로 청겸자를 바라보았다.

"비록 속가라 하나 본문의 장로 배분입니다. 한데 수적의 후예를 어찌 그런 중차대한 지위로 받아들이겠습니까? 재고하셔야 합니다."

"이미 결정난 일을 번복하자는 것이냐?"

고선 진인이 미간을 찌푸리며 물었다.

"그때는 저 아이의 출신을 몰랐기 때문에 가능했던 일입니다. 설마하니 사백께서 수적의 후예를 제자로 삼으려 하실 줄 상상도 못했습니다."

비난의 화살이 태선 진인에게까지 이르자 다들 움찔한 표정으로 태선 진인의 눈치를 살폈다.

한데 어찌 된 일인지 태선 진인은 별다른 반응을 보이지 않았다. 그저 '더 할 테면 해봐라' 라는 듯 팔짱까지 끼고 있었다.

그런 모습이 더 무섭다는 것은 오직 고선 진인과 명선 진인만 알 뿐이었다.

어쨌든 그런 반응에 힘을 얻은 청송자가 목소리를 더욱 높였다.

"결격 사유가 너무 확실합니다. 결단코 말씀드리지만 속가로도 안 됩니다. 사백께는 송구한 말씀이지만 재고하셔야 합니다."

"저도 같은 생각입니다. 속가제자가 직전제자에 비할 바는 아니나 그 위치를 생각했을 때 결코 있을 수 없는 일입니다. 아울러 이런 사실을 저희들에게 숨기신 사백의 행동 또한 문제가 있다고 봅니다.”

분위기에 편승한 청광자가 취의청을, 아니, 화산을 뒤흔들 수도 있는 발언을 했다. 다들 기겁한 눈초리로 태선 진인의 눈치를 살폈다.

“숨겼다? 노도는 그저 인연이 있다라는 말밖에 한 기억이 없는데.”

태선 진인의 반응이 생각보다 가볍자 청광자가 한 걸음 더 내딛었다.

“변명의 말씀으로 들립니다. 숨기기 위해 말씀을……”

청광자의 말은 이어지지 않았다. 지금껏 굳은 표정으로 얘기를 듣던 명선 진인이 탁자를 탁 치며 일어선 것이다.

찌저저저쩍!

섬서에서 이름난 장인이 천 년 된 주목을 정성 들여 세공하고 이어 붙인 거대한 탁자에 금이 가기 시작했다.

“청광, 가만히 두고 보았더니 이제 앞뒤 분간을 못하는구나!”

명선 진인의 눈에선 감히 마주하지 못할 한광이 뿜어져 나오고 있었다.

“사, 사숙. 그, 그것이 아니오라…….”

“닥쳐라! 변명? 숨겨? 그것이 함부로 입에 올릴 말이더냐?”

평소에 인자했던 사람이 한 번 화를 내면 진정 무서운 법이었다.

명선 진인이 딱 그랬다.

급하고 직선적인 성격 덕에 고선 진인은 늘 제자들에게 호통을 치고 거친 모습을 보여줬지만 그만큼 면역이 된 상태였다.

하지만 화를 내는 모습을 보기가 가뭄에 콩 나듯이 한다는 명선 진인이 불같이 화를 내자 취의청엔 그야말로 북풍한설보다 수십 배는 살벌하고 무시무시한 기운이 들이닥쳤다.

대다수의 장로가 청광자의 말이 지나치기는 했어도 그다지 틀리지 않다고 생각했으나 명선 진인의 위세에 눌려 함부로 입을 열지 못했다.

그렇게 되자 앞장서 태선 진인을 성토했던 청광자만 죽을 맛이었다.

마음 한가득 억울한 감정이 밀려왔지만 내색할 수가 없었다. 뒷감당을 할 엄두가 나지 않는 것이다.

그건 청송자 역시 마찬가지였다.

그는 명선 진인의 진노가 자신에게 방향을 돌릴까 전전긍긍하며 애써 고개를 돌리고 있었다.

청송자와 청광자가 죽은 듯 납작 엎드리자 화살은 엉뚱하게도 청진자에게 향했다.

"청진, 네 이놈!"

"예, 사숙."

청진자가 벌떡 일어났다.

"네가 무슨 짓을 했는지 아느냐?"

"그, 그게 무슨 말씀이신지……."

그렇잖아도 자신으로 인해 사단이 벌어진 듯하여 마음 졸이고 있던 청진자는 명선 진인의 추상같은 눈초리에 자라목이 되고 말았다.

"너는 어찌하여 이 아이를 못 본 척 지나쳤느냐?"

"예? 제, 제자는……."

"변명 따위는 듣고 싶지 않다. 결과가 좋다고 과정까지 좋은 것은 아닌 법. 너는 이 아이가 목숨을 잃을 것을 알고 있었다. 당장은 아니라도 분명 그리될 수밖에 없다는 것을 알고 있었어. 그리고 그동안 겪어야 할 고통까지도. 설마하니 자소단을 복용시키고 건청기공을 일러주었다고 이 아이의 목숨을 구했다고 생각하는 것은 아니겠지? 만약 그렇다면 네놈은 그 도복을 입을 자격이 없는 것이다."

"……."

청진자는 고개를 들지 못했다.

보다 못한 청겸자가 청진자를 두둔하고 나섰다.

"함부로 사용할 수 없는 자소단까지 아이에게 주었습니다. 사제가 어찌 그것을 모르겠습니까? 다만 당시 임무가 막중하여 어쩔 수 없었을 것입니다."

"그 또한 변명일 뿐. 대체 그 임무가 뭐기에 사람 목숨보다 더 귀하단 말인가? 아무리 임무가 중하더라도 너는 이 아이를 끝까지 책임을 져야 했다. 네가 화산파의 제자라면 분명 그리 했어야 했다."

"죄송합니다."

청진자는 참담한 표정으로 용서를 구했다.

명선 진인은 청진자를 쳐다보지도 않고 고개를 돌렸다.

"아울러 본문은 이 아이에게 일어난 비극에서 결코 자유로 울 수 없다고 생각한다."

더 이상 밀렸다간 논의 자체가 무의미해진다고 여긴 청겸 자가 입술을 꽉 깨물고 말했다.

"너무 앞서 나가시는 것 같습니다."

"무어라? 지금 그걸 말이라 하는가, 장문사질?"

명선 진인의 실망 가득한 얼굴이 청겸자에게 향했다.

"도의상 아주 책임이 없다고 할 수는 없습니다만 당시 상 황은 한 치 앞도 예측할 수 없는 것이었습니다."

"그게 변명이 될 수는 없다."

"변명이 아니라 사실입니다. 당시 일심맹으로 향하던 무림 인들의 수는 대략 천 명이 넘었습니다. 그것도 이름만 대면 고개를 끄덕일 세력, 문파, 고수들이었습니다. 당연히 정무맹 도 움직였고 본문은, 아니, 정무맹의 일원으로 청진 사제가 포함되어 있었습니다. 여기서 사숙께 여쭙겠습니다. 본문이, 청진 사제가 일심맹과 관련이 없었다 한들 저 아이에게 일어 난 비극이 일어나지 않았겠습니까?"

“······.”

명선 진인이 대답을 못하자 청겸자가 태선 진인과 유대웅에게 잠시 시선을 두다가 말을 이었다.

“결국 잘못된 소문이었습니다. 그리고 그 소문으로 저 아이의 부친이 스스로 목숨을 끊었습니다. 참으로 안타까우면서도 불행한 일이 아닐 수 없습니다. 하나, 그건 본문이나 청진 사제가 어찌할 수 없는 대세의 흐름이었습니다. 오히려 청진 사제가 정무맹의 일원으로 그곳에 있었기에 저 아이의 목숨을 구할 수 있었다고 생각합니다.”

“궤변일 뿐이다.”

명선 진인의 말에 청겸자가 고개를 흔들었다.

“자소단이라면 본문에서도 극히 아끼는 보물입니다. 그런 보물을 아낌없이 주고 건청기공까지 완벽하게 만들어주었습니다. 물론 사숙께서 말씀하신 대로 청진 사제가 조금 더 인의를 생각했다면 저 아이를 끝까지 책임져야 했습니다. 그렇지 못한 것은, 사제가 본문을 대표해서 정무맹의 일을 보아야 했기에 그랬다는 것을 감안한다면 충분히 이해할 수 있는 일입니다.”

“허허, 이해를 할 수 있는 일이라······.”

명선 진인이 허탈한 웃음을 흘리며 주변을 둘러보았다. 대다수의 장로들이 청겸자의 의견을 지지하는 인상을 주었다.

그때였다. 지금껏 침묵을 지키고 있던 태선 진인이 명선 진인을 가만히 앉히곤 물었다.

"각설하고, 그래서 요점이 무엇이냐? 이 아이의 출신이 그러하니 받아들이지 못하겠다는 것이냐?"

"꼭 그런 것은 아닙니다만……."

청겸자가 말끝을 흐렸다.

"정확하게 말을 하거라. 그런 것이냐?"

태선 진인이 대답을 재촉하자 청광자가 대신 입을 열었다.

"재고해야 한다고 봅니다."

"이미 끝난 일이 아니더냐!!"

고선 진인이 참지 못하고 소리를 질렀지만 그의 외침 또한 태선 진인의 손짓에 의해 잦아들었다.

"재고라… 하면 또다시 소모적인 언쟁을 하잔 말이로구나. 좋다. 또 다른 의견이 있느냐?"

태선 진인의 물음에 눈치만 보고 있던 장로들이 한 명씩 입을 열었다.

"아무리 속가라 하나 수적의 후예가 장로의 서열에 오르게 할 수는 없습니다."

"세간의 이목 또한 생각을 해야 할 것입니다."

"저 아이를 윗전으로 모셔야 할 아이들의 입장을 반드시 생각해 보아야 한다고 봅니다. 그렇잖아도 나이도 어린데 수적이라니요. 불만이 엄청날 것입니다."

"맞습니다. 제 기억이 틀리지 않다면 이번에 입문한 제자

중 한 아이는 수적에게 부친을 잃었습니다. 수적의 해악은……"

한 번 봇물이 터지자 취의청은 유대웅의 출신을 문제 삼느라 뜨겁게 달아올랐다.

설마하니 그토록 반발이 심할 줄 생각하지 못한 고선 진인은 고개를 절레절레 흔들었고 명선 진인은 실망감과 분노로 싸늘하게 가라앉은 태선 진인의 눈동자를 바라보며 연신 한숨을 내쉬었다.

그때였다.

"아, 진짜! 수적! 수적! 수적! 대체 우리 아버지가 얼마나 잘못을 했다고 그러는 겁니까?"

난데없이 터져 나온 외침에 취의청에 모인 이들의 시선이 일제히 유대웅에게 쏠렸다.

"남들은 어떻게 생각할지 모르겠지만 아버진 단 한 번도 비겁한 모습을 보이지 않았습니다! 함부로 사람을 죽이지도, 재물을 빼앗지도 않았습니다! 수적이오? 예, 맞습니다. 수적이라면 수적이지요! 하지만 이런 식으로 욕먹을 짓은 하지 않았습니다."

"사제."

깜짝 놀란 청우가 유대웅의 소매를 잡았지만 머리끝까지 화가 치민 유대웅은 그의 손을 뿌리치며 태선 진인을 응시했다.

"사부님!"

"말하거라."

"화산파가 그렇게 대단합니까? 수하들의 목숨을 구하고자 스스로 목숨을 버렸음에도 단지 수적이라는 이유만으로, 제가 아버지의 아들로서 사부님의 제자가 된다는 것 때문에 이런 식으로 욕을 먹어야 할 정도로 정말 대단한 곳입니까?"

태선 진인은 대답을 하지 않고 물끄러미 유대웅을 바라보았다.

"그럼 관둘랍니다. 아버지 욕 먹여가면서 화산파의 제자, 사부님의 제자 안 할 겁니다. 그러니까 이제……."

유대웅은 말을 잇지 못하고 그대로 혼절하고 말았다. 더 이상 두고 볼 수 없었던 청우가 그의 혼혈을 짚어버린 것이다.

"죄송합니다, 사부님."

유대웅을 위해 그런 행동을 하기는 했지만 사부의 명도 없이 함부로 끼어들었다는 것은 분명한 잘못이기에 청우는 태선 진인에게 머리를 조아렸다.

"조금 급했구나, 녀석에게 대답을 해주어야 했거늘."

가볍게 혀를 찬 태선 진인이 청겸자를 비롯한 여러 장로들을 둘러보았다.

"이 아이가 들어야 할 대답이었지만 너희들이 대신해서 들어라."

태선 진인의 착 가라앉은 음성엔 어딘지 모르게 사람을 위축시키는 위엄이 깃들어 있었다.

"정과 선, 의와 협을 추구하고 자기 자신을 수양하여 깨달음을 얻기보다는 힘과 세력을 키우고자 하는 여타 문파들과 다르지 않으니 화산파는 그리 대단할 것 없다."

폭풍과도 같은 기도가 태선 진인의 전신에서 뿜어져 나오기 시작했다.

"또한 그 사람의 심성이나 됨됨이를 보지 못하고 그저 출신으로 모든 것을 판단하려는 자들이 모였으니 화산파는 그리 대단할 것 없다. 또한 너는 이미 나와 구배지례로서 사제 관계를 맺었으니 네가 싫다고 하여 그 관계가 끊어지는 것은 아니다."

유대웅의 질문에 대한 답변이자 화산파를 이끌어가는 수뇌진들에 대한 엄준한 질타에 취의청에는 숨 막힐 듯한 적막감이 찾아들었다.

"청우야."

"예, 사부님."

"이리 가져오너라."

태선 진인의 말에 청우가 품에서 비단 보자기를 꺼내더니 조심스레 풀었다.

보자기 속에 고이 간직되어 있었던 것은 먹물 향이 채 가시지 않은 한 권의 책자였다.

고선 진인이 궁금증을 참지 못하고 슬쩍 바라보았다.

책자의 앞면에는 매화십이검(梅花十二劍)이라 적혀 있었
다.

'서, 설마?'

고선 진인이 경악스런 눈빛으로 태선 진인을 바라보았다.

"사, 사형. 이, 이것은?"

명선 진인 또한 책자를 본 것인지 덜덜 떨리는 음성으로 물
었다.

고선 진인과 명선 진인이 어째서 저리 격동하고 있는 것인
지 알지 못하는 장로들이 의아한 눈빛을 보낼 때, 매화십이검
을 전해 받은 태선 진인이 청겸자에게 쓸모없는 물건을 버리
듯 툭 던졌다.

얼떨결에 책자를 받아 든 청겸자가 책을 살펴볼 시간도 없
이 태선 진인의 말이 이어졌다.

"화산파에 존재하는 수많은 검법 중 그 위력이 가장 강한
것은 자하검법(紫霞劍法)이지만 화산을 대표하는 검법은 누가
뭐라 해도 매화삼십육검(梅花三十六劍)이다. 하지만 매화삼십
육검은 너무 날카롭고 쾌(快)와 변(變)에만 치우친 경향이 있
다. 이로 인해 강(强)과 유(柔)가 조화되어 있는 무당검에 비
해 한 수 아래로 인식되어 있는 것은 부인할 수 없는 사실이
다. 그런 단점을 극복하고자 수많은 조사님들께서 오랫동안
고심하고 애쓰셨다는 것은 너희들도 잘 알 것이다."

하지만 아무도 성공하지 못했다는 것을, 몇몇 조사들이 소

기의 성과를 올리기도 했지만 전체적인 변화를 끼치기엔 너무도 부족했다는 것을 모두 알고 있었다.

장로들의 눈이 청겸자가 들고 있는 책자에, 그리고 태선 진인에게 집중되었다. 그들의 눈에 기이한 열기가 피어오르고 있었다.

"노도 또한 오래전부터 조사님들과 같은 고민을 하고 그 해결책을 찾기 위해 나름 애를 써왔다. 수년 전 우연히 들른 장가계에서 단초를 잡고 이 아이를 만난 뒤 만족할 수준은 아니지만 그래도 세상에 내놓을 정도는 된다고 여기는 검법을 완성했다."

"아!"

격정에 찬 탄성이 취의청을 가득 메웠다.

그 어떤 일이 닥쳐도 누구보다 침착하고 냉정하다는 청겸자마저 책자를 든 손을 마구 떨 정도로 격동하고 있었다.

"검법의 이름은 매화십이검, 매화삼십육검을 기초로 한 것이지만 성격은 많이 다를 것이며 위력 또한 그에 못지않을 것이라 생각한다."

태선 진인은 매화십이검이 별것 아니라는 듯 말했지만 취의청에 모인 이들은 그것이야말로 겸양에 불과한 것임을 알 수 있었다.

"장문."

"예, 사백."

화산파의 새로운 역사를 만들어낸 어른이었다. 청겸자가 더없이 공손한 자세로 대답했다.

"이것으로써 노도가 할 일은 끝났다고 생각한다."

"사, 사백."

"은퇴할 것이다. 이후 화산파의 일에 나서는 일은 절대 없을 것이다."

무당파에 비해 늘 한 수 아래로 인정받던 화산파를 지금의 위치까지 끌어올린 태선 진인의 은퇴는 그야말로 청천벽력과도 같은 선언이 아닐 수 없었다. 하지만 태선 진인의 말은 끝난 것이 아니었다.

"아울러 노부가 칩거할 낙안봉(落雁峰)엔 그 누구의 출입도 금한다. 이는 화산파의 존장으로서 내리는 마지막 명으로써 이를 어길 시엔 기사멸조(欺師滅祖)의 죄로 다스릴 것이니 명심해야 할 것이다."

태선 진인의 입에서 기사멸조라는 말이 흘러나오자 다들 움찔하여 입을 열지 못했다.

"마지막으로 묻겠다. 노도가 이 아이를 제자로 삼는 데 문제가 있느냐?"

태선 진인이 서늘한 눈빛으로 청겸자를 응시했다.

청겸자는 감히 입을 열지 못했다.

"문제가 있느냐?"

태선 진인이 장로들을 둘러보며 물었다.

태선 진인의 기세에 눌려 아무도 대꾸를 하지 못하자 눈치를 보던 청송자가 자신이라도 용기를 내야겠다는 생각에 입을 열려 했지만 청겸자가 그를 향해 가만히 고개를 흔들었다.

유대웅이 수적이 아니라 천인공노할 죄를 지은 아이라 하더라도 화산파의 역사를 새로 쓰게 만들 매화십이검이 세상에 모습을 드러내고 심지어 은퇴까지 선언한 이 순간, 태선 진인의 의도에 반하는 것은 실로 면목이 없는 일이라 여긴 것이다.

"그럼 그리 알고 가겠다."

할 말을 다한 태선 진인은 조금의 미련도 두지 않고 몸을 돌렸다.

"사, 사형."

고선 진인이 그를 부르자 태선 진인은 가벼운 고갯짓으로 그의 부름을 일축하고 취의청을 빠져나가고 청우가 자신보다 거의 두 배나 되는 유대웅의 몸을 업고 뒤를 따랐다.

"한마디로 네놈들의 꼴이 보기 싫으신 게다. 그러게 적당히들 했어야지. 장문사질."

"예, 사숙."

"노도 역시 사형과 같은 길을 갈 것이며 이 시간 이후로 조양봉(朝陽峰)에도 발걸음을 들이는 자는 없어야 할 것이네."

"사, 사숙!"

"토 달지 말게, 이 모든 것이 그대들이 자초한 것이니."

　명선 진인의 선언에 청겸자는 힘없이 고개를 떨구고 말았
다.

　명선 진인이 자리에서 일어나자 그를 따라 일어선 고선 진
인이 취의청이 떠나가라 웃음을 터뜨렸다.

　"허허허! 오랜만에 사제의 명쾌한 결단을 보게 되는군. 내
가 무슨 말을 할지는 알고 있겠지?"

　고선 진인의 물음에 다들 꿀 먹은 벙어리가 되었다.

　"기억해라. 연화봉(蓮花峰)이다."

　싸늘한 일갈을 내뱉은 고선 진인이 명선 진인과 더불어 취
의청을 떠났다.

　수백 년 전통의 화산파 역사에 다시없을 최전성기를 이끌
었던 화산삼선의 은퇴.

　너무도 충격적인 선언에 취의청은 깊은 침묵 속에 잠길 수
밖에 없었다.

第七章

수련(修練) 1

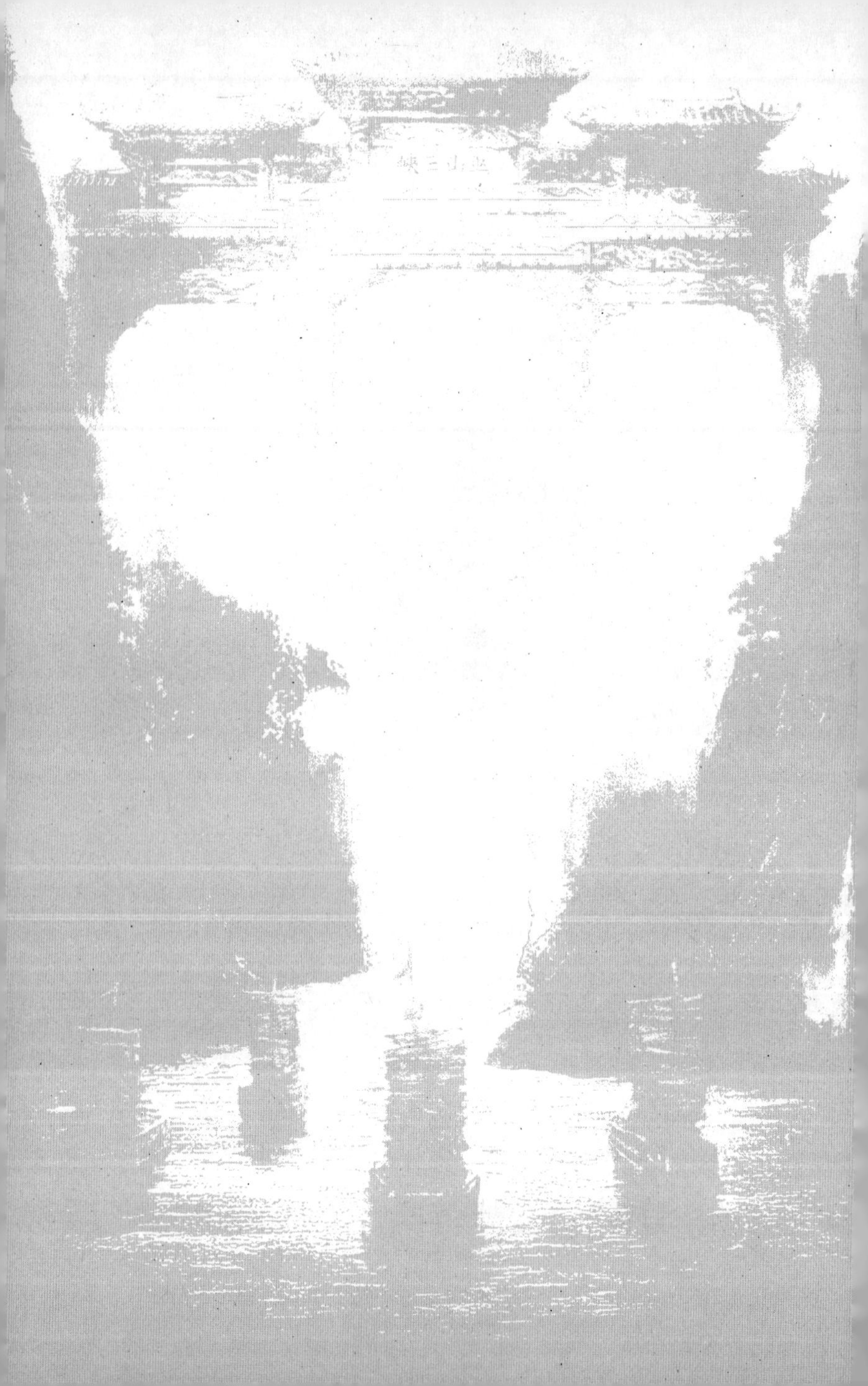

전격적인 은퇴 선언으로 화산파를 발칵 뒤집어놓은 화산삼
선은 그날 오후, 명선 진인에 의해 금지가 된 화산의 동봉 조양
봉 아래 하기정(下棋亭)에 모여 한가로이 차를 마시고 있었다.

"어떤가? 그럭저럭 쓸 만하지?"

태선 진인의 물음에 고선 진인은 혀를 내둘렀다.

"쓸 만하다 뿐입니까? 놀랍습니다, 사형. 매화삼십육검이
이런 식으로 변할 줄은 상상도 못했습니다. 이건 완전히 다른
검법입니다. 안 그런가, 사제?"

"예, 정말 놀랍군요. 특히 마지막 초식은 정말……."

명선 진인은 청우가 필사해 놓은 매화십이검의 비급을 놀

라운 눈으로 살피다 마지막 초식 매화산화(梅花散花)에 이르러 결국 찬탄을 하고 말았다.

"위력 면에서 정말 무시무시합니다. 자하검법도 이 정도는 아닌데요."

"그러게. 본문의 검법이 날카로운 면이 있기는 하지만 이런 식으로 패도적이지는 않잖은가. 쾌, 변, 강, 유가 조화되어 있는 다른 초식들과는 달리 이놈은 오직 강, 강, 강이니. 뭐, 이런 초식이 있답니까?"

"거기엔 이유가 있어. 그렇지 않아도 그 문제로 사제들과 얘기를 좀 나누려고 했네."

태선 진인이 아무런 제목도 적혀 있지 않은 책자 하나를 꺼내놓았다.

"그게 무엇입니까?"

명선 진인이 물음에 태선 진인이 더없이 진중한 표정으로 입을 열었다.

"지금부터 하는 말은 자네들 외 그 누구의 귀에도 흘러들어 가서는 안 되네. 또한 오늘 이후 알아도 모른 척, 봐도 못 본 척해줘야 할 것이야. 알겠나?"

고선 진인과 명선 진인은 무거운 분위기에 휩쓸려 절로 고개를 끄덕였다.

"이 책자에는 세 가지 무공이 적혀 있네. 하나의 검법과 하나의 창법, 그리고 바탕이 되는 심법까지. 원래는 무공의 이름이 전해지지 않았지만 최초 이 무공을 취한 사람이 각각 패왕칠검과 팔뢰진천, 조화신공(造化神功)이라는 이름을 붙였다네."

"패왕칠검과 팔뢰진천이라."

자신들도 모르게 되뇌인 고선 진인과 명선 진인은 그 이름에서 알 수 없는 힘을 느끼곤 긴장감을 감추지 못했다.

"그것은 예로부터 전무후무, 고금무적(古今無敵)이라 불린 인물의 무공일세."

고선 진인이 미간을 찌푸릴 때 잠시 생각에 잠겼던 명선 진인이 말했다.

"전무후무에 고금무적이라 불린다면 혹 초패왕을 일컫는 것입니까?"

"정확하네. 초패왕 항우. 이것이 바로 그의 무공일세."

"허!"

태선 진인의 말에 두 사람은 새삼 놀란 눈으로 탁자에 놓인 책자를 바라보았다. 하지만 전무후무, 고금무적이라는 말이 크게 와 닿지 않았기에 눈앞에 있는 비급의 가치를 이해하지 못하고 있었다.

"위력은 어느 정도나 되는 것입니까?"

화산파에서도 알아주는 무공광 고선 진인이 얼른 물었다.

"글쎄, 뭐라 평하기가……."

"사형이 지닌 무위에 비추어보면 되지 않겠습니까?"

"흠."

　곤란한 표정을 짓던 태선 진인이 확신하지 못하겠다는 표정으로 대답했다.

　"정확한 비교는 되지 못하겠지만 누군가 패왕칠검을 극성으로 익혔다고 한다면… 뭐, 이기지는 못해도 쉽게 패하지는 않을 걸세. 하지만 팔뢰진천이라면… 아마도 필패(必敗)겠지."

　태선 진인의 대답에 고선 진인과 명선 진인은 믿을 수 없다는 표정이었다. 당금 무림에서 당할 자가 없다고 평가되는 태선 진인이 아니던가. 그런 그가 필패를 논한다면 대체 그 무공은 얼마나 강하단 말인가.

　"한데 패왕의 무공은 어찌 얻으신 겁니까?"

　한참 만에 정신을 수습한 명선 진인이 책장을 넘기며 물었다.

　"이건 내가 얻은 물건이 아닐세. 진정한 주인은 따로 있지."

　"진정한 주인이라면 혹?"

　"그렇지. 바로 그 아이가 이 무공의 주인이라네."

　"녀석은 어찌 얻었답니까?"

　고선 진인이 이해가 되지 않는다는 듯 물었다.

　"그러니까 그것이……."

　태선 진인은 그와 청우가 장가계에서 유대웅을 만나고, 그가 어떻게 패왕의 무공을 얻게 되었는지를 자세히 설명하였다.

　그리 긴 이야기는 아니었지만 그 안에 담긴 내용은 결코 가볍지 않았다.

"매화십이검의 마지막 초식 매화산화는 매화삼십육검보다
는 패왕칠검의 영향을 받았기에 그토록 강맹한 위력을 지닌
것이라네."

"그렇군요. 확실히 대단하긴 했습니다. 한데 패왕칠검은
하나같이 그런 강맹함을 지닌 것입니까?"

고선 진인의 물음에 태선 진인은 고개를 끄덕였다.

"극강을 추구하는 검법이라 할 수 있네. 당금 무림에서 찾
아보기 힘들 정도로 패도적이야."

명선 진인이 책장을 가만히 덮더니 태선 진인을 향해 말했다.

"궁금한 것이 있습니다, 사형."

"무엇인가?"

"이 무공을 그 아이에게 가르치실 생각인지요?"

"그렇네."

"화산의 무공이 아닙니다."

"패왕의 무공이 그 아이에게 이어진 이상 어쩔 수 없는 것
이야. 애당초 화산에 안주할 녀석이 아니었고."

"하지만 본문의 제자가 된다는 것은……."

"어차피 이곳에서 도를 닦을 녀석이 아니래도. 놈에겐 꿈
이 있다네. 저 아래 녀석들이 들으면 기절초풍할 꿈이. 한번
들어보려나?"

유대웅을 제자로 들이기 위해 설득하던 일을 떠올린 태선
진인이 너털웃음을 흘렸다.

                        *   *   *

"그럼 계속 여기 산채에서 생활할 거야, 산적으로?"

"……."

"아니면 다른 계획이라도 있는 거야?"

초천검을 쥔 유대웅의 손에 힘이 잔뜩 들어갔다.

"다른 꿈이 있는 거구나. 예를 들자면 무림을 호령하는 영웅이
되거나……."

청우는 유대웅이 별다른 반응을 보이지 않자 슬그머니 말을 바
꿨다.

"많은 돈을 벌어 큰 부자가 되거나… 수백, 수천의 병사를 지휘
하는 장군… 도 아니고. 흠, 이도 저도 아니면 부친을 이어 수적이
되려는 것일까? 장강을 확 휘어잡아 버리는 그런 큰……."

비로소 반응을 보이는 유대웅.

눈으로 잡아내기에도 아주 미세한 근육의 꿈틀거림이었지만
청우는 확실히 알 수 있었다.

"장강을 품고 있었구나?"

"……."

"하지만 그 일이 그렇게 쉽지는 않을 텐데. 장강에는 헤아릴 수
도 없이 많은 수채들이 있고 그보다 훨씬 더 많은 강자들이 있어.
네가 생각하는 것보다 몇 배 이상의."

태선 진인이 슬쩍 한마디를 곁들였다.

"오룡채 따위는 한주먹으로 날려 버릴 수 있는 인간들이 득시글한 곳이 바로 장강이지."

유대웅이 반박하듯 소리쳤다.

"강해질 수 있어요!"

"어떻게? 아버지의 무공을 이어받은 거야? 흠, 그렇게 보이진 않았는데. 아니, 설사 그렇다 해도 장강을 도모하기엔 불가능하지 않을까? 아, 설마 패왕의 무공으로?"

유대웅은 대답하치 않았지만 굳게 다문 입술은 그의 마음을 대신 표현하고 있었다.

청우가 안타깝다는 표정으로 고개를 흔들었다.

"그건 불가능해."

"패왕의 무공은 천하제일 아닌가요? 여기에도 그렇게 적혀 있던데. 그리고 꿈에서도 봤고요."

"물론 패왕의 무공은 그만한 힘을 지니고 있지. 문제는 네가 제대로 익힐 수가 없다는 것이야."

"예?"

"무공이라는 것은 단지 책이나 그림을 통해 익힐 수가 있는 것은 아니야. 이런 수준 높은 무공은 더욱 그렇지."

"하지만 무림의 영웅들은……."

답답해하는 유대웅의 표정에 청우의 입가엔 절로 미소가 지어졌다.

"혼자서 무공을 익혔다고? 그럴 수 있지. 하늘이 내린 인재는 그럴 수 있어. 집채만 한 황소가 바늘구멍을 통과하는 것만큼 힘든 일이기는 하겠지만. 그런데 내가 보기엔 넌 그렇게 천재적인 소질을 지닌 것 같지는 않은데?"

청우가 웃음기 어린 표정으로 자신을 살피자 유대웅의 얼굴이 일그러졌다.

"하, 할 수 있다니까요."

"아니, 못해. 하늘이 두 쪽 나도 불가능해. 단, 여기 계신 사부님이시라면 네게 그만한 힘을 주실 수 있지."

"……."

유대웅의 시선이 승자의 미소를 짓고 있는 태선 진인에게로 향했다.

                    *   *   *

"허, 이것 참. 수적이라니……."

명선 진인이 어이없다는 웃음을 흘렸다.

"어제의 일로 그 꿈은 보다 확실해졌을 게야. 부친이 모욕을 당했다고 생각했으니 녀석의 성격상 아주 본때를 보여주려고 할 테니까. 최소한 녹림십팔채나 황하수로연맹(黃河水路聯盟)을 뛰어넘는 세력을 키우려 할 테지."

"가능성을 떠나 그리된다고 해도 솔직히 문제지 않습니까?

화산파의 제자가 수적들의 우두머리라는 건 좀."

　명선 진인이 상상하기도 싫다는 듯 고개를 내젓자 고선 진인이 혀를 찼다.

　"쯧쯧쯧, 만두를 하나 훔치면 도둑놈이지만 나라를 훔치면 영웅이 되고 황제가 되는 법일세. 무림에 적을 두고 있으면서 그리 사고가 굳어서야. 뭐, 세간의 이목이 조금 문제긴 하겠지만 화산파의 제자가 수적들의 우두머리가 된다니 상상만으로도 재밌는 일이겠어. 그렇지 않습니까, 사형?"

　"녀석이 어떤 길을 선택하든 그건 녀석이 판단할 문제겠지. 난 녀석에게 약속한 대로 패왕의 무공을 익히도록 도와주려 하네. 아울러 초천검에 깃든 마성이 그 아이를 침범할 수 없도록 해줄 걸세. 그것이 녀석과 인연을 맺게 한 하늘의 뜻을 따르는 것이란 생각이야. 싫다는 녀석을 억지로 제자로 들인 이유이기도 하고."

　태선 진인의 말에 명선 진인이 묵묵히 고개를 끄덕이다 물었다.

　"바로 패왕의 무공을 가르치실 생각입니까?"

　"우선은 본문의 무공을 가르칠 생각이네."

　"매화십이검을……."

　태선 진인이 고개를 끄덕였다.

　"녀석 덕에 완성을 한 것이니 가르쳐야겠지. 조금만 더 틀이 잡히면 바로 시작할 생각이네."

"생각보다 기초가 제법 단단히 잡혀 있는 것 같았습니다."

고선 진인이 유대웅의 단단한 몸뚱이를 생각하며 말했다.

"겉으로 보기엔 순진하고 미련한 곰 같지만 그 끈기나 독기가 보기 드물 정도라네."

"청우와 비교해 보면 어떻습니까? 녀석도 끈기 하나는 알아줬는데요."

"청우도 만만치 않았지만 녀석에겐 끈기와 더불어 목표에 대해 아주 집요한 면이 있어. 게다가 선천적으로 단단한 몸뚱이를 지니고 태어났고. 나름 이해력도 빨라. 건청기공의 성취만 보아도 알 수 있지."

"그렇… 군요."

곰 같은 외모의 유대웅과는 전혀 어울리지 않는 평가에 고선 진인은 자신도 모르게 웃음을 짓고 말았다.

*   *   *

사부와 사형을 따라 낙안봉 금천궁에 여장을 푼 유대웅은 여독을 풀 시간도 없이 수련을 시작했다.

수련은 장가계에 있을 때와 마찬가지로 새벽부터 물을 길어오는 것부터 시작되었다.

장가계도 쉽지는 않았지만 장가계와 비할 수 없이 험준한 화산은 그 난이도에서 차원을 달리했다.

유대웅이 길어와야 하는 물은 용천수(龍泉水)라 이름 붙은 것으로 옥천원에서 남서쪽으로 약 오 리 정도 떨어진 곳에 위치해 있었는데 그 물을 길어오기 위해선 산 정상에서 완전히 하산을 해야 했다.

그것까지도 좋았다.

화산에 비할 바는 아니지만 장가계도 나름 험준한 산들이 많았다. 조금 더 시간이 걸리고 힘을 들이면 못할 것도 없었다.

하지만 유대웅은 그 시작부터 난관에 봉착해야만 했다.

"이것도 길이에요?"

황당함을 넘어 어처구니없다는 표정에 분노까지 느껴지는 음성이었다.

유대웅은 자신 앞에 놓인 길을 보며, 아니, 길을 가장한 살인 도구에 치를 떨었다.

"조금 그렇지? 그래도 익숙해지면 다닐 만해."

청우가 씨익 웃으며 말했다. 말하는 모양새를 보니 한두 번 다녀본 것이 아닌 것 같았다.

"다닐 만하긴 뭐가 다닐 만해요. 세상에, 까딱 잘못하면 그냥 지옥행 특급 마차를 탈 것 같은데."

유대웅은 생각만으로도 몸서리가 쳐진다는 듯 몸을 부르르 떨었다.

그의 시선이 향한 곳, 청우가 익숙해지면 다닐 만하다고 한 길은 화산의 명물 잔도(棧道)였다.

깎아지른 듯한 낭떠러지를 깎거나 지지대를 박아 나무판
자를 얼기설기 엮어 만든 길.

나무판자를 댄 곳은 그나마 디딜 곳이 있었지만 바위를 깎은
곳은 그 넓이가 겨우 손바닥 정도에 불과했다. 안전장치라고는
잔도를 따라 어깨 높이로 길게 이어진 밧줄 하나가 전부였다.

"이게 디딜 수는 있기는 한 건지… 으악!"

잔도와 수평하게 늘어진 밧줄을 잡고 발을 내딛어보던 유
대웅은 디딘 판자가 그대로 부서지며 몸이 중심을 잃자 기겁
하고 말았다.

밧줄에 의지해 간신히 버텼기에 망정이지 하마터면 천 길
낭떠러지로 추락할 뻔한 아찔한 상황. 한데 그 모양을 보며
청우는 껄껄 웃었다.

"하하, 사제가 무겁긴 무거운 모양이네. 내가 다닐 땐 아무
런 이상도 없었는데. 아무튼 조심해. 중간중간에 위험한 곳이
좀 있거든."

청우는 웃으며 말했지만 유대웅은 그 웃음이 결코 웃음으
로 와 닿지 않았다.

"꼭 이 길로 가야 돼요?"

유대웅이 잔도 아래 낭떠러지를 슬쩍 내려다보며 질린 표
정을 지었다.

"물을 구하려면 어쩔 수 없어. 물론 길이야 더 있지만 아무
래도 본문의 제자들과 많이 부딪치게 되지. 사부님과 사숙들

께서 남봉과 동봉, 서봉을 금지로 한 마당에 사제가 오르내리는 것은 별로 보기에 좋지 않아. 게다가 수련의 일환이기도 하고."

"수련… 이요?"

유대웅이 말도 안 된다는 표정을 짓자 청우가 빙그레 웃었다.

"위험한 만큼 온몸의 감각은 극도로 긴장한 상태에서 위험을 감지하기 위해 애쓰게 돼. 처음엔 잘 모르겠지만 시간이 지나면 사제의 몸이 얼마나 예민해졌는지 알 수 있을 거야. 게다가 잔도뿐만 아니라 그 아래도 꽤나 험하거든."

"까딱하면 염라대왕과 면담을 하는 수련이라니."

"걱정하지 마. 나도 처음엔 그랬으니까. 하지만 못할 것 같아도 다 하게 되어 있어."

"사형도요?"

"일전에 말했잖아. 사제가 하는 수련 모두가 이미 내가 겪은 것들이라고. 하나 더 말해둘까? 내가 처음 이 잔도를 뛰어다녀야 했을 때 나이가 열한 살이었어."

"……"

유대웅은 할 말이 없었다. 그런 일을 시키는 사부나 그렇다고 또 그걸 하는 제자나 모두 제정신이 아닌 사람처럼 느껴졌다. 그리고 이제는 그 자신이 그 길에 뛰어들어야 했다.

"자, 그럼 가볼까."

유대웅의 어깨를 툭 친 청우가 앞장서 걷기 시작했다.

유대웅은 한참 동안이나 내켜하지 않다가 곧 체념하고 청우의 뒤를 따르기 시작했다.

그날, 굽이굽이 이어진 잔도를 통과하는 동안 유대웅은 본인의 의지와는 상관없이 세 번이나 염라대왕을 만날 뻔했다.

"몰골이 왜 이 모양이더냐?"

태선 진인이 진이 빠진 듯한 표정의 유대웅을 보며 인상을 찌푸렸다.

"사제가 조금 놀란 모양입니다."

유대웅이 한 번은 발을 잘못 디뎌, 두 번은 디딘 나무판자가 부서지는 바람에 절벽 아래로 추락할 뻔했다는 것을 상기한 청우가 조금은 민망한 표정을 지었다.

"쯧쯧, 고작 그 정도 가지고."

"고작 그 정도라니요! 그건 정말 길이 아니라……."

"시끄럽다."

억울해 죽겠다는 표정으로 소리를 지르던 유대웅은 태선 진인의 일갈에 입을 다물 수밖에 없었다.

"사내 녀석이 그만한 일로 놀라기는. 아무튼 지난밤에 말한 대로 오늘부터 본격적인 수련에 들어갈 터. 그만 징징대고 정신 똑바로 차려야 할 것이다."

"예."

유대웅이 기어들어 가는, 그러나 잔뜩 불만 섞인 음성으로 대꾸했다.

"네가 우선 배워야 할 것은 귀원신공(歸元神功)이라는 내공 심법이다."

"귀원신공이요? 사형은 매화십이검을 배운다고 하였는데요. 아, 매화십이검을 익히려면 그걸 익혀야 하나요?"

유대웅이 얼른 물었다.

"매화십이검뿐만 아니라 화산파의 모든 검법이 귀원신공을 기초로 하고 있다."

"전 대신 건청기공을 익혔잖아요."

"물론 건청기공으로도 모든 무공을 펼칠 수는 있다. 하지만 건청기공은 몸의 안정과 조화에 중점을 둔 것으로 실전에 필요한 것은 아니다. 무공을 펼칠 때 위력 면에서 크게 차이가 난다는 말이지. 일례로 네가 건청기공을 대성했다고 가정을 했을 때, 귀원신공이 팔성이 넘는 사람과 같은 무공으로 싸운다면 아마 이길 수 없을 것이다. 물론 그동안의 경험이나 기타 조건들을 배제한 것이긴 하지만 절대적인 능력치로 그렇다는 말이다."

자신이 수련한 건청기공의 성취가 같은 또래에선 대적할 자가 없을 정도라는 것에 자부심을 지니고 있던 유대웅의 얼굴이 확 일그러졌다.

"하, 하지만 지난번에는 건청기공이 그 짝을 찾을 수 없을 정도로 뛰어난 심법이라고 하셨잖아요."

"그랬지. 그런데 뭔가 착각을 하고 있구나. 앞서 말했듯이 건청기공의 공능은 몸의 안정과 기운의 조화를 극에 이르도록 한다는 것에 있는 것이지 그 자체로 위력이 강하거나 무공의 능력을 극대화하는 심법은 아니다."

"……."

유대웅이 쉽게 이해를 하지 못하자 태선 진인이 설명을 덧붙였다.

"새로운 무공을 익힌다는 것은 그것이 지닌 기질을 새롭게 받아들인다는 말도 되는데 몸이 그것을 얼마나 빨리 받아들이고 일체화시키느냐에 따라 무공의 성취도가 달라진다. 모든 무공은 제각기 성질을 지니고 있다. 화산파의 무공이라도 검법과 수법, 장법, 경신법 등 모든 것이 다르다. 아니, 심지어 같은 검법이라도 검법의 종류에 따라 제각기 특성을 지니고 있다. 뿌리가 같거나 성질이 비슷하면 익히는 데 큰 문제가 되지는 않지만 차이가 많다면 그것을 극복하기 위해 얼마나 많은 노력을 쏟아야 하는지는 감히 상상도 할 수 없을 것이다. 제대로 익히는 것은 고사하고 자칫하면 폐인이 될 수도 있다. 한데 오랫동안 몸의 기운을 안정시키고 조화시키는 건청기공을 익힌 덕에 네 몸은 그 어떤 기운을 받아들인다고 하더라도 자연스럽게 몸과 일체화를 시킬 수 있다. 예를 들어볼까? 극단적으로 말해 정공을 익힌 자는 마공을 익힐 수가 없다. 그 성질 자체가 완전히 다르기 때문이다. 물론 억지로 익힐 수는 있지만 그 부작용은 상상을 초월할 터. 십 중 구, 아니, 백 중 구십구는 폐인이 되고 말 것이다. 하나 구성이 넘어간 건청기공이라면 조화시킬 수가 있다. 그것도 별다른 무리 없이.”

“세상에!”

유대웅의 눈이 화등잔만 해졌다.

마공과 정공은 그야말로 극성 중의 극성. 상식적으로 함께 익힌다는 것은 불가능한 일로 여겨졌기 때문이다.

“예를 들어 그렇다는 것이다. 한데 그럼에도 불구하고 본문에서조차 건청기공을 제대로 익힌 사람은 드물다. 왜 그런 것 같으냐?”

유대웅이 멍한 얼굴로 바라보자 태선 진인이 한숨을 내쉬었다.

“간단한 이치다. 건청기공이 단순히 몸을 건강히 하고 안정시키며 조화롭게 하는 수준이 아니라 전혀 다른 성질의 무공까지도 무리없이 받아들여 흡수할 수 있을 정도로 공능을 지니려면 그 수준이 최소한 구성을 넘어서야 한다. 한데 이것이 꽤나 난해해서 어지간한 정성으론 구성을 넘기기가 쉽지 않아. 느리기도 너무 느리고. 또한 아무리 뛰어난 오성을 지녀도 너처럼 생과 사를 오가는 경험을 하지 않으면 칠성을 넘기기도 어렵다.”

“하지만 익히기만 하면 훨씬 더 빨리 무공을 배울 수 있다면서요.”

“그렇지. 하지만 본문의 무공은 뿌리가 같기에 그 성질이 비슷하다. 굳이 건청기공을 수련하지 않아도 익히는 데 크게 무리가 되지는 않는다는 말이야. 다시 말해 건청기공을 익히느라 애쓰는 시간 동안 다른 무공에 심혈을 기울이면 비슷한, 아니, 그 이상의 성과를 얻을 수가 있다. 그래서 다들 입문 시 적당히 익히고 포기를 하는 것이다.”

“하지만 청우 사형은…….”

“청우가 건청기공을 그토록 열심히 익히는 이유는 따로 있다. 본문을 대표하는 자하신공과 자하검법을 익혀야 하기 때문이다.”

“예? 그것들도 화산파 무공이잖아요?”

“그렇긴 하지. 하나, 화산파의 상징과 같은 자하검법은 조금 독특한 성격을 지니고 있어서 귀원신공으론 그 위력이 제대로 구현되지 않는다. 오직 자하신공을 바탕으로 펼쳤을 때 본래의 위력이 나와. 문제는 자하신공과 귀원신공의 성격이 상당히 다르다는 것이다. 어느 정도 수준에 이르게 되면 꽤나 많이 충돌을 일으키곤 하지.”

“건청기공으로 그것을 해결하는 것이군요.”

“그래. 그리고 이는 네게도 통용되는 일이기도 하다.”

“예? 저도요?”

“네가 자하신공을 익힐 일은 없겠지만 네게는 반드시 익혀야 하는 무공이 있지 않더냐?”

“패… 왕의 무공.”

“그래. 패왕의 무공에도 본문에서 가르치는 내공심법과는 전혀 다른 심법이 존재하고 그 심법을 별다른 무리 없이, 그리고 빠르게 익히기 위해선 반드시 건청기공이 필요하다.”

“그렇… 군요.”

“이제 이 사부가 어째서 그동안 건청기공 수련을 그리 독려한 것인지 이해가 되겠지?”

“예.”

“그럼 됐다. 하늘의 도움이든, 노력의 결과든 네 건청기공의 수준은 이미 구성을 넘었다. 그건 곧 본문의 무공과 패왕의 무공을 모두 익힐 준비가 완벽히 끝났다는 것을 의미하는 것. 이미 난화수와 난화보를 익히기는 하였지만 이 사부는 오늘 귀원신공을 시작으로 본격적으로 본문의 무공을 가르치려 한다. 준비는 되었느냐?”

“예, 확실히 되었습니다.”

유대웅이 호기롭게 가슴을 쳤다.

“자신감은 좋지만 자만은 절대 금물이다.”

자신감에 차 있는 제자를 가볍게 나무란 태선 진인이 그래도 싫지는 않은 듯 입가에 엷은 미소를 띠며 말을 이었다.

“본문에는 참으로 많은 종류의 무공이 존재한다. 화산파를 대표하는 것은 물론 검법이지만 그에 못지않은 보법, 경신법, 수법, 장법 등이 있지. 그리고 귀원신공을 익힌다면 거의 모든 무공을 무리없이 펼칠 수 있다. 자, 정좌(定座)하거라.”

유대웅이 재빨리 정좌를 하자 태선 진인의 진중한 음성이
뒤를 이었다.

“무릇 모든 심법은 고요한 마음과 평온한 호흡을 통해 기
식(氣息)을 고르고 전신의 내기를 단전에 충만하게 모으는
것이다. 또한 기를 단전에 충만하게 모은 뒤, 기감을 의식으
로 느끼며 자연스럽게 이끌어 체내를 운행시키는 것. 결코
무리를 해서도 안 되며 순리에 역행해서도 안 된다. 눈은 지
그시 감고 귀를 닫아야 할 것이며 호흡을 고르고 마음을 조
용히 가라앉혀 자신의 내면을 관조해야 할 것이다.”

“명심하겠습니다.”

뭔가 알아듣기 힘든 말이었지만 우선 대답은 하고 봐야겠
다는 심정으로 고개를 끄덕이는 유대웅. 그걸 모를 리 없지만
태선 진인은 내색하지 않고 말을 이어갔다.

“지금부터 귀원신공의 구결을 일러줄 테니 깊이 새겨야 할
것이다. 이심행기(以心行氣), 무령(務令)……”

귀원신공의 구결은 꽤나 길었고 그 내용 또한 복잡하기 그
지없었다.

천고의 기재라도 제대로 이해하기 힘든 터. 둔재는 아니지
만 그렇다고 뛰어난 기재라고도 할 수 없었던 유대웅은 몇 번
을 들어도 암기는 고사하고 내용조차 파악하지 못했다.

하지만 어릴 적 부친으로부터 건청기공을 배울 때 걸리는

것이 있으면 아무리 사소한 것이라도 반드시 질문을 하고 이해를 한 뒤 다음으로 넘어가야 한다고 세뇌를 당할 정도로 주의를 들었던 유대웅은 집요할 정도로 질문 공세를 퍼부었고, 처음 시작을 어찌하느냐에 따라 앞으로의 성취가 결정된다는 것을 오랜 경험으로 알고 있던 태선 진인은 유대웅의 진지함에 기꺼워하며 그가 완벽하게 이해를 할 때까지 단 한 번의 역정도 없이 구결 하나하나까지 차분하게 풀이를 해줬다.

거기에 더해 유대웅이 처음으로 귀원신공을 운공하는 동안 그의 명문혈에 진기를 불어넣으며 기의 경로를 단순히 머리가 아닌 몸으로 완전히 각인할 때까지 세심히 이끌어줬다.

그렇게 만 이틀, 식사와 잠도 거른 채 이어진 문답을 통해, 사부가 이끄는 대로 진기의 흐름을 맡기며 유대웅은 귀원신공에 대해 확실히 이해를 할 수가 있었다.

귀원신공에 대한 기초가 어느 정도 잡히자 태선 진인은 곧바로 매화삼십육검을 가르치기 시작했다.

원래 화산파에 입문하여 가장 먼저 접하는 검법은 삼선검(三仙劍)과 화운검(火雲劍)이었다. 이후, 화후에 따라 뇌전검(雷電劍), 낙일검(落日劍), 옥녀검(玉女劍)을 접한 뒤 화산검법의 정수 매화삼십육검을 익히게 된다. 더 나아가 훗날 화산파를 책임질 제자들은 자하검법까지 배우게 되지만 어쨌든 검법이라곤 제대로 배운 적이 없는 유대웅에게 다짜고짜 화산파를 대표하는 매화삼십육검을 가르치는 것은 상당히 놀라운 일이었다.

하지만 태선 진인은 유대웅이 장가계에서 근 이 년, 그리고 화산으로 오는 오 개월 동안 선인지로, 직지단천, 횡소천군, 비룡파미를 통해 찌르고, 베고, 휘두르고, 쳐올리는 모든 검법의 핵심을 어느 정도는 익혔다고 여기고 있었다. 그 성취까지도 이미 확인을 한 터라 굳이 기초적인 검법을 가르칠 필요는 없다고 판단했다.

매화삼십육검은 위력만큼이나 꽤나 익히기 어려운 검법이었다.

귀원신공도 그랬지만 매화삼십육검을 설명하는 데 있어서도 태선 진인은 유대웅이 제대로 이해를 할 때까지 끝없이 참고 기다렸다.

무려 서른여섯 가지의 초식에 각 초식마다 세 개의 변초가 있었으니 유대웅이 익혀야 하는 초식은 무려 백팔 개나 되었다.

우선적으로 각 초식의 구결을 완벽하게 외운 유대웅은 태선 진인의 시범을 통해, 때로는 청우의 도움을 받아 그 동작들을 하나하나 익혀 나갔다.

유대웅이 매화삼십육검의 검로를 익히는 데 정확히 보름이 걸렸고 변초까지 완벽하게 기억한 것은 그로부터 다시 보름이 지난 후였다.

하지만 단순히 검로를 기억하고 동작들을 펼칠 수 있다고 해서 그 검법을 완벽하게 익혔다고 말할 수는 없었다.

언제, 어느 순간에서도 옷을 걸친 것처럼 자연스럽고 완숙하게 검법을 펼칠 수 있어야 했고 무엇보다 검로를 따라 몸 안의 진기가 자연스럽게 흘러나갈 수 있을 때 비로소 그 검을 제대로 익혔다고 말할 수 있는 것이었다.

유대웅이 매화삼십육검의 모든 검로와 동작을 익혔다고 판단한 태선 진인은 곧 검에 진기를 담는 법을 가르쳤고 아울러 매화삼십육검, 나아가 매화십이검과 최고의 조화를 이룰 오행매화보(五行梅花步)를 가르쳤다. 현재 유대웅이 사용하고 있는 난화보 역시 훌륭한 보법이었지만 아무래도 검법보다는 장법과 수법에 보다 어울리는 보법이기 때문이었다.

그것이 끝이 아니었다.

오행매화보에 익숙해진다고 여길 즈음 매화삼십육검과 더불어 화산을 대표하는 암향표(暗香飄)도 익혔고 소림의 일지선공, 무당의 건원지(乾元指)와 어깨를 나란히 하는 쾌섬지(快閃指)까지 익혔다.

매화삼십육검에서 쾌섬지까지.

짧은 사이에 엄청난 양의 무공을 접하게 된 유대웅은 정신이 없었다.

청우의 도움을 받으며 전수받은 무공을 끊임없이 연구하고 각종 초식에 대해 숙련도를 높이면서도 과연 자신이 제대로 방향을 잡고 수련하는 것인지 알 수가 없었다.

그렇게 혼란스런 마음속에서도 멈추지 않고 수련에 박차

를 가할 즈음, 태선 진인의 시험이 시작되었으니 귀원신공을 배우기 시작한 지 정확히 칠 개월 후였다.

*   *   *

"이놈! 대체 언제까지 흉내만 낼 셈이냐? 검에 진심을 담으라고 하지 않았더냐?"

태선 진인이 유대웅이 찌른 검을 후려치며 소리쳤다.

"이 디딤발! 여인네의 치맛자락이라도 밟은 게냐? 아니면 한밤중의 도둑질 연습이라도 하는 것이더냐? 어찌 이리 매가리가 없을꼬."

태선 진인이 유대웅의 디딤발을 꽉 밟았다. 엄청난 고통에 유대웅의 얼굴이 처참하게 일그러졌다.

"그리고 여기."

태선 진인의 검이 통나무만큼이나 단단해 보이는 유대웅의 허리를 때렸다.

"찌르기와 베기의 모든 힘은 바로 허리에서 나온다고 말했었다. 허리에서 일어난 힘과 팔의 동작이 하나가 되어 움직일 때 비로소 제대로 된 파괴력이 나올 수 있는 것이야. 방금 전과 같은 찌르기론 그저 종이 쪼가리나 찢을 수 있다고 누누이 강조하지 않았느냐!"

태선 진인의 호통이 커질수록 유대웅의 얼굴엔 부끄러움

이 가득했다.

"목표를 응시할 때는 냉철하게."

태선 진인의 눈빛이 자신을 쏘아오자 유대웅은 다급히 숨을 들이켰다.

"내딛는 발은 진중하고."

쿵.

가벼운 진동과 함께 태선 진인의 발이 유대웅을 향해 움직였다.

"움직임은 빛살처럼."

보였다고 생각하는 순간 이미 목젖을 지그시 누르고 있는 검에 유대웅의 몸이 살짝 떨렸다.

"혼을 담은 검 앞엔 거칠 것이 없다."

검끝을 바라보던 태선 진인의 눈빛에 유대웅이 숨도 쉬지 못할 때, 천천히 뒤로 물러난 태선 진인이 조금 전과 똑같은 방식으로 연속적으로 찌르기를 해왔다.

한 번, 두 번, 세 번.

찌르기의 횟수가 거의 열 번에 이르렀지만 유대웅은 단 한 번도 막을 수가 없었다.

열 번의 찌르기를 마친 태선 진인이 검을 거두며 물었다.

"알겠느냐?"

"……."

유대웅이 제대로 대답하지 못하자 태선 진인이 왼손을 가볍게 휘둘렀고, 한줄기 장력이 아름드리나무를 세차게 흔들었다.

가을도 아닌데 우수수 떨어지는 잎사귀들.

유대웅을 향해 힐끗 시선을 던진 태선 진인이 나뭇잎 사이로 검을 뻗었다. 조금 전 시범을 보였던 자세와 동일한 찌르기였다.

찌를 때와는 달리 천천히 검을 회수하는 태선 진인.

한데 검끝에 뭔가가 잔뜩 묻어 있었다.

그것이 흩날리던 나뭇잎이라는 것을 확인한 유대웅의 입이 쩍 벌어졌다.

그의 눈에 찌르기는 분명 한 번뿐이었다. 한데 검끝에 꿰뚫린 나뭇잎은 어림잡아도 스무 개는 돼 보였다.

"어, 어떻게……."

"그리 놀랄 것 없다. 네가 찌르기를 너무 단순하게만 생각하는 것 같아서 검끝에 살짝 변화를 줘봤을 뿐이니까."

유대웅은 태선 진인과 그의 손에 들린 검을 번갈아 바라보며 부르르 떨었다. 찌르기 한 번에 온몸이 관통되는 자신의 모습을 은연중 떠올린 것이다.

그 모습을 본 태선 진인이 빙그레 웃었다.

"이제 조금 이해를 한 것 같구나."

"아직은 잘 모르겠습니다. 하지만 어찌 노력해야 하는지는 알 것 같습니다."

"그럼 됐다."

태선 진인의 얼굴에 비로소 만족한 미소가 떠올랐다.

옆에서 조마조마한 심정으로 바라보던 청우도 안심한 얼굴이었다.

'후~ 사제의 성취가 제법 빠르네.'

덩치는 산만 했지만 여전히 어린 티를 벗지 못한 사제.

오늘따라 널따란 등판이 그렇게 믿음직스러울 수 없었다.

그날 이후, 뭔가를 느낀 유대웅은 더욱더 수련에 집중했다.

늘 하던 오전 수련이야 그렇다 쳐도 오후 수련에 임하는 자세부터 달라졌는데, 그는 청우가 걱정하며 말릴 정도로 혹독하게 자신을 몰아붙였다.

            *   *   *

"헉! 헉! 헉!"

이마를 타고 흐르는 굵은 땀방울, 턱밑까지 차오르는 거친 숨결을 연신 토해내는 유대웅의 얼굴은 지친 기색이 역력했다.

그의 앞, 명선 진인이 뒷짐을 지고 가만히 서 있었다.

"지친 게냐? 고작 일각 움직이고 그리 지쳐서야. 그동안 열심히 길렀다는 체력은 대체 어디로 갔을꼬?"

가볍게 던지는 명선 진인의 물음에 유대웅이 이를 꽉 깨물며 대꾸했다.

"아직 할 수 있습니다."

"그럼 오너라."

명선 진인이 손가락을 까딱거리며 유대웅을 도발했다.

"하압!"

큰 덩치에 어울리지 않는 날렵한 움직임, 힘찬 기합성과 함께 내지른 손이 명선 진인의 가슴을 노리며 쇄도했다.

무심히 그 손을 바라보던 명선 진인이 살짝 몸을 틀었다. 순간, 가슴을 노리던 손이 순식간에 십여 개로 늘어나며 뒤따랐다.

'제법이군.'

십이성 대성을 목전에 둔 유대웅의 난화수는 명선 진인도 인정할 만큼 대단했다.

허공에서 화려하게 꽃피는 유대웅의 수영(手影) 중 실초는 고작 셋에 불과했고 나머지는 모두 허초였지만 명선 진인은 이미 허실을 완벽하게 파악한 상태였다.

"쯧쯧, 이렇게 위력이 없어서야!"

혀를 찬 명선 진인이 먼지를 훑어내듯 손을 흔들었다. 그러자 그를 압박했던 허초가 신기루처럼 사라지고 유대웅이 온 힘을 쥐어짜 내 발출한 실초마저 허무하게 막혀 버렸다.

"어깨가 긴장으로 굳었고 너무 흔들리지 않느냐? 어깨는 그야말로 몸과 손의 연결점. 몸의 움직임에 따라 편안하고 부드럽게 이동해야 하는 것이다. 손의 움직임 또한 너무 무디구나."

명선 진인이 튕겨져 나간 유대웅의 손을 후려치며 말했다.

"출수(出手)를 할 때는 일말의 멈칫거림도 없이 단번에 나아가야 한다. 대신 그 움직임은 부드러워야 하고 목표에 격중할 때에는 강력해야 한다. 이 어설픈 발동작은 뭐란 말이냐?"

명선 진인이 뒤뚱거리며 물러나는 유대웅의 발등을 그대로 밟아버렸다.

"크윽!"

고통으로 일그러지며 비틀거리는 유대웅의 귓가로 명선 진인의 음성이 뒤따랐다.

"출수할 때 손과 발의 움직임은 하나가 되어야 한다. 발이 나아가는 곳이 곧 손이 이르는 곳이고 손과 발이 동시에 이르지 않으면 공격은 제대로 이루어지지 않은 것. 최상의 위력을 낼 수 없다. 공격력을 극대화하려면 손발이 동시에 이르러야 한다. 바로 이렇게."

어느새 유대웅의 코앞에 이른 명선 진인의 손끝이 유대웅의 뺨을 스치고 지나갔다.

살짝 건드리는 것 같았지만 유대웅의 몸이 그 손길을 따라 빙글 돌 정도로 위력적이었다.

"출수할 때에는 빠르고 날카롭게. 하나 손을 거두어들일 땐 지금의 너처럼 아무런 의미 없이 거두어들이다간 바로 역습을 당한다. 공격할 때의 기세를 쉽게 흩뜨리지 않고 머금으며 상대의 반격을 방비해야 한다. 그래야 비로소 공방이 엄밀하여 틈이 없게 되는 것이다."

그 말이 끝나기도 전 유대웅이 자리에 주저앉았다.

"참고로 보법에 조금 더 중점을 둬야겠구나. 보법은 몸을 이동시키고 공방의 바탕이 되는 것. 이동은 가볍고 영활하며 안정되어야 한다. 그야말로 태산이 우뚝 선 듯 흔들림이 없어야 한다는 말이다. 그렇다고 정체되고 강경하여 융통성이 없어도 안 된다. 보법이 안정되지 않으면 상체 동작을 견고하게 지탱해 주지 못하여 동작이 정교하지 못함은 물론이고 힘이 부실하게 된다. 아울러 몸의 중심마저 흔들리게 되어 수법이 어지럽게 된다. 이해가 되느냐?"

"……."

죽을힘을 다해 한 공격이 너무 쉽게 막히고 오히려 역공을 당한 터라 정신이 하나도 없었던 유대웅은 명선 진인의 말을 제대로 이해하지 못했다.

명선 진인이 당연하다는 듯 고개를 끄덕였다.

"하긴, 말로 해선 한계가 있는 법이지. 몸으로 직접 부딪쳐 배우다 보면 저절로 체득하게 될 것이다."

"예, 사숙."

언제 지친 모습을 보였냐는 듯 벌떡 일어난 유대웅이 꾸벅 고개를 숙였다.

'허허, 이것 참. 그렇게 당하고서도. 아무튼 몸뚱이 하나는 정말 단단하군.'

명선 진인의 입가에 부드러운 미소가 지어졌다.

第八章
수련(修練) 2

巫山三峡

　때아닌 폭설에 연화봉은 물론이고 세상천지가 하얗게 물들었다. 짙은 구름을 뚫고 오랜만에 얼굴을 내비친 햇살에 드러난 연화봉과 화산의 절경은 그야말로 한 폭의 그림과도 같았다.

　눈으로 뒤덮인 연화봉 정상.

　언제부터인지 주변의 아름다운 풍경과는 전혀 다른 살벌한 광경이 펼쳐지고 있었다.

　"놈, 제법 애쓰는가 싶더니만 이제 한계가 온 것이더냐?"

　고선 진인의 조롱에 허리를 꺾고 거친 숨을 할딱이던 유대웅이 몸을 바로 세웠다. 관자놀이에 굵은 핏줄이 튀어나왔다.

"설마요. 이제 겨우 몸을 풀었을 뿐입니다."

유대웅이 팔을 빙빙 돌리며 말했다.

화산에 오른 지 어느새 삼 년하고도 사 개월. 열아홉의 청년으로 자란 유대웅은 그야말로 당당한 체구를 지니고 있었다.

키는 거의 구 척에 이르렀고 아름드리나무처럼 단단한 두 다리와 울퉁불퉁한 근육이 솟아 있는 두 팔, 구릿빛으로 번들거리는 피부는 강철 같은 단단함을 자랑했다. 천하라도 품을 듯한 넓은 가슴과 군살 하나 없이 꿈틀거리는 아랫배의 근육은 그가 그동안 얼마나 치열하게 몸을 가꿔왔는지를 보여주고 있었다.

"그놈의 자신감은! 좋다. 몸이 풀렸다니 어디 제대로 한번 덤벼보거라."

고선 진인이 검끝을 까딱이며 유대웅을 도발했다.

"후회하실 겁니다. 타앗!"

힘찬 기합성과 함께 유대웅이 정면으로 검을 찔러갔다.

비록 일검에 불과했지만 어느 순간 검끝이 기묘하게 흔들리는가 싶더니 순식간에 고선 진인이 피할 수 있는 모든 방위를 점하였다.

'풍기매화(風起梅花)? 제대로군.'

자신을 압박하는 유대웅의 공격이 매화십이검 중 제이초 풍기매화임을 알아본 고선 진인의 눈매가 서늘해졌다.

유대웅이 매화십이검을 익혔다는 것은 익히 알고 있었지만 설마하니 이토록 능숙하게 펼칠 수준까지 도달해 있으리라곤 미처 생각하지 못한 것이다.

그러다 보니 반응이 느렸다.

섬전처럼 쏘아오는 검을 피하기 위해 고선 진인은 어쩔 수 없이 뒷걸음질을 쳐야 했다. 지금껏 수많은 비무를 해왔어도 단 한 번도 물러선 적이 없던 그로선 나름 치욕이라 할 수 있었다.

최초 반응이 늦기는 했지만 이후의 동작은 고선 진인이 어째서 태선 진인에 버금가는 고수인지를 보여주었다. 슬쩍 발을 뺀 것 같은데 그의 신형은 이미 삼 장이나 물러선 상태였다.

그야말로 절정의 암향표.

예상은 했지만 그래도 혼신의 힘을 다해 뻗은 검이 너무도 쉽게 목표를 잃자 이를 꽉 깨문 유대웅이 번개처럼 발을 움직였다.

일거에 팔방을 점하고, 무려 서른여섯 번이나 몸을 틀고, 방향을 바꾸며 고선 진인을 쫓은 유대웅의 검이 다시금 대기를 갈랐다.

쐐애액!

날카로운 파공성과 함께 고선 진인의 아랫배를 향해 쇄도하는 초천검.

유대웅의 입가에 미소가 흘렀다.

우연이든 실력이든 연화봉 봉우리의 끝자락까지 몰린 지금 고선 진인은 피할 곳이 없었다.

뒤는 끝도 보이지 않는 절벽이었다.

바로 그때, 나직이 숨을 내뱉은 고선 진인의 검이 움직였다.

부드럽게 회전하며 날아드는 검.

그의 검은 유대웅의 검처럼 빠르지도, 현란한 변화도, 파괴적인 힘도 지니지 않은 것 같았다.

처음엔 그렇게 보였다.

하지만 검이 움직였다 싶은 순간 자신의 검세를 간단히 뚫어버리고, 아니, 뚫는 정도가 아니라 완벽하게 분쇄하면서 짓쳐드는 기운에 유대웅이 할 수 있는 것은 죽을힘을 다해 검을 회수하고 구르듯 몸을 숙여 물러나는 길뿐이었다.

"흥."

콧방귀 소리와 함께 고선 진인의 검이 유대웅의 뒤를 쫓았다.

자신을 난처한 지경까지 몰아붙인 유대웅을 쉽사리 용서하고 싶은 마음은 애당초 없었다.

"크윽!"

어깻죽지에 전해지는 화끈한 고통에 유대웅의 입에서 신음이 터져 나왔다. 필사적으로 피했음에도 왼쪽 어깨에 결국

일검을 허용한 것이었다.

"어떠냐? 이제 그만 포기를 하는 것이?"

고선 진인이 피가 뚝뚝 떨어지는 유대웅의 어깨를 보며 말했다.

고선 진인은 다소 과하게 손을 썼다 여기며 조금은 미안해하는 표정을 지었다.

"어림없습니다."

옷을 찢어 간단히 지혈을 한 유대웅이 검을 고쳐 잡으며 말했다.

고선 진인이 지금껏 보지 못한 기수식에 의아해할 때 유대웅의 전신에서 폭발할 듯한 기운이 터져 나오기 시작했다.

검이라 불리기도 어색한 초천검을 사선으로 비껴 들고 고선 진인을 노려보는 유대웅.

급히 지혈한 어깨에서 다시금 피가 흐르고 전체적인 모양새가 금방이라도 패배를 앞둔 사람처럼 보였지만 그런 유대웅을 바라보는 고선 진인의 표정은 전에 없이 심각했다.

'지금껏 본 적이 없는 자세다. 게다가 저런 기운이라니.'

그 순간, 머릿속에 오직 하나의 무공이 떠올랐다.

패왕칠검!

유대웅이 지닌 무공 중 그가 겪어보지 못한 무공은 오직 그것뿐이었다.

'재밌군.'

화산은 물론이고 무림에서도 알아주는 무공광 고선 진인.

무려 천오백 년의 시공을 뛰어넘어 패왕의 무공을 접하게 된다는 사실에 그의 전신이 뜨겁게 달아올랐다.

휘류류륭!

연화봉 정상에 난데없는 회오리가 몰아쳤다.

회오리를 따라 주변에 쌓였던 눈이 사방으로 비산할 때, 눈발을 뚫고 초천검이 날아들었다.

대낮임에도 시퍼런 검광이 번뜩였다.

고선 진인의 검이 초천검을, 초천검이 일으킨 검광을 마중하기 위해 움직였다.

찰나지간에 유대웅과 고선 진인의 검이 스무 합을 겨루고 떨어졌다.

꽈꽈꽈꽝!

격렬한 충돌음이 우레처럼 쏟아졌지만 대체 언제, 어떤 식으로 부딪치는 것인지 분간할 수가 없었다.

오직 스치기만 해도 목숨이 위태로울 것 같은 검광만이 연화봉을 화려하게 수놓을 뿐이었다.

한데 어느 순간 눈이 부시도록 아름답게 허공을 수놓던 검광이, 때로는 부드럽게 흩날리던 꽃잎처럼, 때로는 노도처럼 휘몰아치던 빛이 거짓말처럼 사라졌다.

검광이 사라지자 비로소 두 사람의 모습이 드러났다.

그들은 검을 마주한 채 서로의 눈을 마주 보고 있었다.

그토록 격렬하게 충돌했음에도 별다른 변화는 없었다.

"패왕칠검이더냐?"

"……."

유대웅은 입을 다물고 있었다.

"초식의 이름은 무엇이더냐?"

이번에도 대답은 없었다.

그제야 뭔가 이상함을 느낀 고선 진인이 놀란 눈으로 유대웅을 살필 즈음 뒤쪽에서 대답이 들려왔다.

"이미 혼절한 녀석에게 물어서 뭣하나. 방금 전 초식은 운룡번천(雲龍翻天)이라고 하네."

고선 진인이 놀라 몸을 홱 돌렸다. 언제부터인지 태선 진인이 상당히 상기된 얼굴로 그들을 바라보고 있었다.

"사형."

"설마했지만 이런 위력이라니. 대단하군."

"그러게요. 이렇게 몰릴 줄은 상상도 못했습니다. 패왕칠검은 대체 언제 가르친 것입니까?"

"가르친 적 없네. 비급을 보고 제놈이 스스로 연습한 것이지."

태선 진인은 원래의 주인에게 돌려준다는 생각에 비급을 유대웅에게 준 것이지만 지금은 괜한 짓을 한 것은 아닌지 걱정하고 있었다.

"그나저나 대단한 녀석입니다. 혼절까지 하면서 덤빌 줄이야.”

고선 진인이 질렸다는 표정으로 고개를 흔들었다.

“나원, 그 와중에 검도 놓치지 않는군요. 아무튼 자하검법을 사용하게 될 줄은 몰랐습니다.”

“급해 보이긴 하더군. 그래도 다행일세. 이 녀석의 내력이 조금만 더 받쳐 줬거나 사제가 다른 검법을 사용했다면 단순히 혼절로 끝나지는 않았을 게야.”

“앞으로라도 망신을 당하지 않으려면 정신 바싹 차려야 할 것 같습니다. 사제와 청우에게도 경고를 해야겠고요.”

묵묵히 고개를 끄덕인 태선 진인이 여전히 혼절한 채 서 있는 유대웅을 가만히 안아 들었다.

자신보다 월등히 강한 상대와 싸우면서도 결코 밀리지 않는 기백에 정신을 잃을 때까지 검을 놓지 않는 투지. 그 누구도 따라올 수 없을 정도로 강한 승부욕이 한편으론 걱정되면서도 참으로 대견했다.

“그것이 너를 더욱 성장케 하는 자양분이 되겠지만 역으로 집착으로 변했을 땐 오히려 독이 되는 법. 경계, 또 경계를 해야 할 게다.”

제자의 앞날을 걱정하는 사부의 고언(苦言)이 따뜻한 햇살과 함께 유대웅의 몸을 포근히 감싸주었다.

“아야야! 좀 살살 해요.”

"시끄러. 그러게 적당히 좀 하지. 또 악착같이 버텼지?"

유대웅이 엄살을 부리는 것이 아님을 알지만 찢어진 상처를 소독하고 약을 바르는 청우의 손길은 거칠기만 했다.

"버티긴요, 이번에 공격을 주도한 것은 사숙이 아니라 바로 저라고요."

"그래? 그런데 결과는 사부님께 업혀서 오는 거야?"

"호호호."

"웃지 말고 얘기해 봐. 대체 어떻게 된 건데?"

청우가 평소와는 다르게 언성을 높이자 유대웅이 슬그머니 그의 곁으로 다가갔다.

"화났어요? 너무 그러지 마요. 늘 그렇듯 난 그저 지닌 실력을 모조리 발휘하면서 싸웠고 사숙은 그에 대응을 해주신 거니까."

"실력을 모조리 발휘했다고? 서, 설마 패왕칠검까지 사용한 거야?"

유대웅이 최근 들어 패왕칠검을 조금씩 익히고 있다는 것을 기억한 청우가 기겁을 하며 놀랐다.

"대충은요. 그런데 잘 안 되더라고요. 매화십이검과 연계해서 사용했는데 아직은 많이 부족해요. 처음엔 조금 통하는 것 같던데 사숙께서 진지해지시니까 숨도 못 쉬겠더라고요. 그리고 사부께서 경고하신 대로 패왕칠검은 정말 무지막지하게 내력이 소모되던데요. 조금 지치기도 했지만 제대로 펼쳐 보지도 못하고 내력이 부족해 끝나고 말았어요.”

“정말? 사제가 쌓은 내력도 적은 것은 아닌데.”

청우가 놀랍다는 듯 말했다.

“그 정도로는 어림도 없던데요. 패왕칠검을 제대로 사용하기엔 제가 지닌 내력이 너무도 부족해요.”

“지금처럼 열심히 수련하다 보면 그거야 시간이 알아서 해결해 주겠지. 조화신공도 있잖아.”

청우는 최근에 유대웅이 익히고 있는 내공심법을 언급했다.

다른 패왕의 무공처럼 이름없이 발견되어 유대웅이 직접 이름을 붙인 조화신공은 자하신공 이상의 양강지공으로 유난히 양기가 발달한 유대웅에게 상당한 도움을 주고 있었다.

“열심히 해야지요. 그래도 당분간은 객기를 부리지 말아야겠어요. 사숙께서 마지막에 저를 몰아치던 수법은 정말 무섭더라고요. 검끝에서 자광이 뻗어 나와 제가 일으킨 검세를 모조리 박살 내버리는데 이건 뭐.”

유대웅이 고개를 절레절레 흔들며 말했다.

“자… 광이라고?”

청우가 벌어진 입을 다물지 못하고 물었다.

“예, 틀림없이 자광이었어요.”

‘자광이라면 사숙께서 설마하니 자하검법을 사용하셨단 말이야? 그것도 사제한테? 대체 어떤 식으로 공격을 펼쳤기

에 자하검법까지 사용하셨단 말인가.'

자하검법은 그야말로 화산파 검법의 최고봉으로 온 무림을 통틀어 능히 다섯 손가락 안에 들 정도로 뛰어난 검법이었다. 한데 그런 자하검법을 유대웅에게 사용했다니 도저히 믿기 힘든 일이었다.

"아무튼 이제 그만 나가줘요. 약도 발랐으니 몸 좀 추슬러야겠어요. 강철 체력을 자랑하는 저지만 이런 몸으로 내일 빙검(氷劍) 영감님과 붙으면 일각도 버티지 못해요."

"빙검 어르신?"

"예. 무슨 일이 있어도 꼭 오라고 한 걸 보면 뭔가 새로운 것을 보여줄 모양이에요. 흐흐, 이런 좋은 기회를 놓칠 수는 없지요."

유대웅이 조금은 들뜬 표정으로 말했다.

"그래도 무리라고 보는데. 다른 곳은 그렇다 쳐도 검에 베인 어깨는 최소한 며칠은 사용하지 않고 두는 게 좋을 것 같아."

"상관없어요. 성하면 성한 대로, 다치면 다친 대로 부딪쳐 보고 깨져 보는 것이 지난 삼 년 동안 이어진 수련이었잖아요."

사실이 그랬다.

매화삼십육검을 비롯하여 각종 무공을 배운 뒤 유대웅은 평소 열 마디, 백 마디의 말보다, 그리고 단순히 머릿속에서

만 떠다니는 이론보다는 몸으로 직접 겪으며 터득하는 것이 훨씬 빠른 성취를 보인다고 여기는 태선 진인의 확고한 지론 덕에 매일같이 비무를 벌여야 했다.

고선 진인과 명선 진인은 물론이고 청우까지 동원된 비무는 유대웅의 실력을 짧은 시간 내에 엄청나게 성장시켰는데, 이는 그가 해온 비무가 단순히 실력을 겨루어보는 것이 아니라 목숨을 건 실전과도 같은 치열함이 살아 있는 비무였기에 가능한 것이었다.

매일같이 이어지는 수련, 손속에 인정이라곤 눈곱만큼도 두지 않는 태선 진인과 고선 진인 덕에 유대웅의 몸엔 타박상이 가실 날이 없었고 심지어 심한 때에는 사나흘을 족히 누워 있어야 할 큰 부상도 당했다.

하나, 그런 엄청난 부상에도 유대웅의 비무는 단 하루도 멈추지 않았으니 손발을 움직일 수 없으면 논검(論劍)을 해서라도 전날의 가르침과 새로운 깨달음을 확실히 자신의 것으로 만들어 나갔다.

그뿐만이 아니었다.

태선 진인은 유대웅이 우물 안 개구리가 되는 것을 싫어했다. 현재 그와 비무를 하는 사람들은 모두 화산파의 사람들로 아무리 다양한 무공을 동원하여 비무를 펼친다 하더라도 그 뿌리는 화산파의 무공이고, 더 나아가 정종무공이었다.

이에 특단의 조치를 내리니 화산에 머무르나 화산파의 제자가 아닌 이들에게 유대웅과의 비무를 부탁한 것이었다.

그들 중엔 정파에 속한 사람들도 있었고 사파도 있었으며, 마도에 속한 이들도 있었다.

각기 출신이 달랐고 그 인원도 몇 되지는 않았지만 그들에 겐 한 가지 공통점이 있었다.

무림을 떠나 조용히 은거하며 자신의 삶을 참회하고 마음 의 평온을 얻기 위해 심신 수련에 애쓴다는 것.

비록 무림을 떠났지만 과거에 뛰어난 실력을 지녔던 은둔 자들은 무공에 대한 자부심이 누구보다 강한 이들이었다. 게 다가 거칠게 다뤄달라는 태선 진인의 특별한 전언까지 받은 지라 그들과 비무를 벌인 유대웅은 비참하다 싶을 정도로 철 저하게 짓밟혔다.

하나 그들과의 비무는 다소 정체되어 있던 유대웅에게 또 다른 도약의 발판이 되었으니, 그렇게 이 년 반이 지나고 화 산삼선은 물론이고 정, 사, 마의 고수들과 매일같이 피 튀기 는 격전을 벌인 유대웅의 실력은 경악을 금치 못할 정도로 성 장했다. 그 짧은 시간에 태선 진인이 그에게 전수한 화산파의 각종 무공을 자신의 것으로 거의 완벽하게 흡수한 것이었다.

장가계에서부터 접했던 난화수와 난화보는 십이성 대성을 이뤘고 암향표와 오행매화보는 구성을, 익히기가 꽤나 까다 롭다는 쾌섬지 역시 팔성을 넘어섰다.

화산을 대표하는 매화삼십육검의 수준도 이미 일대제자에

버금갔으니 그것을 바탕으로 새롭게 창안된 매화십이검까지 생각한다면 일대제자 중 순수 실력만으로 유대웅을 제압할 수 있는 사람 수는 다섯 손가락이 채 되지 않았다.

아울러 내력 또한 하루가 다르게 늘어갔다. 매일같이 이어지는 수련과 비무 덕에 유대웅의 몸은 그야말로 극한까지 몰리게 되었는데 자연적으로 그의 몸에 내재되어 있던 힘이 발휘가 되었다.

유대웅이 미처 흡수되지 못하고 단전에 남아 있던 자소단의 기운을 완벽하게 취한 것은 이미 일 년 전의 일이었고, 지금은 조화신공을 이용하여 장가계의 명당에서 움막을 짓고 살면서 알게 모르게 흡수한 엄청난 양강지력마저 자신의 것으로 만들고 있는 중이었다.

이 모든 것을 가능하게 한 것에는 보는 이로 하여금 고개를 설레설레 흔들게 만들 정도로 집요하고 끈질긴, 뼈를 깎는다는 표현으로도 부족한 유대웅의 노력에 화산삼선과 청우의 열과 성을 다한 지도, 그리고 그와 끊임없이 비무를 벌여준 여러 은둔자들의 배려 덕이라 할 수 있었다.

'지독해. 정말 지독해.'

청우는 어느새 가부좌를 틀고 앉은 유대웅을 보며 혀를 내둘렀다.

"하, 이러다 정말 괴물이 탄생하는 것은 아닌가 몰라."

지금까지 보여준 유대웅의 엄청난 성장 속도를 감안해 보건대 청우의 말은 이미 현실로 다가와 있었다.

*　　　*　　　*

새벽부터 내린 빗줄기가 이슬비로 변할 무렵, 무념동(無念洞)을 홀로 지키고 있는 한 노인이 감았던 눈을 천천히 떴다.

동굴의 어둠과 너무도 자연스럽게 동화된 노인은 대략 칠팔십 정도의 나이에 다소 날카로운 인상을 지녔다.

옷은 깨끗했지만 오랫동안 입어서 그런지 누더기나 다름없었고 앙상하게 마른 팔과 다리, 피부는 나무 거죽처럼 말라 비틀어져 있었다.

당장 쓰러져 세상을 뜬다 해도 수긍할 정도로 병약한 모습이었지만 그가 바로 삼십 년 전 하북무림을 초토화시킨 빙검 나곤(羅滾)임을 안다면 감히 경시하는 마음을 품지 못할 터.

유대웅이 그동안 비무를 벌인 은둔자들 중 가장 강한 무공을 지닌 상대이기도 했다.

"올 때가 다 되었군."

빙검의 입가에 기분 좋은 미소가 맴돌았다.

"그러고 보니 벌써 이 년이 흘렀군."

유난히 햇빛이 따갑던 어느 날, 검선의 제자를 자처하는 녀석이 제 몸만큼이나 무식한 검 한 자루를 들고 무념동을 찾았다.

　처음엔 귀찮을 뿐이었으나 지금 생각해 보면 그것은 평생을 고독 속에서 보낸 그에게 처음이자 마지막으로 하늘이 준 선물과 다름없었다.

　"천둥벌거숭이 같은 녀석."

　쥐뿔 실력도 없으면서 자신감 하나는 하늘을 찌르는 유대웅의 모습을 떠올리자 절로 웃음이 나왔다.

　"뭐, 그만한 나이에 그 정도 실력을 지닌 녀석을 찾는 것도 쉽지는 않으니."

　지난 이 년, 유대웅이 얼마나 성장을 했는지는 누구보다 그가 잘 알고 있었다. 그 역시 유대웅의 성장에 일조한 사람 중 한 명이었으니까.

　"이제는 그 또한 마지막인가."

　씁쓸하게 웃은 빙검이 낡은 서랍장에서 몇 가지 물품을 꺼내 탁자에 올렸다.

　그중 눈에 띄는 것은 아무런 제목도 적혀 있지 않은 한 권의 책자였다.

　잠시 갈등의 빛을 보이던 빙검은 손에서 삼매진화를 일으켜 지금의 그가 있도록 만들어준 무공비급을 한 줌 재로 만들어 버렸다.

　"이제 남은 일은 하나뿐."

　조용히 읊조리는 빙검의 표정은 어딘지 모르게 쓸쓸했다.

　고선 진인과의 비무로 인한 부상의 여파로 온몸을 붕대로 도배하다시피 한 유대웅이 다소 힘겨운 걸음으로 무념동에 도착했다.

"왔느냐?"

동굴에 도착하기 무섭게 착 가라앉은 음성이 들려왔다.

"예."

"조금 늦었구나."

"비가 많이 와서요."

유대웅이 허리를 잔뜩 굽힌 채 옷에 묻은 물기를 털며 말했다.

동굴은 그야말로 한 사람이 머물기 적당한 크기로 깊이는 일 장, 좌우 폭은 다섯 자 정도에 불과했다.

높이도 얼마 되지 않아 서서 들어가는 것은 고사하고 무릎만 꿇어도 머리가 천장에 닿을 정도였다.

"노부가 나가마. 굳이 들어올 필요 없다."

"예? 예."

막 동굴 안으로 들어가려던 유대웅은 빙검의 말을 듣고는 엉거주춤한 자세로 몸을 뒤로 뺐다.

"부상을 입었구나."

빙검이 유대웅의 어깨 위로 드러난 붕대를 보고 미간을 찌푸렸다.

"일상인데요 뭐. 그나저나 영감님은 괜찮아요? 안색이 영

안 좋아 보이네요."

"괜찮다. 갈 때가 되면 다 이런 게다."

빙검이 씁쓸하게 대꾸했다.

"설마요. 닷새 전에 제게 염라대왕을 면담하게 만든 사람
이 누군데요."

"싱거운 소리 하지 말고. 자, 시작하자꾸나. 검을 들어라."

"벌써요?"

유대웅은 빙검이 평소보다 상당히 서두른다는 느낌을 받
았지만 굳이 의문을 품지는 않았다.

빙검이 애검 설풍(雪風)을 꺼내 들었다.

이름 그대로 새하얀 검신에서 차가운 한기가 뿜어져 나왔
다.

'역시. 이 몸으로 과연 얼마나 버틸까나.'

유대웅은 빙검의 몸에서 흘러나오는 기세에 오금이 저렸
다. 그럼에도 불구하고 피는 뜨겁게 달아오르는 것이 그렇게
흥분될 수가 없었다.

하지만 기분은 기분이고 현실은 현실이었다.

막상 빙검의 공격이 시작되자 유대웅은 뒤로 물러나기 바
빴고 잠시도 쉴 틈 없이 밀어닥치는 빙검의 공격에 반격은 엄
두도 내지 못했다.

핏핏.

날카로운 소성이 들릴 때면 유대웅의 몸에서 어김없이 피

가 솟구쳤다.

　누가 보면 단순한 비무가 아니라 생사투를 벌인다고 해도 이해될 만한 광경이었지만 허구한 날 이런 식의 비무를 겪어 온 유대웅에겐 너무도 익숙한 일이었다.

　춤을 추듯 한없이 유연하고 부드러우면서도 더없이 싸늘하고 날카로운 검세는 주변을 초토화시키며 유대웅을 압박했다.

　'미치겠네.'

　반 시진이 넘는 시간 동안 죽을힘을 다해 검을 휘두르고 몸을 틀고, 심지어 땅바닥을 굴러도 보았지만 반격은 여전히 요원한 일이었다.

　"방금 전 펼친 것이 매화삼십육검이더냐? 그렇게 비무를 했으면서도 아직도 머릿속에 기억된 검로를 찾아 움직이는구나. 검은 단순히 머리가 아니라 본능으로 익히는……."

　빙검은 몇 마디 훈계를 하려다 입을 다물었다.

　아직 부족한 것이 많았고 배워야 할 것이 많은 유대웅이지만 따지고 보면 유대웅의 실력이나 성장 속도는 실로 엄청난 것이었다. 게다가 그의 사부가 누구던가. 현 무림에서 가장 강하다는 무림십강 중에서도 첫손에 꼽히는 검선이었다. 자신이 굳이 충고를 하지 않더라도 단점은 곧 보완될 터였다.

　바로 그때였다.

　빙검의 손속이 잠시 완만해진 틈을 타 유대웅이 마침내 반격의 실마리를 잡았다.

"타핫!"

초천검의 거대한 검신이 강맹한 힘으로 대기를 갈랐다.

검이 도착하기도 전 싸늘한 기운이 빙검을 노렸다.

빙검이 뒷걸음질치며 검을 흔들었다.

유대웅의 공세가 강렬했지만 빙검은 여유가 있었다.

기묘하게 흔들린 검이 유대웅의 공격을, 현란하게 변화하는 초천검의 움직임을 완벽하게 틀어막을 터이니.

그의 예측은 너무도 쉽게 빗나가 버렸다.

초천검이 빙검이 펼친 방어막을 기어이 뚫어내며 쇄도했다.

빙검이 다급히 검을 틀어 몸을 보호하려 했으나 그의 볼에 한줄기 상흔이 만들어지는 것을 막지는 못했다.

"제법."

볼을 타고 흘러내리는 피.

점점이 떨어져 바닥을 적시는 피를 무심한 표정으로 닦아냈지만 지금 빙검은 소스라치게 놀라고 있었다. 아무리 방심을 했다 하더라도 설마하니 설풍을 튕겨내며 부상을 입힐 줄은 생각도 못한 것이다.

한순간에 방어막을 뚫어내고 짓쳐든 유대웅의 검은 상상도 할 수 없을 정도로 빠른 속도를 보여주었다. 거기에 지금껏 보지 못한 패도적인 힘까지 갖추었다.

자신의 반응이 조금만 늦었어도 그대로 목숨을 잃을 뻔한 위기였다. 어쩌면 비무였기에 유대웅이 손속에 인정을 둔 것인지도 몰랐다. 그래서 가벼운 부상에 그친 것일지도.

"매화십이검하고는 조금 다르구나? 아니, 화산파의 무공하고 어딘지 모르게 달라."

빙검은 자신의 생각이 틀림없다고 확신했다.

공격을 성공시키고 힘겹게 호흡을 가다듬고 있던 유대웅이 살짝 머뭇거리자 빙검이 손을 흔들었다.

"되었다. 굳이 알 필요는 없겠지. 하지만 놀랍구나, 이 정도로 패도적인 검법이라니. 아직 완성된 것은 아닌 듯 보이는데. 맞느냐?"

"예, 아직 많이 부족합니다."

"그래 보이는구나."

빙검은 유대웅의 입을 타고 흐르는 핏물을 보곤 검을 거뒀다.

"아직 끝나지……."

"방금 전과 같은 공격을 펼칠 수 있겠느냐?"

잠시 멈칫한 유대웅이 힘없이 고개를 흔들었다.

"후~ 솔직히 불가능할 것 같은데요."

"그럼 어차피 의미는 없다. 따라오너라."

동굴로 들어가는 빙검의 뒷모습을 보며 유대웅은 나지막이 한숨을 내쉬었다.

'아직은 확실히 무리네. 억지로나마 성공한 것으로 위안을 삼아야 하나. 젠장!'

유대웅은 고선 진인과 버금가는 무위를 지닌 빙검에게 패왕의 무공이 통했다는 것에 자위하며 동굴로 걸음을 옮겼다.

큰 덩치의 유대웅이 동굴에 들어서자 그렇잖아도 좁아터진 동굴이 숨 쉴 틈도 없이 꽉 차버렸다.

"운기조식을 하거라. 아무리 가벼운 내상이라도 우습게 보다간 큰 후유증이 남는 법이다."

"여기서요?"

"왜? 내가 해코지라도 할 듯싶으냐?"

"그게 아니라요."

"그게 아니면 어서 운기를 하거라. 가뜩이나 좁은 곳에서 시간 끌지 말고."

"예."

가부좌를 틀고 앉은 유대웅은 건청기공을 운기하기 시작했다.

화산파의 귀원신공과 근자에 익힌 조화신공은 더없이 훌륭한 내공심법이었지만 적지 않은 내상을 당한 지금은 몸의 안정과 조화를 최우선으로 하는 건청기공만큼 적당한 심법은 없었다.

유대웅의 눈이 지그시 감기고 얼마간, 일주천이 끝나자 창백했던 안색에 혈색이 돌았다.

유대웅은 멈추지 않고 계속해서 운기를 했다.

바로 그때였다.

가만히 유대웅을 살펴보던 빙검이 그의 뒤로 돌아가 앉았다. 그리곤 유대웅의 명문혈에 장심을 갖다 댔다.

유대웅의 몸이 흔들리는 것을 본 빙검이 재빨리 전음을 보냈다.

[거부하지 말거라.]

명문혈을 통해 빙검의 엄청난 진기가 유대웅의 몸으로 쏟아져 들어가기 시작했다.

어느 순간 빙검은 유대웅이 자신의 진원지기를 거부하는 것을 느꼈다.

[거부하기엔 이미 늦었다. 자칫하면 너와 나 모두 목숨을 잃는다.]

유대웅의 의지가 꺾이지 않는 듯하자 빙검의 음성이 처연하게 변했다.

[나는 천수를 다한 몸이야. 네가 노부의 진기를 거부하든 받아들이든 노부의 숨이 끊어지는 것은 변하지 않는다. 어차피 죽으면 모두 무(無)로 돌아갈 것이야. 노부는 그저 너와의 인연이 기꺼웠고 즐거웠기에 그 보답을 해주고 싶은 것뿐이다.]

유대웅의 몸이 살짝 떨리는 것을 느끼며 빙검의 전음은 이어졌다.

[그래도 부담이 된다면 언젠가 네가 화산을 떠나 무림을 주유할 때, 여유가 있거든 노부의 지난날을 조금 살펴주었으면 한다. 물론 그것을 위해 너에게 진원지기를 주려고 하는 것은 아니다만.]

그럼에도 명문혈에서 반탄력이 느껴지자 빙검이 노호성을 터뜨렸다.

[멍청한 녀석! 노부는 이미 천수를 다했다고 말했거늘! 좋다. 거부하려거든 거부를 하거라. 너의 의지와는 상관없이 노부는 진원지기를 네게 줄 터이니.]

빙검은 유대웅의 반응에 상관없이 혼신의 힘을 다해 진기를 불어넣었다.

빙검의 굳은 의지를 느낀 것인지 아니면 거부를 해도 소용이 없다고 판단한 것인지 유대웅은 빙검의 진원지기를 거부하지 않았고, 이후 빙검의 진원지기는 유대웅의 몸으로 숨 가쁘게 빨려 들어갔다.

시작은 그런대로 무난했다.

명문혈을 통해 흡수된 빙검의 진원지기는 유대웅의 내부에서 무섭게 세력을 확장했다.

문제는 지금 유대웅의 몸으로 흡수되고 있는 빙검의 진원지기가 엄청난 음기를 띠고 있다는 것인데, 그가 익힌 무공이 한음진결(寒陰眞訣)임을 감안하면 이는 당연한 일이었다.

얼마 시간이 지나지 않아 전신의 혈맥이 부풀어 오르며 비교적 평온했던 유대웅의 얼굴이 고통으로 일그러지기 시작했다.

빙검은 유대웅의 고통에 아랑곳없이 명문혈을 통해 주입시킨 진원지기를 단전에 집중시켰다. 그러자 단전에 자리 잡고 있던 엄청난 양기가 이에 대항하기 위해 움직이기 시작했다.

꽝!

유대웅의 단전에서 음기와 양기의 첫 번째 충돌이 일어났다.

[정신 차려라! 여기서 정신을 잃으면 모든 것이 끝장이다. 건청기공의 힘을 믿고 아무리 힘들어도 끝까지 버텨야 한다.]

내부를 산산조각 내버릴 듯한 충격에 거의 혼절할 뻔했던 유대웅은 빙검의 다급한 전음에 겨우 정신을 수습했다. 그리곤 지난날 빙살음혈기의 저주에서 살아남기 위해 발버둥 쳤을 때처럼 필사적으로 건청기공을 운기했다.

유대웅이 미친 듯이 충돌하는 양기와 음기를 제어하기 위해 본격적으로 애쓰기 시작하자 비로소 손을 뗀 빙검이 마음을 졸이며 유대웅이 운기하는 모습을 지켜보았다.

거의 모든 진원지기를 유대웅에게 전해준 빙검은 그렇잖아도 초라해 보였던 외양이 초라하다 못해 산송장이라 해도 무방할 만큼 형편없이 쪼그라들었다.

운기에 열중인 유대웅을 한참 동안이나 응시하던 빙검이

몇 마디 글을 적어 책상 위에 놓더니 천천히 자리에서 일어났다.

급격한 진원지기의 소모로 기운이 없는 것인지 잠시 몸을 휘청거린 그는 애검 설풍의 도움을 받아 동굴 밖으로 힘겹게 한 걸음 한 걸음을 내디뎠다.

빙검이 무념동에서 나가는 사이 유대웅은 몸 안 곳곳에서 치열하게 싸우는 양기와 음기를 조화시키기 위해 죽을힘을 다하고 있었다.

현재 유대웅의 내기는 그가 익힌 무공의 특성과 움막에서 얻은 양기로 인해 한쪽으로 상당히 치우쳐 있기는 했지만 그래도 음양의 조화를 깨뜨릴 정도는 아니었다.

하지만 빙검이 평생을 바쳐 이룩한 진원지기는 음양의 조화를 깨뜨리는 것은 물론이고 양강지공에 특화되어 있는 유대웅의 몸을 망가뜨려 주화입마에 들게 만들 정도로 엄청난 음기를 지니고 있었다. 게다가 움막에서 흡수한 양기와 건청기공에 눌려 거의 숨도 쉬지 못하고 있던 빙살음혈기가 때마침 밀려들어 온 음기와 하나가 되어 날뛰기 시작하니 그 위세는 실로 대단하다고 할 수 있었다.

덕분에 죽어나는 것은 유대웅이었다.

기경팔맥은 물론이고 전신에 퍼져 있는 세맥에 이르기까지 충돌을 하지 않는 곳이 없었다.

유대웅이 아무리 애를 써서 진정시키려고 해도 양쪽으로

나누어져 대치하는 두 기운은 좀처럼 진정하지 못하고 몇 번이고 큰 충돌을 일으키며 유대웅의 목숨을 위협했다.

두 기운이 지나가는 모든 혈맥은 당장에라도 터질 듯 부풀어 올랐고 온몸의 피부는 벌겋게 달아올랐다.

그렇게 얼마의 시간이 흘렀을까?

몇 번의 죽을 고비를 넘기고 인내력의 극한에까지 몰리면서도, 이제 그만 포기하고 편해지라고 하는 악마의 속삭임을 견뎌내며 건청기공을 운기한 유대웅의 노력이 마침내 빛을 보기 시작했다.

그토록 팽팽하게 밀고 당기던 힘의 균형에 조금씩 균열이 가기 시작했다. 아니, 정확하게 말하자면 어느 한쪽의 기운이 밀리거나 소멸되는 것이 아니라 서로의 지분을 조금씩 양보하면서 조화와 균형을 이루기 시작한 것이었다.

그것은 저 멀리 미세한 어느 한곳부터 시작하여 세맥으로, 기경팔맥으로, 마지막으로 가장 큰 힘이 대치하고 있기에 치명적인 위험이 도사리고 있는 단전에까지 영향을 끼쳤다.

그리고 마침내 음양의 조화가 이루어진 순간, 하나로 합쳐진 그 힘은 폭발적인 기세로 뻗어나가기 시작했다.

음양의 조화는 작은 곳에서부터 시작하여 큰 곳으로 번져갔지만 그것으로 하나 된 힘은 그 반대로 움직였다.

단전에서 꿈틀거린 거력은 단숨에 기경팔맥을 순회하고 사지백해로 퍼져 나가며 전신 세맥까지 단숨에 이르러 골고

루 영향을 끼친 후 다시 단전으로 돌아왔다. 그리곤 잠시 숨을 고른 후 인체에서 가장 중요하고 핵심이라 할 수 있는 임맥(任脈)과 독맥(督脈)을 향해 노도처럼 움직이기 시작했다.

원래 임맥과 독맥은 서로 통하지 않는 것인데 이것을 강제로 뚫어 기를 통하게 하는 것이 바로 임독양맥의 타동이라는 것이다.

그 과정이 어찌나 고통스럽고 힘든지 혹자는 이를 일컬어 생사현관을 뚫었다 표현할 정도였다. 하나, 그 효능은 실로 무궁무진하니 무공을 익힌 자라면 꿈에서조차 이를 원할 정도였다.

두 개로 나뉜 힘은 각각 장강(長强)에서 백회(百會)로 이어지는 독맥과 회음(會陰)에서 거궐(巨闕), 승장(承漿)으로 이어지는 임맥으로 향했다.

그리고 마지막 벽에 이른 두 힘은 되돌아가지 않고 전력으로 벽에 부딪쳤다.

꽝!

거대한 충격과 함께 유대웅의 몸이 움찔거렸다.

꽝!

정신이 아득했다.

유대웅은 정신을 놓치지 않기 위해 필사적으로 노력했다.

꽝!

단전에서부터 끊임없이 밀려드는 힘은 후퇴를 용납하지

않았다. 막히면 막힐수록 더욱 강맹한 힘으로 벽을 두드렸다.

그럴수록 유대웅의 고통은 커져만 갔다.

단순히 살이 베어지고 뼈가 부러지는 고통이 아닌 혼을 뒤흔드는 원초적인 고통. 그러나 끝장을 보기 전까지는 달리 멈출 수도 없었기에 그가 할 수 있는 것은 그저 참고 견디는 것뿐이었다.

그렇게 생과 사를 가늠하는 인고의 시간을 보내길 얼마간, 유대웅은 온 세상이 무너지는 듯한 굉음과 함께 몸을 짓누르며 막혀 있던 뭔가가 뻥 뚫리는 느낌을 받았다.

가장 먼저 자신을 지독히도 괴롭히던 통증이 사라졌다.

온몸을 짓쳐 누르던 압력도 사라졌다.

천근만근 무거웠던 몸뚱이가 새털처럼 가벼워져 금방이라도 허공에 뜰 것만 같았다.

온갖 상념으로 어지러웠던 머릿속이 투명한 유리알처럼 맑아졌다.

유대웅은 자신의 통제를 벗어나 기경팔맥을 돌고 결국 임독양맥을 뚫어낸 힘이, 이전과는 비교도 할 수 없는 힘이 단전으로 갈무리되는 것을 느끼며 천천히 눈을 떴다.

"아!"

이어 유대웅의 입에서 희열에 찬 탄성이 터져 나왔다.

第九章

충돌(衝突)

　한평생, 고통과 절망뿐이었지만 그래도 마지막 인연을 가슴에 품고 웃으면서 돌아가노라.

　자신의 모든 내력을 유대웅에게 전한 빙검은 오직 한줄기 글귀만을 남겼을 뿐이었다.
　미리 준비라도 한 듯 빙검이 머물던 무념동은 누가 보더라도 느낄 수 있을 정도로 깔끔하게 정리되어 있었다.
　"어르신."
　서찰을 잡은 유대웅의 손이 가볍게 떨렸다.
　무릎을 꿇은 채 한참 동안이나 고개를 숙이고 있던 유대웅이 천천히 자리에서 일어났다.

"부탁하신 일은 제대로 접수하였습니다."

빙검은 그저 자신의 내력을 받아들이는 유대웅에게 부담을 지우지 않기 위해 던진 말이었지만 유대웅에겐 잊을 수 없는 마음의 빚으로 남아 있었다.

빙검이 사용하던 자그만 책상, 그 위에 가지런히 올려진 의복에 정중하게 예를 차린 유대웅이 천천히 동굴 밖으로 나왔다.

갑작스럽게 쏟아져 들어온 햇살에 눈이 절로 찌푸려졌다.

"뭐야? 벌써 시간이 이렇게 되었나?"

유대웅은 동쪽 하늘에서 한참 타오르는 햇빛을 보며 깜짝 놀랐다.

빙검과의 비무는 늦은 오후에 있었고 운기조식을 하며 내력을 전수받은 것 또한 땅거미가 지기 전의 일이었다.

어느 정도 시간이 흘렀다는 것은 느끼고 있었지만 설마하니 날이 밝고, 그것도 부족해 해가 중천으로 향하고 있을 줄은 상상도 하지 못했다.

"에휴, 한소리 하시겠네."

한숨을 내쉰 유대웅은 사부가 있는 낙안봉이 아니라 매일 새벽 그가 물을 긷기 위해 찾았던 용천수로 발걸음을 움직였다. 많이 늦긴 했어도 용천수에서 물을 긷는 것이 하루 일과의 시작이기 때문이었다.

무념동에서 용천수로 향하는 길도 꽤나 험했다. 하지만 그 것은 일반인의 관점에서 보았을 때의 일이고 매일같이 잔도 와 잔도만큼이나 험하고 위험한 길을 목숨 걸고 다니던 유대 웅에겐 그다지 문제될 것이 없었다.

단숨에 하산하여 용천수에 도착한 유대웅은 우선 허리춤 에 차고 다니는 물주머니에 물을 채운 뒤 가볍게 목을 축였 다.

"크으."

암반에서 흘러나오는 물은 사시사철, 폐부가 얼어붙을 정 도로 맑고 시원했다.

유대웅은 머리부터 발끝까지 이어지는 청량감에 크게 숨 을 들이켜며 물 한 잔이 주는 상쾌함을 만끽했다.

하나 여유는 오래가지 못했다. 어디선가 들려오는 웅성거 림에 재빨리 몸을 숨겨야 했기 때문이었다.

'제길, 내가 왜.'

본능적으로 몸을 숨기면서도 자신이 왜 그래야 하는지 이 해를 하지 못하는 유대웅.

그래야 할 이유도 없고 그럴 필요도 없었지만 그저 화산파 의 사람들과 부딪치지 말자는 생각 때문에 굳어져 버린 습관 이었다.

"정무관(正武館)의 제자들인 모양이군."

유대웅은 용천수에 모습을 드러낸 이들의 정체를 금방 파악할 수 있었다.

처음 화산파에 입문한 제자들은 옥천원에 있는 현무관에서 이 년 정도 교육을 받은 후 화산 곳곳에 흩어져 있는 무관으로 흩어지게 되는데, 정무관은 특히 속가제자들을 전담하여 가르치는 무관으로 용천수에서 얼마 떨어지지 않은 곳에 위치해 있었다.

막 수련을 끝내고 온 것인지 저마다 땀이 범벅되어 달려온 제자들은 용천수의 물을 받아 마시고 타고 흐르는 물에 얼굴을 씻으며 무공이 어떠니, 수련이 어떠니 하며 왁자지껄 떠들어댔다.

'꼼짝없이 기다려야겠네.'

굳이 그들과 마주치기 싫었던 유대웅은 용천수 뒤편 숲에 몸을 숨긴 채 그들이 사라지기만을 기다리고 있었다.

얼마의 시간이 흘렀을까?

용천수에 찾아왔던 이들이 하나둘 떠나면서 소란이 조금씩 잦아들었다. 그리고 마지막으로 용천수의 물을 벌컥벌컥 들이켠 어린 제자가 들고 있던 바가지를 던지듯 내려놓고 일행이 사라진 곳으로 달려가며 용천수에도 평화가 찾아왔다.

"시끄러운 놈들. 이제야 조금 조용… 쳇!"

천천히 몸을 일으키던 유대웅은 또 다른 인기척에 일으킬 때보다 더욱 빠른 속도로 몸을 감춰야 했다.

'저것들은 또 뭐야?'

유대웅은 잔뜩 찌푸린 얼굴로 용천수로 걸어오는 네 명의 청년을 바라보았다.

대략 이십 전후의 청년 셋과 그들보다 훨씬 어려 보이는 소년 한 명.

소년은 잔뜩 겁에 질린 얼굴로 질질 끌려오고 있었다.

"놔, 놔주세요, 사형."

소년이 울먹이는 음성으로 말했다.

"왜 이렇게 떨어? 누가 보면 널 잡아먹으려는 줄 알겠다. 이 사형은 그저 땀이나 닦으라고 데려온 것인데. 자, 도착했으니까 이제 씻어야지."

소년의 뒷목을 잡아끌며 웃던 청년이 소년을 패대기치듯 내던졌다. 허공을 붕 떠서 날아간 소년이 용천수에서 흘러나와 고여 있는 물에 머리를 처박으며 쓰러졌다.

"에이, 그렇다고 목욕까지 할 시간은 없는데 말이야. 그러다가 다음 수업 시간에 늦겠다."

"쯧쯧, 홍진(虹眞) 사숙한테 찍히면 그 길로 끝인데."

나름 걱정을 해주는 듯했지만 그들의 어투나 표정은 소년에 대한 걱정이 아니라 비웃음이었다.

"자, 잘못했어요."

물에 흠뻑 젖은 소년은 무릎을 꿇고 연신 손을 비벼댔다.

"잘못을 하다니? 누가? 네가? 왜?"

소년을 물속에 처박은 청년이 소년의 코앞에 머리를 비스듬히 갖다 대며 조롱 섞인 질문을 던져 댔다.

"그, 그게……."

소년이 제대로 대답을 못하자 질문을 던졌던 청년의 눈빛이 싸늘해졌다.

"잘못을 했다며? 그런데 뭐를 잘못했는지도 모른다면 우리한테 실없는 농담을 했단 말이네."

"아, 아닙니다. 그게 아닙니다."

"아니면 제대로 대답을 해보던가."

청년이 소년의 멱살을 틀어쥐며 당장에라도 잡아먹을 듯 노려보았다.

"아아, 그만해."

지금껏 한발 뒤로 빠져 있던 청년이 만류하며 나섰다.

앞서 소년을 괴롭힌 청년과 비슷한 또래이긴 했지만 그의 한마디에 두 청년의 행동이 멈추는 것을 보면 일행의 우두머리인 듯했다.

'잘… 생겼군.'

그렇잖아도 심기 불편한 얼굴로 상황을 지켜보던 유대웅은 청년의 얼굴을 보며 살짝 입술을 깨물었다.

어딘지 모르게 부티가 흐르는 얼굴은 쉽게 찾아볼 수 없을 정도로 뛰어났고 키도 훤칠했으며 가녀린 듯 탄탄한 몸매는 절로 감탄을 자아내게 했다.

　부티보다는 빈티가, 나름 사내답다고 자위는 하지만 객관적으로 그다지 잘생기지도 못한 얼굴에 덩치는 남들보다 두어 배는 더 큰 자신과 비교해 봤을 때 청년은 남들이 부러워할 만한 것을 모두 지닌 행운아였다.

　'그런데 하는 짓은 영 개차반이잖아.'

　왠지 화가 났다.

　돌아가는 상황을 보니 어떤 상황인지 대충 짐작은 갔지만 입장상 선뜻 나설 수도 없던 유대웅은 조금만 더 지켜보기로 했다.

　"임충(任衝)."

　"예, 예, 사형."

　"집이 제법 산다지?"

　"예? 아, 아닙니다."

　"아니긴. 황룡상단(黃龍商團)이 섬서 최고의 부를 지녔다는 것은 지나가는 개.새.끼.도 다 아는 사실이거늘. 안 그래?"

　청년의 물음에 그를 호위하듯 좌우에 섰던 두 청년이 앞서거니 하며 대꾸를 했다.

　"뭐, 그렇다고는 하더라고요."

　"근래 들어 제법 돈을 굴린다는 소문을 듣기는 했어. 그러니까 그렇게 돈지랄을 하고 다니겠지."

　동료들의 호응에 힘입은 사내가 다소 과장된 몸짓을 하며 물었다.

"황금 이천 냥을 기부했다지? 얼마나 돈을 많이 벌기에 그만한 돈을 처바르고 갔을까?"

소년의 얼굴이 파랗게 질렸다.

지난 사흘, 사실상 정무관을 지배하고 있는 안평상련(安平商聯)의 후계자 왕호(王虎)와 그의 친구이자 수하라 할 수 있는 곽기(郭器), 곽우(郭雨) 형제가 무슨 이유로 자신을 그토록 괴롭혔는지 비로소 깨달은 것이다.

"황금 이천 냥, 맞느냐?"

왕호가 다시 물었다.

말투는 부드러웠지만 임충은 전신에 소름이 돋았다.

"저, 저는 잘 모릅니다. 수, 숙부께서 다녀가신 것만……."

"기부했다고 하더구나. 그런데 말이야."

왕호가 잠시 뜸을 들이자 임충의 몸이 더욱 위축되었다.

"하필이면 본 가에서 다녀간 직후란 말이지. 누가 보면 우리가 돈이 없어서 황룡상단보다 적은 돈을 기부했다고 알려지겠어. 아니면 화산파에 대한 애정이 적거나."

"그, 그럴 리가 없습니다."

"그래, 그럴 리가 없지. 할아버님은 물론이고 아버지께서도 어린 시절을 화산에서 보내셨는데. 물론 나 또한. 게다가 솔직히 돈도 어느 정도는 있잖아."

"예, 예."

임충은 몇 번이고 고개를 끄덕였다.

　사람들은 황룡상단이 섬서에서 최고의 부를 지녔다고 알고 있었지만 섬서에는 서안을 중심으로 중원 각지에 서른여섯 개의 분점과 다섯 개의 표국을 운영하며 대륙 삼대상단으로 통하는 안평상련이 존재하고 있었다. 그럼에도 세인들이 섬서의 최대 거부에 황룡상단을 운운하는 것은 천상천(天上天), 나라마저 돈으로 살 수 있다는 안평상련은 애당초 비교 대상 자체가 될 수 없는, 그야말로 논외의 존재로 인식하고 있기 때문이었다.

　온화했던 왕호의 눈빛이 뱀의 눈처럼 차가워졌다.

　"그런데 그 꼴이 되었단 말이지, 네놈들 때문에. 아주 제대로 망신을 당했어. 네놈과 황룡상단이 원하는 대로 개망신을 당했단 말이다."

　"그, 그런 의도가 아니었을 겁니다."

　"아니면?"

　"뭔가 착오… 컥!"

　변명을 하던 임충이 배를 부여잡으며 나뒹굴었다.

　곽기가 임충의 배를 걷어차 버린 것이었다.

　속가라고는 해도 화산파에서 근 칠 년을 수련한 곽기의 실력은 상당했다. 입문한 지 삼 년도 되지 않는 임충이 피하고 자시고 할 수준이 아닌 것이다.

　"사내자식이 어디서 되도 않는 변명이야, 변명이."

　"야야, 살살 해라. 그러다 다치겠다."

동생을 가볍게 나무란 곽우가 고통에 신음하는 임충을 부축했다. 그리곤 그의 옷에 묻은 먼지를 가볍게 털어주었다.

"무슨 놈의 먼지가 이리 많노."

곽우의 손이 움직일 때마다 임충의 얼굴은 고통으로 일그러졌다. 그래도 차마 내색을 하지 못했다.

"물로 닦아야겠다."

입꼬리를 말아 올린 곽우가 그의 몸을 용천수가 흐르는 곳으로 내던졌다.

허우적거리며 날아간 임충이 다시금 꼴사납게 처박혔다.

머리가 깨진 듯 힘겹게 일어나는 그의 머리에서 피가 흘러내렸다.

그 피를 보면서도 왕호 일행은 눈 하나 깜빡하지 않았다.

"쯧쯧, 칠칠치 못하게. 제대로 중심을 잡아야지. 잘못하면 우리가 다치게 한 줄 알겠다. 뭐해, 어서 치료해 주지 않고."

왕호의 말에 곽기, 곽우 형제가 의미심장한 눈빛을 교환하곤 임충을 향해 걸어갔다.

그들의 몸에서 풍기는 살기가 예사롭지 않다고 여긴 임충이 엉금엉금 기며 물러났지만 곽기의 발이 그의 정수리를 짓눌렀다.

"어이구, 이런! 실수를 했네. 밑에서 뭐해, 사제?"

"사람이라면 똑바로 걸어다녀야지. 왜 발정난 개새끼마냥 바닥을 기어다녀. 그러니까 발에 채이잖아."

곽우가 그의 옆구리를 걷어차며 말했다.

우두둑.

최소한 갈비뼈 서너 대가 나가는 소리와 함께 임충의 입에서 토사물이 쏟아져 나왔다.

"더럽게시리."

임충의 머리를 짓밟고 있던 곽기가 혐오스럽다는 얼굴로 물러나며 디딤발에 살짝 묻은 이물질을 임충의 얼굴에 들이댔다.

"닦아야지."

"……."

"어라? 그 얼굴은 뭐야? 설마 못 닦겠다는 것은 아니겠지?"

임충이 아무런 대꾸를 못하자 곽기의 얼굴에 비열한 웃음이 자리 잡았다.

"못하겠다면 내가 도와주지."

곽기는 다른 한 발로 다시금 임충의 머리를 짓누르기 시작했다.

그 힘에 못 이겨 조금씩 자신의 토사물이 묻은 발등으로 향하는 임충의 얼굴.

수치심과 굴욕감에 눈물이 흘러내렸지만, 반항한다면 이

후 어떤 일이 벌어질지 너무도 뻔했기에 차마 발을 치울 수가
없었다. 자칫하면 자신은 물론이고 황룡상단 자체가 위험에
빠질 수가 있는 것이다.

바로 그때였다.

"거기까지."

착 가라앉은 음성과 함께 몸을 숨기고 있던 유대웅이 왕호
일행 앞에 모습을 드러냈다.

"그만해라. 애들도 아니고 이게 뭐냐? 꼬맹이 한 녀석을 가
지고 다 큰 놈들이."

유대웅이 여전히 쓰러져 있는 임충의 몸을 일으키며 혀를
찼다.

"꼬락서니하고는."

그는 임충을 괴롭힌 왕호 일행에 화가 치밀었지만 아무런
대항도 못하고 굴욕적인 모습을 보여준 임충의 모습 또한 마
음에 들지 않았다.

임충의 머리를 짓눌렀던 곽기와 곽우 형제는 어느새 왕호
의 좌우에 서서 낯선 이의 등장에 경계를 하고 있었다.

"너는 누구냐?"

곽기가 물었다.

"그러는 넌 뭐냐?"

유대웅이 피식 웃으며 물었다.

"화산파의 이, 이대제자 곽기라고 한다."

당당한 태도, 음성에 자신도 모르게 기가 눌린 곽기가 얼떨결에 대답했다.

"이대제자? 속가제자겠지."

유대웅의 빈정거림에 미간을 찌푸리던 왕호가 곽기에게 신호를 보내며 물었다.

"그러는 그대는 누구지?"

"나? 그냥 이 산에 살고 있는 사람."

왕호의 미간이 꿈틀댔다.

'본문의 제자인가? 설마.'

자신이 화산파에 속한 모든 이들을 알고 있는 것은 아니지만 아무리 기억을 더듬어봐도 유대웅과 같이 큰 덩치를 지닌 제자를 본 적이 없었다.

게다가 옷도 화산파의 제자의 것이라고 하기엔 어딘지 모르게 이상했다. 언뜻 보기엔 도복 같기는 하였지만 색이 너무 바랜데다 이곳저곳이 너무도 많이 기워져 있어 정확히 파악을 할 수가 없었다.

왕호는 곧 유대웅이 화산파와는 전혀 상관없는 사람이라 판단했다.

"헛소리는 집어치워라."

"믿기 싫으면 말고. 그냥 꼴사나운 짓거리를 지나칠 수 없었던 정의의 사자라고 해두지."

"덩치를 믿고 까부는 모양인데 지금이라도 그냥 지나치는

게 어때?'

곽우가 스산한 살기를 뿜어내며 한 걸음 앞으로 나섰다.

"숫자를 믿고 까부는 네놈들도 있잖아."

이미 모습을 드러낼 때부터 작심을 하고 있던 유대웅이 코웃음을 치며 왕호 일행을 도발했다.

곽우가 왕호에게 고개를 돌렸다.

왕호의 고개가 살짝 끄덕여지고 맞은편의 곽기와도 눈을 맞춘 곽우가 유대웅을 향해 천천히 걸음을 움직였다. 곽기도 이에 호응하여 포위하듯 유대웅의 뒤로 돌았다.

"제 주제도 모르고 알량한 객기를 부리는 놈이 어찌 되는지 이제부터 알려주마."

"마음대로."

어깨를 치켜 올리며 다시금 상대를 도발한 유대웅이 가소롭다는 듯 웃음을 지을 때, 뒤로 돌아간 곽기가 예고도 없이 달려들었다.

속가제자에서도 손꼽히는 실력을 지닌 곽기의 낙영장법(落影掌法)은 상당한 위력을 지니고 있었으나 그의 움직임을 손금 보듯 파악하고 있던 유대웅은 그저 슬쩍 한 발을 빼며 상체를 조금 비트는 것으로 간단히 공격을 피해낸 뒤, 역으로 그의 가슴을 후려쳤다.

나름 힘을 조절한다고는 해도 매일같이 화산삼선 정도의 고수와 비무를 해오던 유대웅의 실력은 애당초 곽기와는 수준 자체가 다른 것이었다.

유대웅의 반격에 가슴을 한 대 맞은 곽기는 외마디 비명과 함께 이 장이나 날아가 처박혔다.

잠시 꿈틀거리다 이내 움직임이 없는 것이 그대로 기절한 듯싶었다.

"네, 네놈이!"

기습 공격을 펼친 동생이 도리어 역공을 당해 쓰러지자 곽우의 분노는 하늘을 찔렀다.

허공으로 몸을 도약한 곽우가 오른손을 뻗으며 할퀴듯 휘둘렀다.

비응조(飛鷹爪)였다.

비응조는 화산파의 무공이라고 하기엔 어딘지 음험하여 많은 제자들이 익히길 꺼려했다. 그래도 그 위력 하나만큼은 누구라도 인정해 줄 만큼 빠르고 날카로운 수법이었다.

곽우는 자신의 손가락이 유대웅의 지척까지 짓쳐들었음에도 상대가 별다른 반응을 보이지 않자 약간의 의구심 속에서도 진하디진한 살소를 지었다. 자신이 거의 모든 제자들이 외면하는 비응조를 선택한 것이 오늘처럼 뿌듯한 적이 없었다.

하나, 화산파에 존재하는 온갖 무공을 사용하는 고선 진인과 하루가 멀다 하고 비무를 벌이던 유대웅에게 곽우의 비응조는 병아리의 할큄과 우열을 가리지 못할 정도로 형편없는 것이었다.

난화수를 이용해 곽우의 손목을 낚아챈 유대웅은 곽우의 손을 앞으로 잡아끌어 몸의 중심을 흩뜨리고 공격을 펼치던 그의 힘을 이용해 허공에서 한 바퀴 돌려 버린 다음 바닥에 그대로 처박았다.

쿵.

처박히는 모양새가 조금 전 임충이 용천수에 처박히던 모양새와 조금도 다르지 않았다.

"음!"

왕호의 입에서 놀라움이 가득 섞인 신음이 터져 나왔다.

곽기와 곽우 형제가 당해서 흘러나온 신음이 아니었다.

그가 지금 놀라고 있는 것은 방금 전 유대웅이 곽우의 공격을 받고 반격하는 찰나에 펼친 암습을 아무렇지도 않게 막아 낸 것에 있었다.

"생긴 것은 멀쩡한 놈이 어디서 이런 약삭빠른 수법을 배웠을까?"

유대웅이 왕호가 던진 세 자루의 비도를 만지작거리며 다가왔다.

"다, 다가오지 마라."

뒷걸음질치는 왕호의 눈이 겁에 질렸다.

자신의 실력과 비슷하거나 다소 부족한 곽기와 곽우 형제가 선공을 펼쳤음에도 오히려 변변한 대응도 해보지 못하고 쓰러졌다는 것은 자신이 아무리 발버둥 쳐도 같은 신세를 면할 수 없다는 것을 의미했다.

"언제부터 화산파에서 이런 비겁한 짓을 가르쳤지?"

설마하니 화산파의 제자에게 암습을 당할 줄은 몰랐던 유대웅은 상당히 화가 난 상태였다.

"네놈 물건이니 가져가라."

말과 함께 세 자루의 비수가 허공을 갈랐다.

생각보다 느린 속도에 안심한 왕호가 비수를 회수하기 위해 손을 뻗었다.

"크윽!"

왕호가 고통스런 비명과 함께 손목을 잡고 비틀거렸다.

천천히 날아온 비수에 엄청난 내력이 실린 것이다.

연이어 날아든 비수가 그의 가슴팍을 때렸다.

다행히 날이 아니라 손잡이 부분이었지만 그것만으로도 왕호의 가슴뼈를 박살 내기엔 충분했다.

"으아아악!"

왕호의 비명 소리가 화산을 뒤흔들 정도로 쩌렁쩌렁하게 울려 퍼졌다.

임충의 갈비뼈가 그들로 인해 부러졌고 비겁하게 암습을 한 죄의 대가로 다소 과하게 손을 쓰기는 했으나 왕호의 고통스런 모습을 보게 되자 유대웅의 표정도 가히 좋지는 않았다.

“어이.”

유대웅이 임충을 불렀다.

정무관에서도 꽤나 실력있다는 세 명의 사형을 단번에 쓰러뜨리는 유대웅의 신위에 임충은 갈비뼈가 부러진 고통도 잊고 멍한 눈으로 바라보고 있었다.

“무슨 일이 있었는지는 잘 모르겠지만 앞으로는 좀 더 당당한 모습을 갖추는 게 좋겠다.”

임충이 얼떨결에 고개를 끄덕이는 것을 확인한 유대웅이 만족한 미소를 짓다 고개를 홱 돌렸다.

또 다른 사람들이 다가오고 있음을 느낀 것이다.

“무슨 일이냐?”

상당한 속도로 왕호 일행이 쓰러져 있는 곳에 도착한 이들은 운자배 제자들 중에서도 최연장자에 속하는 운천(雲闡)과 운영(雲映)이었다.

정무관에서 속가제자들의 규율을 책임지고 있는 운천과 운영이 수업 시간이 되었음에도 연무장에 도착하지 않은 사제들을 찾기 위해 주변을 둘러보다 때마침 터진 왕호의 비명을 듣고 다급히 달려온 것이다.

“사, 사형!”

그야말로 구세주였다.

곽우와 곽기 형제는 이미 기절하여 의식이 없었지만 고통 속에서도 지금의 위기를 헤쳐 나가기 위해 기회만을 엿보던 왕호는 운천과 운영이 도착하자 기쁨의 눈물을 흘리며 그들을 불렀다.

"이게 어찌 된 거야? 몸은, 몸은 괜찮은 것이냐?"

운천이 움푹 함몰된 왕호의 가슴을 살피며 물었다.

"견딜 만해요."

"어찌 된 거야?"

"저, 저놈이 우리를 이 꼴로 만들었어요. 다짜고짜 공격을 하는 바람에 속수무책으로……."

왕호의 울먹이는 음성에 치미는 분노를 애써 진정시킨 운천이 곽우와 곽기의 상세를 살피는 운영에게 물었다.

"사제들의 상태는 어때?"

"정신을 잃기는 했지만 별 이상은 없습니다."

운영이 몸을 일으키며 말했다.

그나마 다행이라는 듯 안도의 한숨을 내쉰 운천이 검을 뽑아 들었다.

"감히 화산에서 화산파의 제자들을 해하고도 무사하리란 생각은 하지 않았겠지?"

처음 시작할 때만 해도 일이 이렇게 커질 줄 몰랐던 터라 다소 난감한 표정을 짓고 있던 유대웅은 명색이 명문정파의 제자라는 자가 사건을 제대로 파악도 하지 않고 다짜고짜 검을 빼 들자 어이없다는 듯 헛웃음을 흘렸다.

"허, 이유도 묻지 않는 것이… 오?"

"이유? 네놈이 한 일을 보고도 그런 말이 나오는 것이냐?"

유대웅은 속이 부글부글 끓었다. 그러나 더 이상 일을 확대하면 자신은 물론이고 사부에게도 면목이 서지 않는다는 생각에 애써 참았다.

유대웅의 시선이 어쩔 줄을 몰라 하는 임충에게로 향했다.

유대웅으로부터 지금 상황에 대해 설명하면 모든 것이 끝이라는 무언의 압박을 받은 임충이 입을 열려는 순간, 왕호의 말이 이어졌다.

"저놈은 아직 제대로 자라지도 않은 어린 사제의 몸까지 저 지경으로 만들었습니다, 사형."

운천과 운영이 안쓰러운 얼굴로 임충을 바라보다 손짓을 했다.

"뒤로 물러나거라."

"하, 하지만 사형."

임충이 머뭇거리는 사이 이를 악물고 다가온 왕호가 그의 팔을 낚아챘다.

"우리는 물러나는 것이 좋겠다. 그게 서로에게 좋아."

나직한 말. 짧지만 강렬한 의미를 지닌 왕호의 말에서 임충은 문득 두려움을 느꼈다. 만약 그의 말을 거부한다면 이후 상상도 하지 못할 재앙이 자신과 본 가에 들이닥칠 것 같았다.

가슴으로는 당당하게 모든 사실을 밝히라고 말하고 있었
지만 두려움과 공포를 극복하지 못한 이성은 그에게 침묵을
강요했다.

임충의 시선이 유대웅을 향했다.

유대웅은 무심한 눈빛으로 그를 주시하고 있었다.

유대웅은 아무런 말도 하지 않았지만 임충은 그의 눈에 스
치고 지나가는 실망, 경멸의 기운을 느낄 수 있었다.

임충은 힘없이 고개를 떨구고, 왕호는 비릿한 웃음으로 그
모습을 지켜보고 있었다.

"이제 본파를 모독한 대가를 치러야겠지?"

운천이 검을 들고 투기를 발산했다.

유대웅은 묵묵히 초천검을 들었다.

초천검의 거대한 크기와 평범함 속에 비범함이 숨겨져 있
는 유대웅의 기세에 잠시 놀란 듯한 모습을 보이던 운천은 이
내 기세를 가다듬고 검을 움직였다.

운천이 선공을 펼치자 뒤에서 이를 지켜보는 운영의 안색
이 어두워졌다.

비록 직접적이지는 않지만 그 역시 유대웅의 기세를 느낀
터.

운천이 선공을 양보하지 않고 먼저 공세를 취한다는 것은
상대를 그만큼 인정한다는 것이었고 그건 곧 쉽지 않은 싸움
이 될 것이라는 의미였다.

운영의 걱정은 금방 현실로 드러났다.

초반 기세 좋게 공격을 시작했던 운천은 채 삼 초가 되지 않아 수세에 몰리기 시작하더니 어느 순간부터는 반격은 꿈도 꾸지 못한 채 연신 뒤로 밀려나며 유대웅의 공격을 막아내기에 급급했다.

"아!"

운영이 걱정스런 탄식을 터뜨리며 검을 잡았다.

당장에라도 싸움에 뛰어들 듯한 자세였다.

그만큼 운천의 상황은 좋지 않았다.

"대체 어디서 저런 자가 나타났단 말인가? 그보다 어째서 본파의 무공이 저리 쉽게 막힐 수가 있지?"

운영은 도저히 이해할 수가 없었다.

운천의 실력은 운자배에서도 다섯 손가락 안에 들어갈 정도로 강했고, 근자 들어 화산파에서도 선택받은 소수에게만 전해진다는 자하신공을 전수받은 이후 그야말로 실력이 일취월장한 상태였다. 매화삼십육검은 칠성을 넘어선 상태였고, 이제 곧 화산검법의 꽃이 될 매화십이검 또한 오성에 접어든 지 오래였다.

그럼에도 밀렸다.

최선을 다해 매화삼십육검을, 매화십이검을 펼쳤지만 마치 단단한 벽에 가로막힌 듯 단 한 번의 공격도 상대에게 위협이 되지 못했다. 게다가 공격을 펼칠 때마다 상대의 적절한

역공으로 그 흐름이 끊기는 바람에 사실상 제대로 펼친 초식
이 손에 꼽을 정도였다.

"사형!"

연신 비틀거리는 운천의 모습에서 더 이상 두고 보면 큰일
나겠다는 생각에 결국 참지 못한 운영이 검을 치켜들고 싸움
에 끼어들었다.

한 걸음 뒤로 물러난 유대웅이 입가에 미소를 지었다.

운천이나 운영에게는 어찌 보일는지 모르겠지만 지금 유
대웅이 지은 미소는 어떤 의도가 담기지 않은 그저 순수한 의
미에서의 웃음이었다.

매일같이 수련을 하고 비무를 하면서도 마음속 저 깊은 곳
에서 감추고 있던 질문, 그것이 정말 옳은 방법이고, 제대로
된 길인지에 대한 답을 운천과의 비무를 통해 확실히 깨달았
기 때문이다.

하나, 운천과 운영은 유대웅의 웃음을 지금 자신들의 행동
에 대한 비웃음이라 여겼다.

"그 비웃음이 어디까지 가나 보자!"

운영이 이를 바득 갈며 소리쳤다. 그리곤 그의 개입으로
한숨 돌린 운천과 함께 일원합벽검진(一元合壁劍陣)을 펼쳤
다.

'합벽진?'

지금껏 일대일의 싸움에만 익숙했던 유대웅의 일원합벽검

진을 바라보는 눈빛은 호기심 충만한 어린아이의 눈빛과 닮
아 있었다.
　"재밌겠군."

『장강삼협』 2권에 계속…

鐵山大公
철산대공
1
2

용호객잔

龍虎客棧

설경구 新무협 판타지 소설

낙양 변두리에 위치한 허름한 용호객잔.
폐업 직전까지 몰렸던 용호객잔에 복덩이,
천유강이 저절로 굴러 들어왔다.
그런데… 이 객잔 좀 수상하다?

독문병기는 낡은 주판, 중원상왕을 꿈꾸는 객잔주인, 용사등.
독문병기는 마른 걸레, 끔찍이 못생긴 점소이, 용팔.
독문병기는 식칼, 긴 독수공방 끝에 요리와 혼인한 숙수, 장유결.
독문병기는 이 빠진 도끼, 사연 많은 남장여인, 문우령.
독문병기는 얼굴, 기억을 잃어버린 절세미남 신입 점소이, 천유강.

"중원의 상왕이 되리라!"

현실감각이라고는 찾아보기 힘든
용사등의 허황된 선언이 천하를 혼란에 빠뜨린다.
바람 잘 날 없는 용호객잔의 평범한(?) 일상에
중원의 이목이 집중된다.